你直直走向我，可以吗？

天使文化 TIANSHI WENHUA 爱格 Aigirl

朝小诚

终爱

朝小诚 著

江苏凤凰文艺出版社
JIANGSU PHOENIX LITERATURE AND ART PUBLISHING

图书在版编目（CIP）数据

终爱 / 朝小诚著. -- 南京 : 江苏凤凰文艺出版社,
2022.12
ISBN 978-7-5594-6675-4

Ⅰ. ①终… Ⅱ. ①朝… Ⅲ. ①长篇小说 - 中国 - 当代
Ⅳ. ①I247.5

中国版本图书馆CIP数据核字(2022)第045126号

终爱 ZHONG AI

朝小诚 著

责任编辑 曹 波
监　　制 邓 理
策划编辑 田渊源
封面设计 杨 平
内文设计 谭琼玉
出版发行 江苏凤凰文艺出版社
南京市中央路165号，邮编：210009
网　　址 http://www.jswenyi.com
印　　刷 湖南天闻新华印务有限公司
开　　本 880毫米×1230毫米 1/32
印　　张 9
字　　数 238千字
版　　次 2022年12月第1版
印　　次 2022年12月第1次印刷
书　　号 ISBN 978-7-5594-6675-4
定　　价 45.00元

今日才知，你之于我的意义，
早已深入骨髓，连气息连面貌都一并不得忘。

序

平行世界，挺拔生长

▷ 朝小诚

在我的公众号后台留言区，有一个提问频率很高的问题：你最想成为笔下的哪一个女主角？

在很长一段时间内，我的答案都是程倚庭。

这个答案或许会令很多人意外。因为，在我写过的所有女主角中，程倚庭并不是讨喜的那一个。普普通通的女孩子，普普通通地毕业，然后做着一份普普通通的工作，和才华横溢的纪以宁、快意人生的苏小猫、体制内优秀检察官的席向晚比起来，程倚庭似乎都是最“家常”的那一个。

然而，也是最令我羡慕的那一个。因为，她拥有一份名为“偏爱”的婚姻。

在我写过的所有故事中，唐涉深是唯一一个不要求另一半在婚姻中双向奔赴的人。在付出型、索取型、平衡型的感情之间，唐涉深是少见的付出型。他享受单方面对妻子的付出，甚至不介意她的若即若离，在他眼里，这种若即若离也显得那样好，将情人间的暧昧与情趣都尽显了。他将这个外人看来更像是自虐的感情游戏，乐此不疲地玩得很好。

但其实，这就是偏爱。

所有无限包容情人放肆的感情，都是光明正大的偏爱。偏爱之所以是特别的，就在于它违背了付出与所得背后那条关于“平等”的古老法则，在平等之外开启了专属的私人空间。

这样的感情，谁不想要？但其实，这是不可能持续的感情。

我想拥抱你，都不见你愿意转身；当我走向你，都不见你眼里有我；你和我缠绵一夜，清晨醒来身边总不会再有你。由此，偏爱展现了它极其吊诡的一面：情人间的偏爱当然好，问题是，他需要拿出多少偏爱，才够她挥霍终生？

十年前，我写这个故事，给出的答案是：无穷尽的偏爱，直到童话尽头。

十年后，我的答案变了。

变的是程倚庭。

《终爱》里的程倚庭，会在权衡问题时为唐涉深退一步，会在缠绵时低声承认“我想念你”，会在分手时做得不再那么绝，允许自己输了，带走她曾经送他的毛衣。

女孩子温柔又刚强的转变，永远最令我心动。

或许，这也是我在婚姻中的转变。九年婚姻，落笔千言，写不好一句情人语，因为这滋味太好。做夫妻做久了，会做出很多别的东西来：做生死之交，可以寄千里之命；做知己好友，理解你心里的每个褶皱；做兄弟，好似永远十八岁，一辈子的意思就是永远。

谁能永远做你的生死之交、知己好友、义气兄弟？真有的。一丈之内的人，你枕边的人，想你的时候从不说“想”，只需抬手将你的碎发拢到耳后你就知道他是在想你的人。

疾病、战争、爱情，并称为人类历史中的三大难题。当疾病与战争被现代文明逐一击破，爱情一枝独秀地成了唯一的无解题，再次展现了惊人的力量。这力量是破坏、是希望，取决于情人的心里能否摆平一句“我爱你”。

你能吗？

我敬重所有说“能”的人。

在人人自保为上的现代社会，敢爱、会爱，并且好好去爱的人，实在勇气无限。

十年前，唐涉深是这样的人；十年后，程倚庭也是。

朝小诚也是。

一本《终爱》，用十年的时光，见证了我们各自在平行世界，挺拔生长。

目录

CONTENTS

第一章 他的唐太

LAST

LOVER

女孩要一时开心，可以靠男人；
但要一世开心，还是只能靠自己。

程倚庭拨通唐涉深的手机，电话那头传来一声风情万种的“谁呀”。

程倚庭陡然明白，今晚晚餐失约的唐涉深此时正在哪里。

他在银座。

银座，C城高级会所。人、酒、玩、乐，从质到量，无一不是上品。简单概括，一个字：贵。

很多年前，程倚庭还是霍与驰的未婚妻，她跟着霍与驰去过一次同类场所。那还是一个称不上“会所”的地方，充其量叫“club（俱乐部）”，却已经让刚毕业不久的程倚庭咋舌不已：贵得这么离谱到底为哪般？敢情这个地方的酒精就不是乙醇了？

直到她认识了唐涉深。

唐涉深婚后第一次去银座，程倚庭天真地问他：“你要去酒吧吗？记得不要多喝。”

唐涉深当时没纠正她，看心情似乎很愉快。他人坐在车里，长臂从车窗伸出来，冷不防一把拉过她，深吻一记。程倚庭推开他，拂袖而走。他心情愉快，看着她的背影，等到人不见了才开车走。

后来有一次，程倚庭见到唐信。他有事找唐涉深，程倚庭说他去酒吧了。唐信愣了一下，问哪个酒吧。程倚庭想了一会儿，想起“银座”两个字。唐信无语了一会儿，摆摆手告诉她，那不是酒吧，那是C城第一的会所，VIP会员制，非会员不得入内。

程倚庭后知后觉：“你的意思是，风月场所？”

唐信笑了笑，没回答，施施然走了。

程倚庭从此不再过问。

这会儿，她再一次被迫面对这种局面，心情颇有些复杂。她就像中国最传统的那一类家庭里走出来的女孩，长成了好学生、乖学生的模样。夫妻之间出了问题，即便是对方错了，她也会先说一句“对不起”，就像是做错了作业。后来，她用了很长时间，才改掉了先说“对不起”的习惯。用的方法不甚高明，只是不去看、不去想而已。

唐涉深不是一个容人试探的人。三十一岁，SEC最年轻的首席执行官，有这个资本，他可以傲。坊间传言，唐太太根本管不住他，这场婚姻从一开始就形同虚设。

程倚庭叹气。

很明显，唐涉深的错要比霍与驰严重得多。

女人，有很多种模样。一个女人，不同的人生阶段，也可以有很多种模样。

连程倚庭自己都不知道，她是从什么时候进化成如今这副“完全没有正妻气势”的模样的。明明当年她与霍与驰拍拖，霍与驰约会迟到半小时，她都会借故嗔怪，假装生气要走，最爱霍与驰追上来一把拉住她的模样。女孩有喜欢的人，且这个喜欢的人要来留她，哄她，人生至开心不过如此。

但后来，她明白了另一个道理。

女孩要一时开心，可以靠男人，但要一世开心，还是只能靠自己。就像她，从高处跌下来，几乎跌到以为会死，才学会了这个道理。

好在没有白白跌一回、死一回，如今她终于练得一个好心境，拿得出一份心如止水，来面对丈夫的失约。

电话那头很吵，程倚庭按着太阳穴，有点头痛，声音仍然十分礼貌：“麻烦你，我找唐涉深，能把电话让他接听一下吗？”

“哟，找深少爷的，你谁呀？”对方打了个饱嗝，继续咄咄逼人，“来我们这里要人，是太太呢，还是情人呀？”

很明显，电话那头的小姐已经喝高了。

程倚庭心里也有些好奇。若不是毫无交情，她其实挺想问一句：唐涉深有情人吗？在这一方面，她的好奇大于痛苦，仿佛做一个八卦记者的快乐远远大过做他的妻子。

“喂，打来电话就说话呀，哑了还是傻了？你到底是谁？”

尖利的一声，成功拉回程倚庭游离的思绪。

程倚庭涵养绝佳：“啊，我是他太太。”

正妻。

电话那头一时间沉默了。

对她们而言，“正妻”这个身份永远都有威慑力。能做到这般身份男人的妻子，就意味着她自身也必不寻常。娘家后台够硬，一有风吹草动，立刻后院起火。

电话那头的人不动声色地询问：“你姓程？”

程倚庭惊讶：我这么出名？

“对，我是。”

电话那头的人松了一口气。

“原来是程小姐呀……”

这位程小姐与众不同，是不必怕的。娘家无后台，自己也不过从事着一份深度调查记者的职业，是太太圈中的异类。当年唐涉深的婚讯传来，惊了很多人。好端端这么想不开去结婚，尤其还是去做了农村女婿。回门宴那天下雨，唐涉深被淋了个透，裤管沾满泥的照片传开，连唐信都佩服他的勇气。

电话那头的人“咯咯”笑：“找深少爷是吧？程小姐，怎么不亲自过来？都已经这个时间了，程小姐晚饭吃过了吧？”

这是要和她拉家常还是怎么的？

程倚庭不习惯和人电话聊天，无论生疏与否。她有些无奈：“麻烦你，把电话交给唐涉深可以吗？我找一下他，很快就好。”

程倚庭不知道的是，她越是表现出“想联系到唐涉深”的心理状态，对方心里就越是有一种“处于优势地位”的暗爽，更是不会让她如愿以偿。

“怎么，程小姐，难道你不知道深少爷现在正在忙吗？他下了飞机就直接过来了。程小姐，我呢，好心奉劝你一句，做了人家的太太，不代表就坐得稳这个位子。人贵在自知，不自量力的事还是少做为好……”

程倚庭听着电话，走进厨房，倒了杯水。

她笑了笑，端起水杯喝水：“贵在自知？好的，请问您是唐涉深的哪一位？”

对方没想到她是这么一个攻其不备的选手，就好像学生考试，从头到尾都苦恼着“怎么办啊考不好啦”，分数出来却是满分，最遭人恨。

电话那头的人酒精上头，像是豁出去了：“我是他今晚点的人！怎样”

程倚庭动作一顿，杯子里的水洒出来一点。

他今晚还点了人？

电话那头的姐妹的战斗激情被调动起来，越战越勇：“程小姐不信吗？那就过来嘛，大家交个朋友，姐姐妹妹一起开心开心……”

程倚庭挂断电话。

两个人没有感情，能不能谈尊重，这是一个问题。

她心里有些不痛快，但还不至于失望。说起来，她应该感谢霍与驰，是霍与驰用一场彻底的失望教会她，不要在深夜失眠，不要因为怕被人听见在淋浴时才敢放声大哭，这样人生会好过许多。如今她用这样一种态度对待唐涉深，纵然不公平，但贵在能自保。

她分神，无端端想起霍与驰。想起多年前的那个暴雨夜，她倒在马路旁，前面是绝境，身后无退路。不远处，这座城市唯一的一座寺庙矗立在马路对面，身披袈裟的老和尚在滂沱大雨中念念有词：“大慈大悲，无病无灾。”善男信女鱼贯而入，香火鼎盛。她望过去，在暴雨中流泪。都说心诚则灵，那么她对感情心诚多年，为何却还是落到这样的结局?

后来，她与唐涉深的婚礼是在教堂举行的。

面对神父，她说了“我愿意”。

其实她并不知自己是否愿意，但唐涉深看上去很愿意。

于是她想，他们两个人，交给神父一个“我愿意”的承诺，已经有了百分之五十的诚心诚意，神父应该也会宽容她那另一半吧。

烤箱发出“嘀”的一声，程倚庭回神。

打开烤箱，一个精心制作的蛋糕出炉。

三个小时前，她正准备做晚饭。唐涉深打来电话，要她务必等一等他，他两个小时后回来。她听了，有些感动。

一个男人，在结婚纪念日郑重来电，要她等一等，这个细节足够让她信他一回。她心血来潮，做完晚饭后又做了一个蛋糕。纪念日，有甜品，兆头极好，仿佛日子也会变得很甜。

不过可惜，她误会了。生活本就是甜的少，苦的多，她稍稍想逆一下天意，即刻就被惩罚了。那个要她务必等一等的人，私人电话也可以被其他女人接听。

有一点生气吗?她觉得没有。唐涉深是人，她也是。而人与人之间发生的有人性的故事，通常都不会太好。毕竟，你要知道，这是在人间。

程倚庭沉默了五分钟。

她将蛋糕放下，走去客厅拿了外套和钥匙，关上房门走了出去。

她需要出去透透气。

程倚庭想，不，她不是在生气。她只是觉得，这样自欺欺人的生活，有一点点没意思。

一通电话，改变了程倚庭的心情，也改变了一些人的命运。后半部分，程倚庭绝不会知道。

银座，九点。

二楼站满了人，一片死寂。本该是纸醉金迷的时间，这会儿却鸦雀无声。

领班头脑灵活，一看这砸场子的架势，就知道大事不妙，绝不是他一个小小的领班收拾得了的。他给助理使了个眼色，把银座总经理请到了现场。

总经理不愧是总经理，见惯了大场面，在赶来的路上稳住情绪问："怎么回事？"

"新来的一个小姑娘，胆大妄为，把天捅破了，惹谁不好偏去惹了SEC唐涉深的太太，被唐总知道了……"

总经理听得直皱眉："惹谁？她疯了吗？她有几斤几两，敢去惹唐总的太太？"

"可不是。现在的小姑娘，拎不清的多啊，仗着有几分姿色，就以为男人都好这口。"

总经理怒骂："人事部的张总看来是不想干了，招这种人进来，工作搞不好还把大客户给得罪了！周一就让张总递辞呈，让他不用来了。"

"是，知道了。"

总经理火急火燎地赶来救场。人到了二楼，扫一眼眼前的架势，心里“咯噔”一下，知道今晚不会好过。他端起笑容，亡羊补牢：“唐总，有话好说。”

敢在银座这种水很深的地方公然砸场子的人，唐涉深是一个。

他是银座的常客，最大客源的那种，每年银座的利润表上，唐涉深和他的SEC都厥功至伟。他不是一个爱挑事的人，甚至有几次，新手服务不到位，他都宽容地说没关系。但跟了他很多年的特助付骏知道，唐涉深一旦摆明了要挑事，就绝不会是个好说话的人了。

这会儿，他正坐着，整个人陷在沙发里，手里把玩着私人电话，正是刚才被人接听程倚庭来电的那一部。

这部电话有自动监听与录音功能，刚才的通讯记录已经在两位通话当事人毫不知情的情况下，一字不差地录了下来。

二十七分钟，他完整地听了一遍，听完了又倒回去，掐了其中一段又播放一遍：“程小姐，我呢，好心奉劝你一句，做了人家的太太，不代表就坐得稳这个位子。人贵在自知，不自量力的事还是少做为好……”

录音循环播放三遍，听得一旁的付骏都直皱眉。看这个样子，今晚唐涉深绝不会善罢甘休。

唐涉深很少跟女人过不去，可一旦事关程倚庭，他的标准就变了，和人过不去起来，男女不论。

他听了数遍，终于掐断录音，开口问：“刚才我太太的电话是谁接的？”

说起这一整件事，其实是一个彻头彻尾的乌龙事件。

唐涉深傍晚出差回国，下飞机后，确实失约了和程倚庭的晚餐，却不是来银座玩，而是为了解决公司的一个供应商合同问题。说起银座这个地方，虽然纸醉金迷，但人家的主营业务倒不完全是这些。银座的老板是个脑子灵活的，既然有本事将银座做成商务人士休闲的第一选择，那自然会深度挖掘一切赚钱的可能。承办会议、客户年会，业务既光明正大，又收入可观，比做灰色营生整天面对警察临检过战战兢兢的日子要好太多。

唐涉深婚前在银座玩过几次，婚后几乎绝了迹，出现在银座无一不是为了公事，私下连唐信约他他都不肯。他理由给得很是让人嫉妒——玩什么都没有和老婆一起有意思。唐信听了，手摸着下巴，很是遐想了一下他这句话的具体含义。

今晚也是，他一下飞机，连喝口水的时间都没有，就直接被车接走，到银座和供应商展开紧急谈判。匆忙中，唐涉深的私人行动电话放在了车里，他随即让一名助理返回去拿。助理是个新手，替老板拿个电话都战战兢兢的，上楼时和人撞了个满怀。对方是个姑娘，喝了酒，“哎哟”一声，两个人的行动电话都掉到了地上。

然后，问题就来了。

不管旁人信不信，唐涉深的这部私人电话不是任何知名品牌，而是传说中的——山寨机。双卡双待，宽大触屏，画质虽然渣了点，但号称“全方位三百六十度无死角”的摄像功能还是让这款山寨机赢得了“国产战斗机”的美誉。至于这山寨战斗机怎么会成了唐总的私人行动电话，还有一段历史。

半年前，这对夫妻在家有过一段对话——

唐涉深：“送我的？”

程倚庭：“对呀。”

唐涉深：“你特地买给我的？”

程倚庭：“不是。今天参加一场活动时商家的赠品，是一对，不要浪费了。这个家里能用它的除了我，也就只有你了。”

唐总沉默了。

虽然程倚庭的这份礼物送得毫无诚意，甚至有点将他当成扶贫回收站的意思，但唐涉深还真就用上了这款双卡双待的山寨机。

今晚也是巧了，被撞到的这位小姐用的也是同款手机。更不幸的是，这位小姐当时已经喝了不少酒，脑子不太清醒了。另一边的助理也是，急急忙忙地拿了手机上楼交差，阴差阳错之下，双方都错拿了对方的手机。

程倚庭打来电话，唐涉深浑然不知，待察觉已是三小时后了。谈判未完，他的行动电话响了。他接起来，只听电话那头传来浑厚的笑声："小羽呀，今晚王老板会带一伙肥客上门，大家杀鸡放血，不要手软呀！"唐涉深被这中年男高音震得几乎耳鸣。一看，才发现助理拿错了电话。

物归原主，本来一桩小事，却硬是让他察觉出了不对劲。

调出通话录音又听了一遍，男人面色阴沉。

事关程倚庭，他绝不罢休。

他再一次缓缓开口："刚才接我太太电话的人是谁？"

一个身影终于顶不住强势的压力，怯生生地开口："是……是我……"

付骏看了她一眼，有些轻蔑，亦有些同情。是有些姿色，难怪如此跋扈，但这姿色恐怕今晚是行不通了。他暗自腹诽：自从有了程倚庭，他的老板看其他女人就都是瞎的。

唐涉深手里把玩手机的动作顿了顿，抬头，投去一眼。

总经理姓王，见了这一眼，脸色一变。

老话说，动容容易变色难。能令王总这样的老江湖都变了脸色，必不会是小事。他有种预感，山雨欲来。

唐涉深不疾不徐："叫什么名字？"

王总赔笑道："她姓林，单名一个'羽'字，在我们这儿叫声'小羽'就行。"

"几岁了？"

王总搓着手，一脸灿烂："今年刚满二十二，还小呢。"

唐涉深转过头，看向他，忽然发难："王经理。"

"哎，在呢。"

"银座的服务生说话，都是要老板亲自代答的吗？"

王总哑然。

这世道，做人难，帮人更难。底下的人犯了错，做上司的帮一把，是情分，实在帮不起，也只能作罢。她今晚得罪的人来头太大，弄不好，人保不住，连自己也会被牵连进去。王总这点规矩还是懂的，唐涉深想要让之不好过的人，最好不要帮。

付骏对此深有体会。他的老板私下说过很多惊人之语，最令他悚然的却只有一句。唐涉深最喜欢秋天，却不是因为秋高气爽。他曾慢悠悠地讲，秋天的风最好，日头也最好，如果遇上敌人，可以出手暗算，就算刺中流血，暴露了，滴下的血也会干得比较快。

这个男人本性嗜血，又善斯文伪装，不得不防。

王总垂手沉默，向后退了一步，表示不再插手。

总经理的态度无疑让底下一干人等更为惶恐。自知惹了大祸的林羽首当其冲，再适宜的空调温度也吹不干她身上的层层冷汗。

唐涉深打破沉默："林羽是吧，名字不错。"

女孩得有人称赞，无论有无真心，都心旌摇曳。林羽在惊惧中抬头，这一看，竟有些愣住。

风流换尽，霜降清寂。

世间千万人，造物主独独偏爱他，眉眼生得好，低眉抬头都好似有温情要来托付于你。待到你真陷入这份温情里，他却又收了回去。这才方知，其实他从未给过。

他看着她问："哪个学校的？"

林羽的汗毛倒竖。

不过短短的时间内，他已经估量了她，并看穿她。他有把柄在手，便准备动手了。

林羽吞吞吐吐：“C……C大的……”

王总默不作声地在背后看她一眼。

涉世未深，高手面前玩阴谋，注定要受一次终生难忘的教训。

唐涉深笑道：“好啊，C大的是吧？”随即指示身旁的付骏，“打电话去C大问有没有这个人。”

林羽身子一软，吓倒在地：“唐总，我错了！”

她“呜呜”地抽泣，开始明白眼前这个男人绝对不是她靠一点小聪明就能逃离的：“我不是C大的，我是D大的……”

付骏盯着瘫坐在地的女学生，为她感到可惜。论姿色，这个女孩确实有，只可惜少了一样最重要的东西——脑子。她以为天下男人都一个德行，见了有几分姿色的女子就黑白不分。这样轻浮的女子落到唐涉深手里，注定要栽个头破血流。

“林小姐，玩游戏是要分场合的。”男人嘴里的警告很明显，“这里不是大学，不是你逃了课撒个谎就能翻篇的地方。小女孩玩的那套把戏，今晚还是收起来好。”

林羽连抽泣都不敢了。

这个男人软硬不吃，看见小女生的眼泪也不为所动，开口就是杀机，且绝不收回，简直要杀尽天下娇媚女子的营生。

她惶恐不已：“唐总，今晚对程小姐说的那些话是我错了，我不是故意的，我那时喝多了。”

她低头认错，只求一线生机：“我立刻道歉，现在就去向程小姐道歉，当面道歉。”

唐涉深纠正：“不是程小姐，是唐太太。”

三字之差，差的是身份。他唯一的枕边人，一个字都差不得。

到底是发生在银座自己地盘上的事，生意人都讲究息事宁人，以和为贵。王总也忍不住求情：“唐总，是这样的，林羽刚来几天，出了这档子事，是我们银座没有管教好，从今天起一定严肃整顿。她还是学生，是为筹学费才来这里当服务生的，还请唐总高抬贵手。”

唐涉深笑了笑：“也对，在这里做事，二十二岁，的确年纪很小。学生出来打工，也不容易。”

王总一听有戏，立刻赔笑：“对对，就是这样。”

岂料那个人话锋一转：“只不过既然已经出来做事了，那就和年纪没什么关系。”

唐涉深冷眼旁观：“小孩子不懂事没关系，慢慢教就可以了。但这里不是学校，有些话说出了口，就由不得你收回来。另外王总，我也想多说一句，银座如果开不起，那就不要开了。”

就这么几句话，连王总都颤颤巍巍：“不不，唐总您言重了……”

唐涉深双手交握搭在膝上，右手食指无意识地敲在左手手背上，频率还越来越快。付骏知道，这是他耐心渐失的表现。

唐涉深看着林羽，声音里带着讥讽：“你刚才对我太太讲了什么？我点你？林小姐，大学课堂里没教你自尊和自重怎么写吗？没关系，学校老师没教你，我来教。我教你一次，会让你铭记终生。”

林羽跪下去：“唐总，我错了！”

他已经听不进去了，起身交代付骏：“联系D大，核实一下这件事。还有，联系媒体。该怎么做，交给你了。”

付骏点头：“知道了。”

王总弯腰跟在身后，听到二人的对话，心里“咯噔”一下，明白林羽的前途已到了头，人生尽毁。

隔日，周刊出街，社会版头条皆为“女大学生为钱堕落为哪般”的大讨论。

很长时间内的一条隐形产业链被曝光在大众面前，人们这才知道，竟然有数量可观的女大学生为了钱，为了购物欲，甘愿在最好的青春年华进出夜店、会所，心甘情愿出卖青春，得来的钱大部分都送进了校园信贷公司的手中，如此这般恶性循环。深挖下去就更不得了了，以林羽为例，在校期间不仅百分之八十的功课挂科，为了顺利毕业还使了些手段。

整件事中，被率先推向风口浪尖的就是D大了。D大的校风受到公众质疑，学校迅速做出决定：鉴于林羽同学严重违反校纪校规，情况属实，且影响恶劣，故做出开除学籍的决定。

晚上十点，C城灯火通明。

忙碌的上班族追赶最后一趟班车，踏上了回家之路。也有三三两两的人搭个伙，找饭馆吃一顿迟到的晚饭。程倚庭喜欢C城的理由就在这里：无论多晚，总有人更晚；无论多累，总有人更累，努力和求生在这里被活成了同一个意思。程倚庭刚毕业那一年，身体好，能加班，经常在凌晨出来觅食，却也觉得这样的生活是非常好的。或许这一种好里面，还有爱情的成分。

爱情？

她顿了一下脚步，随即笑了笑。

多久远的事，好似前半生的玩笑，连自己都了无笑意。

十点一刻，是加班白领吃夜宵的高峰时间。“康师傅面馆”内，老板娘蔡婶穿梭忙碌，冷不防见到门口的身影，既惊又喜。

“哎呀，是倚庭！”

“老板娘，好久不见，生意还好吗？”

“哎哟，凑合啦。小成本生意，能不亏就足够啦。”

程倚庭掀开帘子进屋，屋内热气熏出一层薄雾，客人的声音此起彼伏。

“老板娘，我的辣酱牛肉面能快一点吗？”

“哎，来啦！”

“蔡婶，还有我的拉面，记得要加香菜！”

“哎哟，王先生，您是老主顾了，一定不会忘记您的香菜啦。”

浓浓烟火气，是人间该有的样子。程倚庭想，这是多好的一家店。一个灶台，几张四方桌，一颗真诚待人的心，就撑起了这灯火通明的夜晚十几年。都说做生意的人不能不笑，蔡婶就总是笑的。程倚庭认识她多年，从未见过她脸上的笑容落下去过。有时她想，抛开这四方生意不谈，蔡婶应该是一个快乐的人，否则这么深的笑容哪里挂得住十几年。

程倚庭拉开椅子坐下："还说凑合？老板娘，生意兴隆啊。"

见到熟客，蔡婶热络地招呼："哎哟，我这儿呀，全靠政策好，托C城发展的福。"

她这话倒是没错，小面馆一日比一日好，离不开政策好。C城经济腾飞那几年，面馆生意也跟着一起腾飞，大量外地打工人口涌入，给了面馆充足的客源。

蔡婶给她倒了一杯水："倒是你啊，老实交代，这么晚了，怎么还会逛到这里？"

"来吃面啊。"程倚庭应对如流，"蔡婶的牛肉面味道太好了，一阵子吃不到就睡不着。"

"你呀，什么时候起，嘴巴变得这样甜。"

嘴里这么说着，蔡婶又觑她一眼。

生意人眼光毒辣，一眼就看见了程倚庭起皮的双唇。这么冷的天，她出门连润唇膏都忘了涂，重重心事都写在了这皱起的唇纹里。

人间心事，不愿说的，多半是苦。蔡婶半生岁月已过，明白不点破的好处。

她跟着笑，只当程倚庭就是来吃面的："说吧，要吃什么面？我让老顾给你做碗大的！"

程倚庭手摸着脸："还是和从前一样，要一份招牌牛肉面。对了，牛肉要两份。"

蔡婶十分惊讶："工作这么累？这么晚吃太多对胃不好哦。"

“不是。”程倚庭坦承，“我今晚还没吃晚饭。”

蔡婶作为饮食界的老大姐，最见不得年轻人虐待自己的胃，立刻皱眉：“小程，这不行啊。都十点多了，怎么能还没吃饭呢？”

程倚庭笑了笑，不说话。

蔡婶不是个追根究底的人，尤其不爱对隐私进行追问，说完也没等她回答，就立刻走去厨房，朝里面大喊：“老顾，下一碗牛肉面，牛肉加双份，要快！”

顾师傅洪亮的声音从厨房传来：“好嘞！”

一碗面、两碟小菜，胃渐渐被填饱，终于将空虚赶走。

时间渐晚，客人渐渐稀少，老板娘得了空，坐到程倚庭对面陪她：“好久没来，味道还习惯吗？”

“当然，顾师傅的手艺多少年都忘不了，整个C城找不到第二家。”

“哎哟，你这话哟，跟霍与驰学的吧？他当年总是这么夸，夸得老顾好开心，总是给他打八折……”

一个熟人的名字，狭路相逢。她有些稳不住心神。

蔡婶是个能聊的，忙了一整晚最享受的就是有个老主顾来听她说说当年的事，仿佛回忆别人的青春，她也能跟着青春一回。在这一点上，她是有些得意的，都多久远的事了，她仍然记得一清二楚，这份记忆力放眼其他餐馆，可谓无敌手。总有些人看不起路边摊，蔡婶冷哼：“路边摊怎么了，只有路边摊的老板能记得你十年前跟谁来吃过面，那些高级酒店的老板行吗？”

不知不觉，蔡婶侃侃而谈：“你和小霍，真是好久远的回忆啦。从学生时代到参加工作，还会来我这里吃面的，也就你们俩了。其他客人工作后有了钱，发了迹，都爱去那些高档酒楼。只有你们俩不会，你们两个人啊，去得了高档酒楼，也来得了我这里，每次来都坐同一个位子。喏，就是你现在这个靠窗的位子。我那时就跟老顾说，小程和小霍一定会是有出息的一对，能富贵，能平淡，我蔡婶看人最准了……”

程倚庭喝汤，笑容挂在脸上，淡得有些看不清。

蔡婶倏然意识到什么，立刻住了嘴。

“哎哟，瞧我这张嘴，就是闲不下来，瞎说什么呢？”她有些慌张，自知说错了话，“小程，我就随便说说，你别生气。”

程倚庭摆摆手：“不会，已经是过去的事了，都成故事了。”

故事一不小心，就成了事故。

蔡婶亡羊补牢：“这个……小霍人是不错，但唐先生人更好啊！一年前你们结婚，连我们这些街坊邻居都受了他好大一份礼。你们那场婚礼真不赖，我和老顾可从来没机会看见这么华丽的婚礼，都说还是小程有福气……”

几句恭维话干巴巴的，蔡婶已经尽力了。

没办法，她了解霍与驰，一起吃过那么多次面，他和程倚庭那么多年情深义重的样子，都刻在了蔡婶心里。至于唐涉深，她着实夸不出几句。除了在婚礼上遥遥见过一面，偶尔见到他都是在财经杂志或者新闻里。距离之遥远，常常令蔡婶觉得不真实。

她悄声问：“唐先生对你好吗？”

“嗯。”

程倚庭答得很快，几乎没有犹豫：“他对我很好。”

蔡婶长舒一口气：“那就好。你看，我们说得果然没错，给得起那么好的一场婚礼，他对你必然是好的。”

程倚庭有些惊讶，却并没有反驳。

短短时间内，蔡婶提到了那么多次婚礼。她的婚礼真的那么好吗？好到值得别人过了一年都能提起那么多次？

程倚庭想，好的标准是什么呢？豪华、奢侈、精致、完美？当然，这应该可以算一部分。但真心呢？真心不是更重要吗？

而她的真心，失落在了那一晚的婚宴洗手间。她打开水龙头，哭得好大声，她有一整个青春要去哭完它，可以哭一整夜或是更久。但她不敢，最终只哭了十分钟。

十分钟犹如血祭，祭她不知所终的感情，祭她下落不明的人生，祭她抱憾终生的灵魂。

之后她关上水龙头，打开化妆包，将妆容修饰，隐下了十分钟的秘密。

人活一辈子，最好的那部分已经过完，剩下的，得过且过就可以了。

一记踹门声惊天动地，打断了这一晚的平静。

紧接着就是玻璃窗被打碎的声音，三四个男人随手抄起椅子，玻璃窗在重击之下稀里哗啦碎了一地，面馆里的客人纷纷遁走。世道艰难，更多人选择明哲保身。

夜市摊被人砸场，这种事并不少见。

地方保护势力，竞争对手的恶意挑衅，醉鬼当街耍无赖，碰上了哪一个，都是今晚这种下场。程倚庭站起来，并没有走，下意识地伸手保护老板娘。可当她看见蔡婶的脸时，却愣住了。

蔡婶似乎从未如此惧怕过。

她饱经风霜的脸仿佛一下子苍老了数十年，苍老到了生命的尽头，双唇煞白，在震天响的玻璃碴儿落地声中抖动着。一段短短五分钟的砸场，就将这个女人从四十岁折磨成了九十岁的模样。

客人中有仗义执言的起身制止：“住手！你们这是做什么！”

为首的男人约莫五十岁，现出一副病态的瘦，与之相反的是动手时的阴狠。仿佛他有多瘦，手上的劲道就有多大。他挥挥手，手里一张椅子随着他的动作一起上下挥舞：“小子，跟你没关系，不要多管闲事，啊？”

那客人倒也不怕，吃面吃出感情来了，挺身维护：“看不过去自然要管。人家做点小本生意容易吗？被你们这么糟践。”

那精瘦男人倒是笑了，仿佛不怕人问，就怕人不问。他正等着这个机会，指了指刚从厨房出来的顾师傅："讲理是吧？就凭她在这里背着我偷汉子。"

一屋子人都愣住了，仿佛一时间无法在"偷"这个概念和"夫妻"这个概念中相互转换。

精瘦男人冲顾师傅笑了笑："老顾，偷偷摸摸的滋味怎么样？很好是吧？都让你和我老婆偷偷摸摸十多年了，也该把她还给我了。"

顾师傅就像他的名字一样，顾天实，是个天生的老实人。他本就不是一个伶牙俐齿的人，出了责任都往自己身上揽，这会儿被一连串地追着问，连句辩驳的话都不会说了。

方才仗义执言的客人比谁都要震惊，转过头问蔡婶："蔡婶，你和老顾不是夫妻啊？"

"夫妻？"

精瘦男人笑了："看来这些年你们俩演戏演得挺好啊，都演到有观众捧场了，哈哈。"

蔡婶红着眼眶，摇了摇头："不是……"

一瞬间，客人涨红了脸。

他仿佛被人当众扇了一个耳光，堂堂一个写字楼高级白领，竟为了几碗面的情分，去给一对偷情者强出头，简直有辱英明！

"一群神经病！"

客人掏出钱，甩了一张百元大钞到桌上当餐费，说了句"不用找了"，骂骂咧咧就走了，仿佛在这个地方多待一秒都是对他的亵渎。店里剩下的其他人也纷纷走了，本就不多的同情此时更是所剩无几。这样一出闹剧，简直不值得浪费看客的时间。

蔡婶脚一软，几乎站不稳。

这个世界上，一恶到底的人并不可怕，先善后恶的人才最可怕。出手更狠，而且往往最习惯对自己人下手，肉体和精神的双重折磨，让人痛上加痛。

一双手及时扶住了蔡婶。

她抬头望去，就看见一张波澜不惊的脸。

程倚庭没有走，扶住了她。蔡婶有高血压，经不起太大的风浪折磨，程倚庭端来水给她喝。

程倚庭站直了，望向店外的那个男人，徐徐开口："你说他们是私情，只是你的一面之词。大家公平一点，也听听蔡婶怎么说，如何？"

男人上下打量她："你谁啊？管这闲事。"

"记者。"

见惯了善恶，程倚庭从不惧这世上任何一种形式的恶，否则，记者这个职业是做不下去的。

"先生，现在这种世道，各行各业都不好做，记者尤其缺稿子。我碰上了这么一桩事，你不让蔡婶讲一讲，单凭我今晚看见的，万一写出来有失公允，说你打砸抢烧，引起误会可就不好了。"

记者，不好惹。

男人阴鸷地盯着她。记者这个群体在他眼里就跟狗一样，疯起来咬住人不放，他不得不防。

程倚庭知道他暂时不敢乱来，转头对蔡婶道："蔡婶，有话你就说。不要怕，他的一面之词我不信。"

蔡婶"呜呜"地哭了。

四十多岁的女人，讨生活奔波都逼不出她的眼泪，婚姻却可以。

程倚庭十分心酸。难道这就是女人的宿命吗？如果可以，她宁可不要这逼人眼泪的婚姻。

蔡婶的故事很一般，在当惯了记者的程倚庭听来，甚至构不成一桩新闻要素，没有爆点，没有波澜，十个人里抓一把，能抓好几个同类故事。可程倚庭还是为她感到心酸，只因为这个故事是真的。

蔡婶和丈夫早早地就结婚了，丈夫曾经也是个有抱负的青年，却架不住命运弄人，屡次受挫。丈夫的心理承受能力并不强，后来在工地打工时交了损友，打架斗殴，在暴力中寻找快感。他还染上了好赌的习性，没钱了就问蔡婶要，要不到就打，家里孩子也不管，有时喝醉了连孩子也一起打。蔡婶提离婚，他倒也肯，但提出要五十万。蔡婶当时就明白这婚离不成，五十万对她而言是个天文数字。

蔡婶好强，将孩子送去娘家，自己一个人走出了村子，从此天南地北地讨生活。

C城是蔡婶的幸运之地，她不仅拥有了一家面馆，还遇上了顾师傅。顾师傅家里穷，比她还穷，父母皆有严重的疾病，他的钱填进去，连个回音都没有，窟窿还越填越大。顾师傅一生未娶妻，哪个女人肯跟他呢？他也不要女人跟他，他这样的人太苦了，跟了他是对女人的不负责任。

最开始是蔡婶看顾师傅可怜，后来是顾师傅看蔡婶可怜。他的矛盾是简单的，一个“钱”字就能概括所有的问题。蔡婶的矛盾却是复杂的，穷苦山村几千年的病症都在她身上盘根错节。

说不清楚是从哪一天起，两个人就相依为命了起来。有时听到客人误会他们俩是夫妻，他们还会脸红。客人以为他们是害羞，诧异这么大岁数的一对男女竟然还会害羞，多古老的事。其实他们是害怕，害怕哪一天这由一半谎言构成的好日子就被戳破了。

这一天终于来了，蔡婶哭得有道理。她在心里慌张了这么多年，预演了这么多年，却还是架不住这一天来袭时的痛苦。

话未讲完，顾师傅已被数人围起来殴打。

顾师傅默默承受着。他一生未做过坏事，有时辨不清好坏。尤其这一件，他也不知自己是对还是错。在不知对错的情况下，他逆来顺受，就像所有老实人会做出的选择那样。

蔡婶哭着大喊：“康天德！我要和你离婚！”

怪不得，一个姓蔡，一个姓顾，面馆却姓康。

曾经也是有期待的吧？被打了，被辜负了，被逼迫了，还是对丈夫有期待的吧。

程倚庭悲从中来，她不明白一个女人的悲剧究竟可以到哪种程度，究竟还会不会有一个尽头。

“住手！”

程倚庭看向外面那个人，冷着脸警告：“如果你不住手的话，明天的报纸上就会出现你的脸。怎么，康先生不怕家丑外扬？好啊，那我就写了。到时候让大众来评一评，康先生这顶绿帽戴得应不应该。”

“绿帽”两个字犹如炸弹，炸得康天德理智全无。

天下所有男人最怕的就是这两个字。流言纷飞，多少人会在背后揣测：他被戴绿帽了呢，是不爱了还是他不行啊……

康天德怒吼，一步上前，揪住了程倚庭的长发。

“死记者，你敢威胁我？看我不弄死你！”

程倚庭咬紧嘴唇，有种头皮被整个扯裂的痛感。

然而下一秒，出声痛呼的却是康天德。

不知何时身后来了人，一左一右两个壮汉架住了他。康天德想还手，正中对方的意思，趁着空当狠狠地朝他的小腹和下身连踢数脚。那些围殴顾师傅的人立刻停了下来，他们都看出来了，这是练过功夫的好手，浑不似他们帮派械斗，只看人数就可以。真正练过的人，下手都是狠招，惹不得。

一辆黑色轿车稳稳地停在面馆前。

一个助理模样的人先下车，打开了后座车门。

一双黑色皮鞋率先落了地。

一个男人下了车，黑色西装妥帖地穿在他身上。他身材高大，有逼人的气势。

康天德被打了几拳，怒火中烧，看见这主事者模样的人走来，立刻就吼：“你谁啊？来管别人的家务事！”

男人在他面前站定，居高临下地盯着他。

“我姓唐。”

说话间，他伸手一揽，站在一旁发呆的程倚庭就跟着这个动作落入了他的怀抱。

“男人打女人，就是你的不对。更何况，你方才想打的，是我的太太。”

第二章 破碎感

LAST

LOVER

真正失去一个人的滋味是怎样的？

她回答不上来。

因为，她尚未真正失去他。

在场的人看着他，一阵沉默。

有社会经验的人会懂一件事：一个人身份怎样，力量怎样，不看他这个人，而是看周围人待他的态度。

眼前这个男人，说得不多，话也不狠，但助理围着他，律师团赶来听他的吩咐，身强力壮的下属为他拼命。这样一个男人，身份如何，好不好惹，答案呼之欲出。

康天德带来的几个人一看形势不妙，立刻保命为上，丢下烂摊子迅速跑了。

康天德又气又急，没面子的成分更多一点。眼前这个男人什么都还没做，竟然就吓跑了他带来的人。要是说出去，他丢死人了。

唐涉深吩咐律师：“去跟他谈，看他有什么诉求。”

律师领命：“是。”末了，又问了一句，“唐总，您的目的是？”

男人轻描淡写，仿佛世间大好人：“以后，不准他再闹事。我太太喜欢这家面馆，所以这家面馆的安全问题由我做担保。”

“好的，明白。”

他一口一个“我太太”，听得她都轻微不适起来，仿佛两个人在床笫间的亲密都不如现在。

她看向他：“你怎么会来这里？”

“找不到你，猜了几个你会去的地方。运气不错，第一个就被我猜中了。”

“你这么厉害？”

“还好，你比较好猜。”

程倚庭又郁闷了。

他拿捏她拿捏得这么准。什么叫“比较好猜”？她就是这样一个没有深度，连心思都能让他轻易猜出的太太。

她试图拿开他的手：“不要动我。”

他制止：“嘘，是你不要动。”

他左手搂着她，将人按在怀里，右手抚上她的长发。她有一头漂亮的长发，平日里洗完澡放下来，半湿半干地落满一肩，会在上床睡觉时习惯性地将耳旁的碎发拢到耳后。他单单看着这个画面，就会有欲望。仿佛他能想象的属于一个女子的温婉、美丽、诱惑、脆弱，都在她这一肩长发和一个拢发的动作里齐全了。

唐信熟读心理学，曾经从专业的角度给出评价：唐涉深要当心了，他这可能是长发癖。当然，这话没让唐涉深听见。说老板的闲话得在背后说，否则快乐少一半，还会多出无妄之灾。

而此时，一小把断了的碎发正躺在他的手中，仿佛在替主人诉说方才遭受的暴力之痛。

程倚庭只够得到他的肩膀，浑然不知眼前人已居高临下，将她方才所受之痛全看了去。他不动声色地将碎发从她的长发间吹走。

程倚庭缩了缩：“冷啊。”

这么冷的天，来为她吹风，他可真有兴致。

男人开口，声音里没温度：“我不想看见这个。”

程倚庭不明白：“不想看见什么？”

“没什么。”

令她痛苦的事，他从不提第二遍，有他看见就好了。

两个人，一个搂、一个推，好不热闹之时，律师过来了。见到眼前的场景，他轻咳一声，见老板完全没有要放开太太的意思，默默吞下这把“狗粮”，走了过去。

“唐总，方才康先生说了，给钱就能了断。”

“五十万是吧？”

律师抿了抿嘴唇：“不，他现在要一百万。”

唐涉深觉得有意思：“他倒是会涨价。”

程倚庭听了，羞愤交加。

竟然将他也牵扯了进来，仿佛比康天德动粗更令她忍不了。

她作势就要走过去：“太过分……”

一百万，怎么不去抢！

唐涉深一把抓住她的右手，还有好心情哄她：“你乖，去照顾蔡婶。”

程倚庭愤愤不平：“我不要你牵扯进这件事，这本来就和你没关系。”

“那么，你就当我是程记者的粉丝好了。”

他笑着将她的外套领口的扣子系好，不让她白皙的脖颈被太多人看了去：“程记者要惩恶扬善，作为你的粉丝，当然要帮一把了。”

康天德对勒索唐涉深一百万这件事，其实心里也没底。

谁知道唐涉深将来会对他怎么样？

但看今晚这个样子，这钱实在来得太容易。他一点都不想和自己过不去，更不想和天上掉下来的一百万过不去。

康天德阴恻恻地开口：“不要支票，要现金，马上转账，迟一天都不行。”

唐涉深笑道：“你倒真会勒索，一点空子都不留。不过也对，现金最无风险，你头脑不错。”

康天德看着他，高度警惕。

唐涉深随即打了几个电话。听口吻，是给银行的人打。银行负责人在电话那头再三确认："唐总，是转账到这个账户吗？您确定吗？要确认一下是否诈骗吗？"

唐涉深笑了。

"嗯，不用确认，我确定。"

确定他现在正当面被人勒索。

但为了程倚庭，这笔勒索，值这个价。

银行办事效率极高，立刻到账。唐涉深使了个眼色，左右下属将康天德放开。他得了自由，"哎哟"一声，长时间酸麻的双腿竟撑不住，软软地摔倒下去。

唐涉深居高临下对他道："康先生，查看一下账户，钱应该已经到了。"

康天德迅速拿手机查看。六位数的零，他咧嘴笑了。那是钱的气息，多好的气息，他都要醉了。

"行，钱到了。"

他摇摇摆摆地从地上站起来，一半是疼的，一半是乐的。

唐涉深对律师使了个眼色，后者立刻将一份离婚协议摆到康天德面前。唐涉深开口："钱，你拿了；字，必须签。你收下这笔钱，就代表我们达成了交易。你拿着钱走人，签字离婚，从此和这家面馆再无关系。对了，康先生，还有件事我提醒你一下，我既然付得起这笔钱，也就玩得起你敢违约的下场。所以不要想着卷土重来这种事。我给你一次机会勒索，你如果还想要第二次的话，不妨试试看。"

康天德拿了钱，心都飘了。况且跟唐涉深这种人谈交易，他还真谈不出什么来。

唐涉深谈起交易来，那是一套一套的，又威胁又利诱。康天德除了耍狠，文字功夫可谓十分不到位，断断不会去硬碰硬。

“知道。有钱，一切好说。”

康天德吹着口哨，乐不可支。谁能想到呢，这世上忽然又多了他这样一个百万富翁，实在太快乐了。

康天德走后不久，律师上前，低声道：“唐总，这一百万，您完全没有必要。以我们的力量，足可以不付钱也达成目的。”他的声音里竟带有愤怒，这是SEC首席律师的尊严。

唐涉深不置可否地叫了一声：“张律师。”

“是。”

“交给你去办一件事。”

“唐总您请说。”

唐涉深微微侧身，张律师立刻将耳朵凑近，就听见一声阴冷的吩咐：“去查查康天德的前科。为这个社会做一做好事，送他一程，送进牢里去。记得，将案子往死里打，打得他下半辈子都没办法再从牢里出来见天日为止。”

张律师一怔，然后迅速反应过来，领命而去：“是，明白。”

张律师先走一步。

唐涉深松了松一直握紧的拳头。

方才程倚庭断了的碎发在他手掌中的感觉经久不散。他记得每晚自己将她按在身下发丝尽湿的样子，黑色长发铺满双肩，将她整个人衬得白皙又脆弱。有时他会将她拦腰抱起，长发就顺着她仰头的姿势落满他的手掌，多像一只破碎的蝴蝶。

他从遇见她起，她就是破碎的，他为她的破碎而倾倒，为她表面完好实则千疮百孔的破碎而吸引。当有人将她完好的表面也用暴力扯碎时，他绝不容忍。她的破碎只能由他去填补，别人碰一碰，碰碎了她，他的怒火立刻就起来了。

唐信曾经提醒他：“你对程倚庭有一点不对劲的占有欲，这不好。”

他笑着问：“不对劲？在心理学上，不对劲的具体含义是什么？”

“是有意识的轻微变态。”唐信这样回答他。

蔡婶和顾师傅今晚对唐涉深的印象好到极致。

他就像一个看不过世间不平事的普通人，适时地伸手帮一把，且过后不求回报，有一种将恩情化小的本事，这让蔡婶对他满是好感。

听听他对蔡婶说的话：“这一百万您不用放在心上，就当成我在您这里的投资。我看上了您这家面馆将来的前景，也想放点钱在这里当半个老板。所以这钱蔡婶您不用还给我，等到面馆生意腾飞的那一天，我拿我应得的那份分成就可以了。”

一番话有理有据，给足人尊严。蔡婶既感动，又感恩。

“唐先生，真的多谢你。”

“蔡婶，不必客气。”他斯文有礼，“我太太喜欢您这里，我也是。所以，还希望您能一直开下去，顾师傅能一直做下去，让我太太想吃牛肉面的时候能有一个地方去。”

蔡婶笑了。

四十多岁的女人拍了拍程倚庭的肩，这是一个女人对另一个女人有福气的艳羡表达。

“好的，唐先生你慢走。”

唐涉深搂着太太转身往车里走，程倚庭对蔡婶轻轻点了点头。她向来不喜欢以恩人自居，更没想过会以恩人太太的身份自居。此时比起留下，她更希望能立即离开。

唐涉深将她扶进轿车后座上，看着她匆匆坐进去的背影，知道这一局，他赢了。

用钱换程倚庭一晚的负罪感，这笔生意他做得值。

他吩咐付骏回公司，交代了一些公事，说他今晚不会再去公司，由付俊代为处理即可。付骏称了声“是”，待到黑色轿车开出去不见影子了才离开。

他的老板总是能让他大开眼界。

让程倚庭从对他愤怒到对他负罪，唐涉深只用了短短一个小时。

从C城市中心到住宅，有半小时车程。

后座宽敞，空间大，两个人隔得很远。程倚庭一直看着窗外。她演技不高，视线盯着窗外就没变过。车窗玻璃上倒映着一双大眼睛，没有焦点，也没有光彩。

唐涉深去握她的右手。

她的右手冰冷，他的左手很暖，触到的一瞬间她像是不习惯，急于挣开。他的耐心十足，她越挣脱，他握得越紧，最后将她的右手握住放到自己的腿上。

程倚庭瞪他一眼，不肯遵从，又一轮拉锯战开始。

司机瞥了一眼后视镜，将后座一场无声的暗战尽收眼底。

拿了老板的钱，自然要为老板服务。司机是个聪明人，突如其来地打方向盘转向，程倚庭没有防备，顺着惯性往右滑，被身旁的男人一把扶住。他顺势搂住她的腰，这下她整个人都是他的了。

车内无灯光，一片昏暗，但她仍烧红了脸。

“你放开我。”

“你真是不会讲话，一开口就讲这个。”

司机顺势继续大转弯，不惜绕远路。程倚庭又被惯性地甩向他，被他抱得更紧。这下好了，她只当天意如此，老天都帮他占便宜。

唐涉深看了一眼司机。

他就喜欢这种不说话就会做事的聪明人。今晚这两下助攻，唐总很满意，立刻决定给司机涨薪。

车子一路驶进住宅花园，司机下了车，向后座颔首示意。男人点头，司机便离开了。

车内一对男女仍坐着。

做了一年夫妻，好似仍然没有做对过样子。每临意外，总是能变成甲方和乙方的关系。

程倚庭心情复杂：“你对蔡婶说的是真心话吗？”

男人不紧不慢地反问：“你指哪句？”

程倚庭就是绝，一开口就能把感激之情变成质问：“把百来万的事说成投资，是借口吧？即使投资也用不了那么多。”

唐涉深觉得有意思：“那么，你认为我是为了什么？”

程倚庭为实力悬殊的贫富差距郁闷不已：“讨厌，你这个爱作秀的人。”旁人那么努力追求的正义感，他手到擒来。有资本，就是可以比旁人容易许多。

唐涉深摸了一下她的脸。旁人听来是警告，他自己知道是纵容而已：“做记者，不要太有想象力。”

程记者偏偏要对他端起笑容：“是恭维你呢，唐先生。花这么多钱作秀，你很有面子呢。”

“一百万。”

他笑笑，抛了抛手里的车钥匙：“我要作秀的话，怎会只有这些？你的想象力还差一点，程记者。”

又被他占了上风，这一晚她总是落下风，就像遇到他以后的每一天，每一年。

程倚庭打开车门，连个鼻音都不屑回他。晚上起风了，她冷不防吸了一口风，冻得裹紧了身上的外套。

男人没有追她。

他慢慢下了车，单手甩上车门。一抬头，视线落在她的背影上。

程倚庭正低头快步走，一点要等他的意思都没有。她走得快，庭院里的灯没有全开，昏暗间她踏碎了草坪的一株花。品种倒不是很名贵，但贵在出自她之手。从小苗到花开，数月时间养出了感情，万万想不到最后还是折损在了她的脚下。她负罪感起，停下脚步，弯腰查看，扶一扶它，想尽力给它最后的生机。

唐涉深在她身后冷眼旁观。

她心疼的东西实在太多了。心疼蔡婶，心疼顾师傅，心疼寒风里赶来的律师，心疼叫不出名字的花。这么多她心疼的，哪一项都跟他无关。

这让他有些轻微愠怒。然而她低头心疼的样子又实在太美。

纤纤细手，一点香泥，湿带落花飞。对花，是这样；对人，更有感情。他又想起她护在蔡婶面前，被人扯断了长发，怒火中烧。

他一言不发地快步上前，对她偷袭。

程倚庭没来得及拒绝，已经落入了他的怀抱。他将她拦腰抱起，按向怀中。这是属于“丈夫”的力道，他不常用这种力道，但每用一次都不容有失。

她抗拒他，尤其是今晚：“放我下来。”

他置若罔闻，还有闲情逸致扮恶人同她开玩笑：“你喊啊，喊破喉咙也不会有人来救你的。”

甚少见他这般轻浮相，她几乎要怀疑他有阴谋：“你是不是受什么刺激，脑子坏掉了？”

男人大笑。

一路走进屋，程倚庭又羞又窘，暗自庆幸家里今晚无人，否则旁人见了，还不知会被幻想成怎样缱绻的情节。

她和他之间向来淡如水，即便亲密如床笫之事，她也不觉得那是缱绻，偶尔脑海里会闪过一个词——责任。

“程倚庭，你在生气？”

“嗯？”

她半路开小差，尚未回神，听见他问话，又气又急。他偷袭她，不仅在动作上，还在心上。

唐涉深不紧不慢地重复了一遍：“程倚庭，你今晚一直在生我的气，是吧？”

这个人，总是这样。

在对手毫无防备时单刀直入。对敌人是这样，对她也是这样。

她不是不反感的，但反感又有何用呢?

她从他怀里退出去，眼神避开他："怎么会？你说什么呢？"

知道这些年，程倚庭的变化在哪里吗?

原本她真是个爱较真的女孩，和人反驳，和人较真，小小的脸上那副认真的表情很动人。她会说"你错了"，会说"我不喜欢你这样，我喜欢你那样"，她的心和嘴都长在一起了，心里想什么，嘴里就讲什么。人们往往用一个名词来比喻和形容这类女孩：阳光。

但现在，程倚庭已经不会那样了。

经历过一次分手，骤然之间，程倚庭对人对事的热情一夜消失。她曾经像一个小女孩那样活着，憧憬着哪一天成为一个大人的样子。那时有霍与驰待她好，她有时做小女孩，有时做大人。但忽然有一天，她发现自己身后已无人，他不仅走了，更在走之前将她推上了铁轨。轰隆隆的火车疾速驶来，她来不及逃开，就这样被命运的火车碾压过去。当她再站起来时，她明白自己再也做不了小女孩了，霍与驰就是用这样带血的方式让她从小女孩变成大人的。

当然，她如今的模样仍然好，甚至比以前更好。精致、纯净、朴素、低调，这些词用在她身上，都不会有错。然而只有她明白，一个人明明仍然完好，但就是有很多东西真的不见了。

人就是这个样子，失望了一次、两次、三次后没有活过来，就再也活不过来了。尤其感情这回事，伤一次就够了。再多情的人，也会在重伤之后学会无情、冷情，甚至是绝情。万情一身，到头来不过是伤老矣。

唐涉深没有追问，就事论事地问道："这么晚了还一个人出去吃面？"

一个人。

他也知道他今晚让她一个人?

程倚庭骤失兴致，连应付都懒得应付：“没有，吃面是顺便的事。工作上有点事，出去走走，理一理思路。”

“这样。”

他点点头，似乎轻易就信了，也不追问，只交代将来的事：“以后不要关机。”

程倚庭一时间反应不过来：“什么？”

“手机。”他抬手，不知何时已从她的外套口袋里顺走了她的手机，正拿在手上，向她发难，“你一整晚都关机，我打你电话好多次。没办法，我最后只能靠猜的，才找到你。程倚庭，你想过如果今晚我没有及时赶来，你被男人欺负，会吃多大的亏吗？”

她伸手拿过他手里的那部手机，连争吵的意思都没有了。他以为她今晚没吃亏吗？好吧，那就让他这么以为去吧。她今晚对“手机”两个字敏感得很，听都不想听，这才是她真正吃的亏。

“知道了。下次你不用这么找我，我早晚都会回来。你知道的，除了这里，我没地方可去。”

“……”

唐涉深的脸色微沉。

他出声，带有一丝讥诮之意：“程倚庭，和你做夫妻，你比我洒脱。”

程倚庭的呼吸一顿。

洒脱？多傲慢的评价。她何德何能，承受得起这两个字。她洒脱吗？能比失约了结婚纪念日的他更洒脱吗？能比在她为他一边准备晚餐，一边承受来自陌生女性的嘲讽更洒脱吗？能比他找到她之后，她一言不发地就跟他回来了更洒脱吗？

她被激怒了。

她悄悄握紧了手，面上仍是冷静的。她看着他，声音平静：“所以，我有错，你需要我道歉吗？”

唐涉深一直知道，和程倚庭沟通是一件很累的事。

他可以忍，有时甚至有些享受。

一个女人让他累，她自身也不会好过。他见过程倚庭被激怒的样子，隐忍的、文雅的，忍无可忍之时也会铤而走险。而所谓的铤而走险，不过就是在他欺负她的时候她在他后背用指甲划出道道血痕，又疼又痒，处于快要破皮却又没有的临界点。这岂止是享受，简直是快乐的源泉，带给他其他女人完全给不了的快感。

所以，他从不介意和她一次又一次累下去。将一种轻微的自虐与虐他的游戏，循环往复地做下去。

他一步上前，捂住她的后脑勺，猝不及防地深吻。

很凶的一个吻。因为他有一瞬间的预感，或许将来他和她之间的故事不会太好。

程倚庭是一个从不向他示弱的人，一个人什么时候会连最亲近的人也不想示弱呢？那就是她不打算在他这里快乐起来了，或者是她连他给的快乐也不稀罕的时候。

无论哪一种，都令他对她的吻更凶，也更用力。

程倚庭瞪大眼睛。

她全身的血液都凝固了，心里想他怎么敢在她这么吃亏、受辱的局面下，对她做出更吃亏、更受辱的事。

但很快，她的抗拒就变了味。他出手制止，将她的意思做成欲拒还迎的样子。他很高，此时俯下身吻她，她一点一点被他拥进怀里，甚至怀疑自己会摔倒。他一只手扶住她的腰，一只手扶着她的后脑勺，用热情和耐心，耳鬓厮磨地调教。她回神时发现自己竟然已经踮起了脚，在向他迎合。

她涨红了脸，屈辱感顿生：“你！”

“是我有错。”

他的嘴唇从她的唇边移开，游移至她的耳垂，即便是道歉也不妨碍他享受她：“我道歉。”

他说了七个字，程倚庭却不想要了。

以前也不是没有过这样的桥段。在她还是小女孩的时候，和霍与驰之间，就多的是。那些桥段是真心实意地玩情调，看他着急，看他道歉，看他来抱她，连最后分离时也是。他还是用了这样的桥段，跟她说“我道歉”，其他的就没有了。程倚庭从此害怕起这三个字来，男人说的道歉，有多少真心可以信？这只是情调、哄人的小把戏，女人却都还信了。

“不用了。”她在他的胸前抗拒，“我们不说这个。”

唐涉深盯着她。

“真的不想我说下去？”

“不想。”

唐涉深盯了她一会儿，放开了她。

“好吧。”他似乎是妥协了。

他又问她：“你今晚做蛋糕了是吧？嗯，好香。”

程倚庭不想理他，只想快快去睡觉，一觉睡到大天亮，逃避所有问题。他却不肯，执意拉住她的手，要她在今晚的最后一小时陪他。

“我要吃……”

程倚庭十分警惕。

他慢吞吞地将话说完：“吃你做的蛋糕。”

程倚庭：“……”

抱歉，她实在是没心情。

“我扔了，做得不好，你吃不惯。”

“哦？你怎么知道我吃不惯？”

“家里随便做的，当然比不得银座的东西来得金贵。”

“程倚庭，你其实今晚一直很在意银座，是吧？”

大意了，又中他的险招。

她执意不肯将内心的脆弱示于人前，端起一个大方的笑容，去厨房拿了蛋糕出来。她养的小京巴犬闻到香味，从客厅一隅撒着小短腿欢快地跑过来，尾巴摇成一朵花，在她的脚边转圈圈，还对她撒娇：倚庭倚庭，有夜宵吃吗?

她微笑着切了一块蛋糕，蹲下身去准备喂它。

可身旁有人不肯。

唐涉深一把抓住她的胳膊：“它不吃这个。”

她端起笑容望向他：“它是我养的，我懂它，还是你懂它？”

唐涉深看似轻描淡写，力道却大得将她的胳膊掐出了红痕：“总之今晚你做的，我不会给它。”

程倚庭气笑：“你至于吗？跟家里的狗过不去。”

男人一点一点将她拉过来。

他沉默地从她手里拿下蛋糕，放在桌上。他看了一眼完好无缺正散发着浓郁奶香味的蛋糕，再看了一眼身旁一脸冷漠的人，终于失了最后一丝和她玩闹的兴致。

他看向她，挑衅道：“是你至于吗，和我过不去？”

程倚庭愤怒起来，脸色都变了，有一点惨白，左手紧握成拳，力道大得骨节都凸起了。她在极力控制自己，不在这一刻的愤怒中生出委屈的心情来。愤怒并不可怕，可怕的是委屈，那就意味着她输了。

她转身就走。

沉默是她最后的武器，她在心底将未来的反抗都想好了：去卧室拿枕头和被子，去书房，关上门，分房好好睡一觉。这一天，她觉得自己老了，婚姻才过了一年，仿佛就已经被这日子给煮透了。

身后的男人一把拉住她。

她耐心尽失：“放手，我不想看见你。”

唐涉深的心情似乎回来了，语气缓下来，说出来的话却依然很欠揍：“嗯，让我猜猜，你又想分房睡？”

被人看穿的感觉糟糕透了。

程倚庭的语气恶劣：“不用你管！”

“好了好了，我怎么能不管。”

他存心欺负她：“书房的锁被我换了，门是关不上的。你去睡了那么多次书房，我还能让那扇门关得上吗？”

程倚庭猛地收住动作，转身，像是受到极大的欺负：“你！”

最终还是没有控制好，她还是感受到了委屈。唐涉深常常令她有这种委屈感，仿佛比霍与驰给的委屈更大，且更坏。他不曾给过她承诺，会待她好，她一度认为这不要紧，反正她也不再期盼这个世界上会再来一个人无缘无故地待自己好。但他对她的掌控是她始料不及的，她退一步，他进三步，得寸进尺这个词简直是为他量身定做。偶尔她会有一种错觉，他似乎并不爱自己，只是感觉自己有趣，将自己弄哭到濒临失控，是他在婚姻中一大上瘾的嗜好。

被当成猎物的滋味太难受了。她的眼眶渐渐红起来，她深吸一口气，不让这一丝红圈有扩大的痕迹。

男人的心一软。一种类似于温柔的情绪掠过他良心欠缺的大脑，他收手，让了她一回。

“我没点她。”

他捏了捏她的脸蛋，当她是个小女孩：“遇见你以后，我心里再装不下别人。”

程倚庭忽然落了泪。

就像一个说着“我不要你哄”的小女孩，在自欺欺人了那么久，甚至连自己都以为真的没关系的时候，来了一个人抱了抱她，她立刻就软弱了。

天下多少女孩都是这样，不是不要哄，而是不敢要，怕失望，索性就不要了。坚强是最后一块遮羞布，又有多少人会真正掀一掀这块布，去治一治包裹在里面的一颗柔软多情的少女心。

她的眼泪掉得很快，也很少。一滴水掉下来，掉在她的手背上，她立刻擦去，一丝痕迹也无。

唐涉深却着迷了。

着迷在那一颗像珍珠般珍贵，也像珍珠般少的眼泪中。

他手势温柔地将她搂到胸前，右手穿梭在她的长发里，声音轻柔如诱哄："好了好了，我不对，都是我的问题。我不该下了飞机就为公事撇下你，不该不跟你解释清楚去银座的目的，更不该让一个陌生女孩对你挑衅，说些莫名其妙惹你生气的话。"

程倚庭不吃这一套，反唇相讥："唐总你的私人电话会随随便便就落入人家手里？是抱着她时被她顺走的呢，还是你哄人家时自己送上去的？"

他一向知道记者的吵架功底不可小觑，却也不曾想过她刚刚才落泪就能拿出这功底来对付他，前后招数也没个上下文衔接。眼前这个女孩，又软弱，又厉害，让他欲罢不能。

"她和我的助理走路撞了，拿错了对方的手机。"说完，连他自己都觉得这个真相还不如不说，即使说了也没人信，听上去的可信度实在不高。

他揉了揉太阳穴："那种女人我会点？开玩笑。那种人没味，哪比得上我家里的太太。程小姐这张嘴又毒又辣，还会接吻……"

程倚庭被他的无赖行径弄得左右不是。

"你走。"

"好啊，抱你一起上楼。"

"谁要跟你上楼？吃你的蛋糕去。"

"啊，终于愿意施舍一块蛋糕给我了？"

程倚庭愤恨地瞪着他。这个男人软硬不吃，她回回与他较真，回回都输。

唐涉深揉了揉眉心，不气她了：“我还没吃晚饭。是真的好吗？赶去银座谈判到晚上，推了供应商的饭局来找你，一直到现在，胃快受不了了。”

他先按了按胃部，然后拿起一块蛋糕，也不讲究，就这样咬了一大口，吃起来。

“程倚庭的手艺，整个C城独一无二。就为了这个味道，我也要把你留在这里。嗯，真想把你关起来，只属于我一个人。”

真是，得了便宜，还非要在口头上占便宜，把做生意得寸进尺的那一套带回家里。

她看他一眼：“你真的还没吃晚饭？”

他举双手表清白：“我发誓。”又抓了她的手伸进自己的衬衫里，按在胃部，“不信？你摸摸这里。”他一个机会也不肯浪费，借故有肌肤之亲。

程倚庭皱着眉收回手。

“你饿死算了。”

她转身就走，嘴里说着狠话，人却往厨房那边走去。唐涉深看着她的背影笑了，口是心非的唐太太，简直甜过蛋糕。

这一天最后半小时，这栋别墅的男女主人终于以和平为结局，安安静静地吃了一顿晚饭。

一碗燕窝粥、几碟小菜、一个蛋糕，程倚庭的手艺，经得起品尝。吃惯了鲍鱼、海参的唐总对程氏的手艺上了瘾，短期内看不到要戒的趋势。程倚庭平日里睡得早，十点准时上床，看一会儿书，十点半睡觉，这会儿都快十二点，她有些困了。唐涉深让她先去睡，她摇了摇头，让他快吃。她就坐在一旁等着，等他吃完了，便起身收拾了碗筷去厨房洗。

身后一个怀抱松松地拥上来，将她圈入胸前。

他的声音从她的头顶上方传来："你不生气的时候，真的很有耐心。"

程倚庭自知挣脱不开他的骚扰，索性放弃。

她洗完最后一个碗，关上水，擦干净手，低着头回答他："因为，我还是挺喜欢仪式感的。"

"哦？"

她欲言又止。

这是私人话题了，原本她不打算说的。夫妻间可以有这个，也可以没有，有些人喜欢，有些人不喜欢。她从未尝试对他要求这个，所以也不必对他言明。万一说了引他发笑，多不好。

他却一副兴致很高的样子："说完再走，否则我不放人的。"

程倚庭背着他，将一个擦手的动作无限拉长，在拉长的时间内将一场私人谈话表达得不那么让人尴尬。

"今天是结婚一周年纪念日，虽然很晚了，却也算是一起吃了蛋糕和晚饭。我收拾好再去睡觉，就感觉这一天过得很完整。如果落下什么，或是少了什么，总像有某种遗憾。"

她说着，又抬头看他："这些话我随便一讲，你不用放在心上。我不会要求你，我们本来就是不同的个体，婚姻内有权利保持相对的自由。"

唐涉深看着她，忽然轻声开口："闭上眼睛，转过去。"

"嗯？"

虽然有些不懂，但她还是听话照做了。

左手无名指上一阵冰凉的触感，她听到他说"好了"，睁开眼，只见左手上一枚钻戒，正在灯光下熠熠生辉。

和他送给她的结婚钻戒不同，这枚钻戒更接近于艺术品。更令她惊奇的是它的色泽，纯正的粉色，好似少女亭亭玉立。

程倚庭的心一紧："这是……粉钻？"

他对她笑了："你手上一直戴着一枚粉色的戒指，上个月见你弄丢了，所以想办法找了一枚相似的给你。"

程倚庭的心如擂鼓。

她确实有一枚粉色戒指，质地却绝不是钻石，仅仅是普通的宝石。那是很多年前，她第一次把霍与驰带回家见父母，她的父母在送走霍与驰后送给她的。

程家是小户人家，父母在送给她那枚戒指时对她讲，做父母的，总要在女儿嫁人前送一件可以令女儿漂亮起来的礼物。后来，她与霍与驰订婚，再取消，最后形同陌路，当中很多东西都不见了，只有那枚戒指她始终留着，没有扔。那是父母送给她的，与霍与驰无关，里面有一些珍重的心情，是舍不得扔掉的。

程倚庭有些动容地望向他："我的那枚不贵的。"纵然不是内行，也知道粉钻这一类稀世珍宝，价格绝非她可以承受的。

唐涉深摸了摸她的脸："男人送女人东西呢，最期待的礼貌就是被接受。"

程倚庭感受得到他手心的炙热，那是男人对女人的欲望。她的脸烧起来："你一直都是用这种手段哄人的吗？"

"不知道。"

"嗯？"

他握起她的手，粉钻配纤手，他很满意。之后他猛地将她拦腰抱起，走向二楼的主卧。一段旋转楼梯上，响起他缓慢的脚步声。

她听见他的声音，喑哑又性感："我只哄过你一个。而且很明显，效果还不怎么样。"

隔日清晨，唐涉深是在一个很微妙的梦里醒过来的。

梦里程倚庭问他累不累，不待他回答，她就靠在他的腿边坐下，捧着书看起来。她对他讲："你忙你的，我陪你一会儿。"书房里有壁炉，一簇小火苗在冬日里烧得噼啪作响。他坐在沙发上看资料，一垂手，手指正好能碰到她的脸。她没有躲，这令他心动万分。他没有控制自己，也根本不想控制，手指顺着她的颈向下探了探，指尖传来光滑细致的肌肤的触感。

唐涉深睁开眼。

床头的电子钟发出“嘀嘀”声，提醒他七点整。时间到了，他可以从旖旎的梦境里清醒过来了。

男人长臂一伸，将声音关闭。

他睡眼惺忪，手抚着额头。方才有多旖旎，现在就有多清冷，梦里什么都有，梦外他活得像一条已婚状态的“单身狗”。

等等，这个评价是谁给的?

想起来了，是唐信给的。

唐信觉得他的爱好很特别，甚至有点特立独行，特别舍得牺牲自由，去追求虚无的快感。

唐信一直把他当成移动的心理学样本来研究，并且对他的婚姻结果是好是坏，持作壁上观的态度。唐涉深和程倚庭两个人在他眼里，一个是惨烈，一个是壮烈，这两个人对着一纸婚书许诺要共同追求幸福，唐信觉得画面挺喜感，有种真正的黑色幽默感在里面。

但那又如何？太简单的幸福唐涉深不喜欢。那不够美，他骨子里追求又虐又痛的快感。程倚庭刚刚好，能给他持续的此类感觉。

主卧房的门被人敲了三下，非常有节制，这是管家数十年如一日的作风。

他应了声：“进来。”

管家是个五十岁的老派人士，领一份钱，做一份事。

唐涉深是个合格的雇主，从某种意义上讲，他所给的待遇远远高于行业平均水平。

管家初到此地时，是个刚过三十岁的青年，面对当时只有十岁的雇主唐涉深，他将惊讶之情很好地放在了心里。他的雇主那时天真无邪，一副很好骗的样子。然而职业道德让他选择了就像对待任何一位雇主那样对待这个十岁的少年，不卑不亢，该颔首鞠躬时也会颔首鞠躬。一周后，他被通知雇用了。

刚开始那几年，年轻的管家甚至有些同情这位雇主。父母遭遇飞机失事早早离世，留下足够他一生衣食无忧的庞大基金会，以及凶险万分的SEC大财团。管家越接触越发现，这位十岁的雇主风格多变，有时天真，有时沉稳。再到后来，他的风格开始统一，那是在入主SEC后。从此以后，管家只能记起唐涉深那永远一丝不乱的外表，以及提早二十年成熟的待人接物方式。

在管家四十岁生日那年，他那位已经年满二十的雇主给他送上了一个分量不轻的红包，说是一点心意，四十岁生日是大日子。顺便笑着提起，当年雇用他，是因为他是唯一一个没有流露出对一个十岁孩子糊弄表情的大人，这样的人用着放心。一句简单的话，却听得管家心惊肉跳，这才恍然明白当年那个十岁少年的天真是装的，大人以为糊弄得了他，其实是他糊弄了大人。

二十多年过去，管家每每听到外界风言风语，说唐涉深不好惹的传闻时，都会一笑置之。他什么时候好惹过？他从十岁起就不好惹，只是你们不知道而已。

管家推门进屋，待这位雇主一如既往，尊重有礼："先生，早餐准备好了，您是下去用，还是端上来？"

"我下去好了，不用麻烦端上来了。"

"好的。"

他正在穿衣服，扣子未完全扣上，现出胸前的几道抓痕。

管家不动声色地移开视线。

难怪他今日心情如此之好，原来是昨晚纪念日过得好。

洗漱完毕，唐涉深挽着袖口下楼。坐下端起牛奶时，他问了一句：“太太什么时候走的？”

“六点多。”管家对他道，“太太五点多就起了，接了公司的一个电话，说有事，连早餐都没有用，急急忙忙就出了门。”

唐涉深喝了一口牛奶，喉咙口一吞一咽，发出“咕咚”声。

管家知道，他分心了。以他的教养，用餐时是不会发出声音的。

唐涉深确实分心了，他分心计算了一个时间。

昨晚很疯狂，确切地说，是他很疯狂。至于程倚庭，愿意不愿意，她并未将答案表现得太明显，但到底她还是配合了他的疯狂。

他这么一闹，就闹到了深夜两点，她最后在他的臂弯中沉沉入睡。窗帘未拉，月光透进来，她额前的每一缕散发都被月光映得清楚分明。他一点一点拨开她额前的碎发，沉迷于一个女人在这一刻的脆弱感。这是多么好的脆弱感，给了他占有和享受的双重快感。

然而五点多起？这也就意味着，她才睡了四个小时都不到的时间。她甚至连走都未曾惊醒他。

唐涉深撕下吐司的一角，放入口中。他撕的动作很用力，一种无声的暴力。

她这个样子常常给他一种“露水情缘”之感。她似乎并没有太当回事，对这个地方，对他这个人。或许她是真的无心之人，又或许被抛弃过的人都会有这种历劫的遗味，生命的焦味。他不是个心胸狭窄之人，对她的那段过往兴致缺缺，也从未有兴趣去想，现在的程倚庭是不是真的昂扬，真的坦荡。

男人沉默了一会儿，一片吐司吃了半个小时。

对一个女人探究太多，不在他的准则范围内。但他渐渐发现，自己的内心有种危险的蠢蠢欲动，想要打破这条准则。

做记者是个标准的苦差事。

选题过不了，没有理想，也没有奖金，诗和远方都成了泡影；选题过了，没有白天，也没有黑夜，自由和生活都成了身外之物。这是一个需要一点理想主义才干得下去的职业，唐涉深常常觉得程倚庭有种非现实的思维方式，说“愚蠢”当然太严重了，但在他看来多少有点“傻”。当然，他很好地控制住了自己，没有把这种感觉说出来。但事实上，唐涉深的感觉非常精准，程倚庭有点理想主义，有时候这种理想主义甚至有些脱离现实。

这天十二个小时连轴转，稿件组记者和摄影组记者结束工作回到办公室，坐下去就再站不起来了。活着还是倒下，只差一口气。

主编走出来鼓舞士气：“各位辛苦了。今晚大家继续努力一下，加点工，明早把新闻赶出来，这个周末我请客。”

一个年轻小伙子瘫在座位上喊：“主编，请顿好的啊，可不能再像上次那样，叫顿外卖就打发了。”

主编扫过去一眼：“外卖不好吗？上次就你吃得最多。”

众人大笑起来。程倚庭单手捶着肩，缓解一天的酸痛。这会儿也被氛围感染，笑了起来。

身后有人轻轻地拍了拍她的背。

她没有防备，转身一看，是主编。

主编低声对她道：“倚庭，你跟我来办公室一趟。我有些话要对你讲。”

程倚庭捶肩的动作顿了一下，很快应声：“好。”

共事四年，她了解主编的性情。这是一个很少私下找下属谈话的中年男人，喜欢把事情都敞开了说。仿佛办公室的那道门一开一关，就把透明、公平这些词语都关在了门外。程倚庭有时觉得，这也许就是一个老传媒人的职业病，把透明和公平看得比命都重要，也不管这个世界还有多少余地可以让他去透明，让他去公平。

程倚庭走进这道门时就有了心理准备。主编不再透明和公平了，这就意味着一些令他很痛苦的事即将发生。

两个人面对面坐下，主编给她倒了一杯茶。年长她二十岁的主编，这一刻反而踌躇了，仿佛对不起她似的，半杯茶喝下去也不见他聊正题，还在说着她的过往，好似要跟她忆苦思甜。

“你是我校招进来的，现在还记得去你的学校，宣讲会结束后你递上简历的样子，真有朝气，真有理想。那时我就知道，你是天生做新闻的好料子……”

程倚庭打断他：“主编，有话您不妨直说，我受得住。”

属下这么果敢，更显得他无能。是否人到中年，上有老下有小，就都会怕事?

他双手交握，终于开口：“倚庭，我们这个行业……这里面的人，要比寻常人承受更多的不公。有些话，其实连我都不知该如何对你讲……”

程倚庭懂了。她不为难他。

换句话说，为难他又能如何？他也不过是自保而已。

“没关系，照实说就好。我进公司第一天，您就告诉过我，做新闻，最重要的是尊重事实。”

主编点点头：“那么，你应该已经猜到我想和你讲哪件事了。”

“如果我没猜错的话，是不是上个月我写的关于某地方儿童捐款工程款项迟迟未落实的深度报道？”

“是。那一天我就跟你讲过，这篇报道一旦见报，牵涉面极广，不断被曝光的真相也会越发骇人。”

她笑了笑，是讽刺：“有人中道落马，有人携款逃离。”

主编看着她，陈述后果：“所以，你得罪了人。”

斗争，必有牺牲品。黑暗与光明，更是水火不容。

她既已陷入，就要有觉悟，也许她斗得过，也许她斗不过，后者的概率无疑要大很多。

主编粗糙且有些苍老的手推着一个白色信封，从桌上缓缓推至她眼前。“辞职信”三个字是用毛笔写的，多么诗情画意。文化人的情怀用在这里，她都要替他浪费了。

“对不起，倚庭。”他自知亏欠，“自打你出校园，就是我一手培养的。看着你一步步走来，现在成长为一名优秀记者的样子，我很满意，也很舍不得。但是……我没有办法。”

他是上司，也是恩师。有恩有权，无论哪一点，她都无法不从。

她问：“是不是上面有人给了您压力？”

“是。”他点点头，告诉她，“倚庭，希望你能理解，除了你，我还有太多必须保护的东西。比如这里，比如这个公司的其他人。所以，我……保不住你了。”

程倚庭握了握他的手。

她可以理解。

他上有高堂，下有小儿，还有一屋子的人要靠他给薪水，他够不容易的了，没有理由非要保住一个程倚庭。

也不是没有见过旁人闹事的样子，互联网社交如此方便，发微博，转微信，把小事闹大，把自己说得多么伟大，把世界说得多么不公，去换取旁人的一把同情和所谓的公平。但值得吗？小小一个互联网，活跃用户两亿人，要承受十几亿人的苦水和苦难，她都觉得这日子过得透透的了，不想再过了。

“主编，您放心，我会立刻向人事部请辞的。如果外人问起，请您就说是我主动辞职的。这样，您和您的心血也会被保护得更好一些。”

被迫离开，才最见风骨。

不仅不记恨，还为留下来的人着想，这是程倚庭的理想主义，也是程倚庭的悲情主义。

“倚庭，”主编低头，“我很抱歉。”

是他向世界妥协了，当初落笔签字允许刊发时有他的一份功，如今他却选择牺牲她一个，换所有人包括他自己的安稳人生。

风浪来袭，程倚庭看得挺开：“没关系，是您教我的，做新闻，最重要的是良心。这一点，我没有遗憾。”

她起身，鞠躬离开，轻轻地关上门，无怨无恨。

主编看着她的背影，神情落寞。

他希望她能过得好，虽然他知道，起码今晚她不会过得好了。

C城中心商务区，有一条高架环路，横跨南北，纵贯东西。从高架人行道上眺望，C城商务区的夜景一览无余。游人如织，白领低头疾走，构成高架环路上两道独特的风景线。

程倚庭站在高架环路的转角一隅，手托着下巴，沉默地看着C城主干道上的车水马龙。她一身白领装扮，却做着游客才会做的事，有好事路人路过，忍不住多看了她几眼。

裸辞、失业，白领最怕的两件事都被她碰上了。距离她失业已有两个小时，说兵败如山倒固然夸张，但内心那一阵持久的不快乐却是真正存在的。除此之外，她还感受到了某种名为恐惧的情绪。

程倚庭明白，她其实是一个很矛盾的人。

她爱挑战，敢冒险，深度调查记者该具有的两项品质她都有，需要铤而走险时她往往不惧牺牲。旁人见了，无一例外认为她是个风险爱好者，不怕变动，只怕不变，“求稳、安逸”这样性质的工作对她而言应该会是一种酷刑。

但奇怪的是，程倚庭的内心其实并不排斥稳定、安逸的工作。她没有从事“铁饭碗”，却会隐隐向往“铁饭碗”。至于向往什么，她自己也说不清楚。偶尔她会发觉自己身上有一种“懒惰”，隐藏得很深，希望平平静静地过日子，到老到死都一成不变，不必动脑。但真正面对选择时，她又犹豫了，无一例外地跳进风险那个坑，心里想着“真后悔啊”，人却还是往下跳。

她时而思索：不知道这算不算一种现代人的精神分裂？

这一晚，她终于尝到了苦果。稳定没有了，风险也没有了，一无所有，连个接住她的地方都没有。

活到二十八岁，离三十岁不远了，她已经明白，在这个世界上，一个人总是要有一些别人抢不走也打不倒的东西在手才会有安全感。不是工作，就是婚姻，要不然，房子也可以。除开这三项，对现代人来说，其他任何事都不过是一句so what（那又怎样）。

她在心里翻来覆去地算计。

赌婚姻，风险太大；赌房子，可以考虑。但问题来了，没有工作，又哪来的钱去买房产?

“还是要工作啊。”

她这样感叹，有种无路可走却还不得不走的悲壮。

很久以后，程倚庭会明白，工作对她的重要性，其实远远不必达到论生死的地步。追根究底，是她自我强迫的情绪占了大部分原因。

换种说法，可以称为不讲道理的感情用事。可惜人要长大，明白事理，总要经历一个过程。失去一些人，失去一些东西后，才会豁然开朗。

而此时的程倚庭，尚未真正失去。

第三章

草莓味清甜

LAST

LOVER

爱一个人也能像小孩子写作业那样，
做不出就轻轻翻篇不做了吗？

和一群高管边吃饭边开完了上半场会。

下半场才是重头戏。

一点半到两点，他有半小时的休憩时间，付骏没有打扰他。半小时后，付骏推门进去，发现他正坐在沙发上，仍闭着眼睛。

付骏心一紧，试图叫醒他：“唐总，时间到了。”

谁知他的声音却很清醒：“陈董事的车到了吗？”

付骏紧绷着的心立刻放松了，明白他早已经醒了，正闭眼沉思，定夺对策。

“还没有。”付骏告诉他，“打电话过去问了，说是不巧，正堵在了路上，要晚半个小时。”

“呵。”

唐涉深笑。他不必查交通软件也知道，C城主干道在这个时间点，哪里来的什么堵车。况且陈董事为人谨慎，SEC前任董事长夫妇出事故以后，他最怕的就是安全问题，一向对出行路线都有十足的准备，堵车是万万不可能的。

但既然对方不惜做到这种地步也要给他安排一个下马威，那他也无妨。作为晚辈，给长辈面子，这点气量他还是有的。

他睁开眼，拿过一旁的西服外套，吩咐付骏：“我等他过来，让各位董事到会议室。我们有的是时间，就一起等好了。”

“好的。”

四十五分钟后，陈董事走进会议室。

唐涉深既没有起身相迎，也没有冷脸相对，他就像一个彬彬有礼的主人，徐徐转过半张椅，对来人礼貌地一笑：“陈董事，等您多时了，请坐。”

谁是主，谁是客，就在这个动作里表达得够清楚了。场内各人看在眼里，在心里盘算：是站队老派陈董事好呢，还是赌一把SEC年轻的首席执行官更划算？

这场董事会，说穿了，就是谁走谁留的问题。

陈董事的问题早已不是秘密，经年累月，积重难返。

他是和前任董事长一起打江山的功臣，传统功臣的功绩他都有，传统功臣的毛病他也一个不落地都占了。现在日子好了，SEC早在数年前就已成为首屈一指的大财团，陈董事的毛病就在这庞大的财团关系中如病毒般扩散了。

吃回扣、受贿、以权谋私，陈董事做坏事的胃口远远大于当年共同创业的胃口。唐涉深对这些事是清楚的，但清楚到何种地步无人知道。唐涉深常年和学术界权威保持良好的关系，这源于他对学术的尊敬之心。他相信，一个人离开学校后，仍然需要时常和钻研学术之人在一起共同探讨，这样看问题会单纯一点，也会理论化一点。唐涉深曾经就公司和功臣之间的关系问题与学术界一位政治经济学家探讨过，后者告诉他，人性的变量是多维的，年龄也是其中之一。你可以要求一个三十岁的青年怀抱雄图壮志、大展拳脚，但你很难要求一个古稀老人面对时日无多的现实时仍保持高风亮节、舍己为人。

那一日，唐涉深沉吟半晌，然后决定召开董事会。

董事会进行了三分之一，陈董事就听出来了：“唐涉深，你想利用今天这个场合赶我走，这件事没你想的那么容易。”

唐涉深并不否认：“是不容易。”

陈董事阴恻恻地看着他。

他笑道：“为您一个人动用这么大的阵仗，这种事我很多年都没有做过了。今天我既然做了，就没想过要留你。”

陈董事大怒：“你以为SEC是你一个人的？靠父亲庇荫的小子，有什么资格弹劾我？”

唐涉深并未被激怒：“有父亲庇荫，这么好的事轮得到我，却轮不到你，你看我多幸运。‘庇荫’这种事，如果注定了一定会有，那么将它放在有理想的人身上，你不觉得更好吗？况且要弹劾你也不是我一个人说了算。我们简单地算一笔账好了，在座的各位董事，还有SEC的上万员工，究竟是在前些年你陈董事的领导之下得益更多呢，还是现在跟着我日子更好过？”

一句话，令陈董事哑口无言。

这笔账，所有人都清楚，陈董事是不敢算的。

太贪婪的人，将别人的那份也一起贪进嘴里，就不要怪旁人会恨他。他拿了旁人多少，旁人就对他恨多少。当今这个商业社会，说“公平”当然太理想化了，但“因果”是存在的，只是早晚而已。

三个小时后，董事会结束。

陈董事低着头快步走出会议室，从此这个地方再没有他的一席之地了。留下的是站队正确的各位董事，免不了要向这位大获全胜的SEC首席执行官恭维一番。

有董事提议聚餐喝酒，被唐涉深四两拨千斤地拒绝了，笑着说“太太管得紧，不让喝这个”。全是男人谈公事的场合他忽然撒了一把“狗粮”，让场面上的各位中年董事简直接不住这个话题，于是一群人讪讪地走了。

付骏再次推门进入会议室的时候，屋内有薄荷烟的味道。

唐涉深手扶着额，一个人坐在会议室没有走，手里一支烟抽了三分之二。见付骏进来，他将手里的烟熄灭，顺口问："晚上我的行程是什么？"

倒是付骏停顿了一会儿。

对他的这位年轻老板，付骏的评价是非常复杂的，似乎用"好""坏"这等一切两半的词都不够形容。但不可否认，他非常佩服这位年轻老板的抗压能力。

唐涉深似乎从未有过太困扰的事，尽管围绕在他身边的事在付骏看来桩桩件件都足够困扰的。一支烟的时间，就是唐涉深化解困扰的时间。有时付骏会想，不晓得他对感情是否也是同样，拿捏得住，拿捏得稳。

付骏回神，翻开行程记录："今晚您需要去一趟东亚环球酒店，参加本城荣氏集团荣董事长的六十大寿宴席。"

"啊，对。"唐涉深像是猛地想起来还有这件事，"做晚辈的，是该过去一趟。"荣氏在C城历史已久，人脉盘根错节，既不得不交好，也不得不防。

他忽然想起什么，交代道："晚上带程倚庭一起过去，你打个电话给她。还有，准备好今晚送去寿宴的礼物，分量重一点，老人家喜欢热闹。"

"礼物已经准备好了，"付骏说完前半句，还有后半句，"给程小姐的电话也打过了，不过她挂断了，没有接。"

唐涉深一听就笑了，颇有种遇到共患难知己的感觉："你也被拒听了？正常，别灰心，她经常连我的电话都拒听。"

唐总品味果然独特，这是什么夫妻情趣?

唐涉深起身。他今天心情不错，说话的声音也格外轻松："晚上的寿宴你不用去，把礼物送过去就可以了。至于程小姐……呵，这么大牌的小姐，交给我好了。"

晚上八点，东亚环球酒店，唐涉深现身荣董事长寿宴现场，身边没有佳人相伴。

荣董事长是本城名人。

他出身于商业世家，曾经跟随家族远走香港，但天性对故土有着一份热爱之情。改革开放的春风传来时，荣董事长敏锐地捕捉到了这一个历史信号，义无反顾地成为家族返回家乡的第一人。

如今他六十岁，更是看得开，在寿宴上拒绝了晚辈搞欧美那一套清新脱俗的仪式，什么颜色热闹用什么颜色，整个宴会厅都用上了中国红。这才符合中国传统寿宴该有的样子，半生风浪，六十红火，兆头极好。

荣董事长和唐涉深有点交情，确切地说，是和SEC前任董事长夫妇、唐涉深的父母有点交情。当年SEC前任董事长夫妇意外身亡的消息传来时，也是让荣董事长大为震惊，他很痛惜，毕竟和这一对夫妇颇有些惺惺相惜的感觉。但痛惜之余，他也是打了一把算盘的：要不要趁着这个机会将群龙无首的SEC收入囊中呢？

二十年后，荣董事长无比庆幸，当年没有做后面那个选择。

他敏锐的商业直觉又一次救了他一回。唐涉深的存在让他隐隐有种预感，SEC并非群龙无首，而是潜龙在渊。

如今，事实证明，他赌对了。

当年那些觊觎SEC的老家伙，无一有好下场。荣董事长就不一样了，他隔岸观火，对SEC没有做过一件趁火打劫、火上浇油的事，甚至在后来唐涉深需要帮助时，他还适时地帮了一些忙。渐渐地，随着SEC的崛起，荣董事长的声誉也一并崛起了。这还不止，最令他得意的是，他成了为数不多的令唐涉深欠下人情的长辈。

这会儿，他的小女儿告诉他：“爸爸，唐涉深到了。”

荣董事长朝正在谈话的一群人笑着说“失陪一会儿”，立刻举步相迎。

“哎呀唐侄，许久不见，我这个老人家很是想念你啊。”

“劳烦荣董事长牵挂，是我的荣幸。一点薄礼，不成敬意。”

“你真是客气。”

一旁荣家的小女儿代替父亲收下礼物，老人家叫了一声小女儿的闺名：“媛兮，为唐总拿杯酒来。”

侍者端着一杯酒，早已站在一旁多时。唐涉深只要伸一伸手就能拿到。但荣董事长开了口，这杯酒就不能由他来拿了。

侍者将托盘递到荣小姐面前。

荣媛兮双手端起香槟杯，递给他：“唐总，请。”

他接过酒杯：“谢谢。”

荣媛兮脸红了。

荣董事长开心得红光满面：“好，好。”

也不知他在“好”些什么。

唐涉深喝了一口香槟，有种被人免费摸了一把的感觉。

荣董事长有三个儿子，生到第四个才有了一个女儿。老来得女，宠上了天，荣媛兮在C城名媛圈赫赫有名。唐涉深不是不知道荣董事长在打什么主意，婚前他不介意，年龄到了，普通人家都免不了有热情的三姑六姨来做媒，何况是他这样的“单身狗”。但婚后他觉得烦，仿佛结婚没有为他挡去任何麻烦事，婚前有多少麻烦婚后依然有多少。更令他微微有些不爽的是，程倚庭对此似乎并不在意。用她的话来说就是，“你这样的身家，别人有这样的念头，在道德感匮乏的群体中来说，是有存在理由的一件事”，把一桩夫妻间的事谈成了冷静的记者剖析。

他看了一眼空落落的臂弯，想起了今晚和程倚庭的一通电话，把这笔账算在了程倚庭头上。

一个小时之前，他给程倚庭打了一个电话，跟她讲起今晚的宴会，邀请她陪同出席。程倚庭静默了一会儿，唐涉深能听见她平缓的呼吸和电话那头车水马龙的声音。她似乎正走在马路上，走一阵停一阵，呼吸也跟着强一阵弱一阵。唐涉深忽然就明白了，她是不愿意来的，她正在想一个能够拒绝他又不伤害他的托词。但她显然缺乏一点天分，在这个过程中已经让她自己先伤害到了。

他鬼使神差地出声替她解围。

他告诉她，这个宴会其实不太重要，去不去都不要紧。他是担心她一个人吃不好晚饭，才想带她同去，不方便的话就不用去了。说这话时他的态度和演技很到位，比她到位得多，随口一提的样子就像在讲一桩小事。果然，他听见电话那头传来一声放松的呼吸，下一秒，程倚庭拒绝的声音立刻传来："好的，那我就不去了。"

唐涉深挂断电话，在车里坐了十分钟。

他又想抽烟了。他不是一个嗜烟的人，只有心里不痛快的时候才会想起它。自从有了程倚庭，他这个不算爱好的习惯有上升的趋势，这令他提高了警惕。

他摸了摸手边，作罢。

还是……算了。

无论是对烟，还是对程倚庭。

唐涉深端着香槟在场内应酬了一圈，找了个空当，挑了就近的一间休息室，推门走进去。无聊的应酬，能躲就躲。他叫来侍者，要了一份水果，指定了要草莓。侍者做事迅速又周到，一盘草莓递到他手中时还带着水，新鲜欲滴。

他咬了一口，仰头闭目休憩，草莓的清甜令他想起了程倚庭。

程倚庭最爱的水果就是草莓，仿佛婴儿未断奶，她一直都没有断掉这个嗜好。他常常能在临睡前看见她坐在床头，手边一盘草莓、一本日记，她写一会儿字就吃一颗草莓，有时汁水从她的嘴角溢出来，他看见了，欲望顿生。在这样的夜晚，每每与她纠缠，他的嘴里、床上、卧室内，都会有草莓清甜的气息。从此以后，这股清甜一跃跳出了嗅觉范围，成为他心底引爆两性关系的引线。

他正漫无目的地闭目沉思，耳边传来关门声。下一秒，他的双腿压上一个重量，荣嫒兮顺势在他身上又坐近了些。

她身材曼妙，今晚只着一件金色吊带薄款礼服，这会儿正坐在男人的三角地带。她不信以这样的优势都打动不了他的心，退一步讲，即使打动不了心，她也不信他能不动欲念。

唐涉深睁开眼，正好看见旁边的女人正从他的餐盘中拿起他咬过一口的草莓，将剩下的半颗放进嘴里。

汁水从她的嘴角溢出，她舔了舔，朝他抛去迷离的眼神："唐总，爱好这么特别？喜欢这么清甜的小东西。"

换一个女人，感觉果然就不对了。

不再清甜，满是世俗。

他对眼前这盘草莓迅速失去兴趣。

男人一笑，字正腔圆地开口："我太太喜欢，我只不过是学她的爱好罢了。"

荣嫒兮没想到他拒绝起人来这么狠，当着人的面，一开口就把人的脸打了。但她也可以理解为，这是欲擒故纵。

"唐总和太太感情这么好吗？那么今晚怎么没见唐总带着太太一起过来？"

一句话将死了唐涉深。

双方都是高手，单凭几个回合，胜负还很难辨。

唐涉深摸了摸左手的婚戒，出声劝她："荣小姐，对一个已婚人士有兴趣，这笔生意划不来的。"

荣嫒兮满不在乎："婚姻？一张纸而已。"

"那么，如果这场婚姻中的双方都不好惹呢？"

"您太太不好惹吗？外界风评可不是这样说的哦。至于唐总你嘛，再不好惹，现在还不是让我坐在您的旁边了？"

唐涉深笑，一点推开她的意思都没有。

荣媛兮娇笑着望向他。

她就知道，此刻坐在他旁边的何止是一个荣媛兮，还是整个荣氏的恩宠和分量。她单单只是想得到他，一辈子也可以，一晚也可以，这样的关系对任何男人来说都是求之不得的。

荣媛兮双手环住他的颈项，曼妙的身躯随着这个动作被送到了他的眼底。荣媛兮知道，他只要一低头，就会看见她吊带礼服内的隐秘风光。

唐涉深没有低头。

他忽然转了方向，对着休息室内间的换衣室开口："里面的朋友，觉得不方便再看下去的话，现在可以走出来了。"

荣媛兮大惊失色，这间屋子里还有旁人?!

一阵窸窸窣窣的骚动过后，换衣室里果然走出来两个人。两位中年男士，看红润的脸色应该是喝多了，在洗手间吐过后弄脏了衣服，正在这里的换衣间换衣服。

荣媛兮猛地收回圈在唐涉深颈项上的手，站了起来。

她明白，方才她礼服之下的隐秘风光没有被唐涉深看去，倒是被眼前这两个中年男人全看了去。这还不止，方才她对唐涉深的试图勾引，也被这两个人一并看了去。

"你们敢说出去的话……"

她语气恶狠狠的，没把后面的话说下去，吩咐道："滚出去！"

"哎……哎……"

两个中年男人自知荣氏的四小姐惹不起，酒劲上涌，一路飘着走了出去，嘴里还不停地重复："荣小姐，你放心，我们不会说出去的……"

荣媛兮气到发抖："滚！"

室内再次恢复安静，荣媛兮却不敢再对眼前这个男人有所图谋。

她冷冷地望向他："你故意的，你早就知道这间屋子里还有人，你是要看我出丑。"

"也不是。"

始作俑者一脸无辜地回望她："我早就说过了，已婚人士也有不好惹的。荣小姐，是你自己不信而已。"

程倚庭回到家已是晚上十点。

管家告诉她，唐涉深也刚回来，在宴会上喝了点酒，司机特地去接的，回来后已经上楼去卧室了。程倚庭点点头，正好她也累了，一起早些休息也好。

她推开门，唐涉深讲电话的声音传了出来。

"是，我今晚还有些事，走得早……招待不周？怎么会，荣董事长您客气了啊……我太太？啊，对，她比较怕生……呵，荣氏的董事长盛情邀请会吓着她的……下次吧，下次有机会我带她过来介绍给您认识……"

电话挂断，他的表情玩味。

这个圈子里果然没有秘密，酒鬼的嘴就更不严了。

荣媛兮今晚对他做过的事，恐怕现在已经传开了，都传到荣董事长的耳朵里了，为此特地打电话来旁敲侧击地请罪，希望他不要生气，都是小女孩不懂事。唐涉深当然不会为了这种事和整个荣氏过不去，他应付了几句，反正方才已经给了荣媛兮一个教训，他就将事情翻篇了。

他转身，看见程倚庭正站在门口，表情似乎有些蒙。他走过去，手松松地环住她的腰："怎么？一副不认识我的样子。"

程倚庭花了一点力气才让自己回神。她没有告诉他，他方才挂断电话后的那个样子，确实让她莫名感到陌生。

不动声色，兵不血刃，谁负了他，他就要谁付出代价，笑着说“没关系”，心里已经拔了刀。她对这样的男人心生恐惧，因为她不知道，终有一天，她会不会也是他要除掉的目标之一。毕竟，她常常觉得自己是负了他的。

“没什么。”

她摇摇头，给他脱外套：“你今天有应酬，应该累了，我去给你放洗澡水。”

他又日行一乐，抓住她的手跟她作对：“不洗，你先哄哄我。”

程倚庭气定神闲地看着他：“真不洗？”

“嗯哼。”很洋派的哼声。

“身上有证据，还不洗？”

唐涉深难得一愣：“什么证据？”

程倚庭放下他脱下的西服外套，翻开他的衬衫衣领。顺着衣领线向下，在第二颗纽扣的地方，一丝口红唇印正耀武扬威地沾在本该只属于她的地方。

程倚庭似笑非笑地看着他：“我猜猜，嗯？这个地方，证明今晚近你身的女孩身高不够，看样子，应该是个身材娇小的姑娘。”

荣媛兮那个祸水……他怎么就忽略了，她坐在他身边蹭啊蹭的时候，把证据都蹭到他身上了。

程倚庭放开他：“去洗澡吧。”

他一把抓住她的右手，将她重新拖回怀抱。

他盯着她平静的脸庞：“你不生气？还是，已经生气了？”

程倚庭笑道：“你有做让我生气的事吗？看样子应该没有。如果没有的话，我又气什么呢？”

她从他怀里挣脱，径自去了浴室。不一会儿，水声“哗哗”地响起。他望过去，正好能看见她弯腰替他试水温的动作。她的长发垂下去，沾湿了发梢，她抬手将头发拢到耳后。多温柔的手势，多温柔的程倚庭，简直是全天下男人的梦中情人，唐涉深的眼神却发冷。

他稳了稳情绪，将方才那股发冷的神色甩去，踏入浴室。

他一边解开衬衫纽扣，一边问道："过几天陪我去香港，怎么样？"

"我不去了，忙呢。"

"辞职了还忙？"

程倚庭正在试水温的手陡然停下动作。

浴池的水仿佛瞬间变得冰冷，否则怎么会让她的手这么冷，冷得控制不了地颤抖。

唐涉深似乎毫无察觉，解开袖口，慵懒地继续说："反正辞职了，就陪我出去一趟，要等到你有空还真不容易。"

程倚庭变了脸色，惨白的，惨败的。

他在说什么？

他怎么会知道？

傍晚才发生的事，数小时前她才刚递的辞职信，短短时间内他就已经这么清楚了？程倚庭猛地站起身，浴池的水随着她的动作溅起来，溅湿了她的衣服。

她的语气很冷："你调查我？"

"嗯？"

"你……考虑过我的心情吗？！"

她愤怒了。

被人掌控的滋味不好受，唐涉深却是一个习惯掌控别人的人。程倚庭的不幸在于她是一个习惯有秘密的人，而唐涉深却不允许枕边人有太多秘密。

两厢不容，她不肯退，他也不肯，她只能赌自己比他更坚强。

可是她失算了，一个要努力坚强的人早已不是坚强之人。就好比一个口出狂言说要做浪子的人其实心是热的，早已做不了浪子。

程倚庭握紧了拳头："和你结婚前我就知道，人人称你一声'唐总'。"

事实上，这两个字对唐涉深而言，不仅不过分，简直是客气了。他早已是SEC的首席执行官。

微妙的是，人们似乎并不愿意这样称呼他，仿佛将他喊老了。他的父母故去得早，以如此年轻的年纪接手SEC诚然是能力的体现，但也不可否认里面还有一些悲剧的气息。他的特助付骏总是以"唐总"称呼他，似乎这样可以将那一股悲剧的气息减少一些，久而久之大家也都跟着这么叫了。

但这些事，程倚庭是不会知道的。

他以空降的姿态出现在她的生命中，她从认识他的第一天起，他就已经是这样一个人：比大多数人有更多的余地，去达到自己可大可小的目的。翻手遮天，覆手盖地，大抵说的就是这种人。

程倚庭对此始终心存一份抗拒。

"做'唐总'的滋味很不错，是吗？所以不仅要在公司做，在家里也要继续做，是吗？我这样的人，在你眼里是什么样的呢？是随时随地会失败，失败了还没有勇气承认，所以你要来揭穿我是吗？总是表现出很体谅我的样子，那是你试图对我展现的大方吗？我告诉你，我不要。"

程倚庭很少一口气说这么多话，现实的差距让她在他面前始终是寡言谨慎的。基本上，在大部分时间里，她都可以算是一个安静的人。这个样子的程倚庭更不懂如何发脾气，往往只有别人冲她发脾气，而她是一个连发脾气这件事都懒得去做的人。只有面对唐涉深时，程倚庭可谓是勤快地闹够了脾气。

她控制不了，她发现自己一点都控制不了想要对他发脾气的欲望。这种欲望来势如此凶猛，仿佛存在已久，只是在等一个机会发作，破笼而出。

究竟她在期待什么呢？期待可以有一个男人来承受她这一面真实又惨烈的自我，还是仅仅在期待这个男人只能是他？

做人至此，对他对己，她都失望透顶。

唐涉深停下了动作。

他听她说完，从头到尾听完了她的控诉，也听完了她近乎声嘶力竭的愤怒。最后，她终于停止了，他才望向她："说完了？"

程倚庭喉咙发涩，不发一语。

他转身走出去，再回来时拿了手机。他调出通话记录，上面显示着今晚的一个已接电话。

"这个号码熟悉吗？"

程倚庭看过去，握紧的拳头悄悄松了松。

唐涉深将手机放在她手里，让她自己去看："晚上，你的同事打了这通电话给我，告诉了我你辞职的事。你有一箱文件遗落在办公室了，他们找不到你，在家属联系人那栏找到了我的号码，所以打给我，希望我过去帮忙拿一趟。那一箱文件我已经帮你拿回来了，就在书房里。不信的话，你自己去看。"

程倚庭的心一沉，手心开始发烫。

她又做错事了，仿佛考试考砸了，要去求得所有人的原谅。她害怕这种感觉，却一生都摆脱不了这种阴影。

他对她的眼神是探究的，这令她更惶恐："程倚庭，我可以理解你想瞒我这件事的心情，我不能理解的是，就算我知道了，你瞒不了了，你有必要反应这么大吗？"

她手足无措："我刚才那是……"

"刚才以为我调查你？"

他一笑，不含善意的讽刺又回来了："如果我有兴致那么做的话，你现在就不会完好无损地站在这里了。"

唐涉深当晚直飞香港，将计划整整提前了一周。

付骏为此手忙脚乱。当他接到老板的电话，通知他两小时后到机场，正躺在被窝里舒舒服服看小说准备睡了的付特助差点以为自己出现幻听了。但首席特助临危不乱的本事就是要在这种时候体现。换言之，付骏的身价也是在这种时候体现得最完美。

一个半小时后，付骏准时出现在机场，比老板指定的时间还提早了半小时。唐涉深给他开出的是高薪，他晓得其中的利害关系。他有一种预感，能让唐涉深临时改变计划深夜出行的原因只有两个，一是香港那边的合作方出了事，二是家里出了事。

当唐涉深一脸阴郁地出现在机场，他就更进一步地确定了自己的想法。原来是家里出了事。又吵架了吧？和太太？

在付骏看来，唐涉深和程倚庭吵架的次数不算少。以月度来计算的话，还挺平均的，一个月少则一次，多则三次，十分规律。

吵架是一件很累人的事，但付骏觉得，这一对男女中至少有一个人沉醉其中，而唐涉深无疑就是这个人。

付骏不太能理解这种带着轻微自虐和虐他倾向的享受在唐涉深生命中占据的重要地位，但他至少能肯定，缺少了它，唐涉深会少很多乐趣。对唐涉深而言，久攻不下的东西太少了，轻易得手的快感已经满足不了他，他需要一场拉锯战、持久战，来消耗掉他日益旺盛的精力，程倚庭无疑就是最好的存在。但偶尔付骏也会想，持久战太久了，会不会将他整个人都消耗掉？到时候他也能像小孩子写作业那样，做不出就轻轻翻篇不做了吗？

C城距离香港不算太远，三个小时的飞行就能落地。付骏坐在后座，旁观他的老板从机场到上飞机后，阴郁的脸色始终未化开。空姐走过去，弯腰微笑，问他需要什么饮料和餐点。他只说了一个字，“酒”，随即又改口说“橙汁好了”。空姐微笑着答应，很快给他端来一杯橙汁，以及一份精致的水果餐。三个小时后，飞机即将落地。付骏看了看那杯橙汁，唐涉深一口未喝。倒是水果餐盘中的草莓被他捏在指间，不知在看些什么，最后放入口中吃掉了。

他心里还是挂念着太太啊。

付骏这样想。

程倚庭连着几晚都没睡好。

和唐涉深不欢而散后，比起两个人之间忽然的疏远，程倚庭觉得失业带给她的痛苦似乎都不太明显了。

那晚过后，唐涉深动向全无，仿佛一架飞机，不仅带走了他的人，连他的心也一并带走了。程倚庭连着几晚失眠，头疼得厉害。这一晚又是这样，翻来覆去毫无睡意。她拿起手机，按下开机键，在深夜看着屏幕重新亮起。

还是……道歉吧。

她这样想。

本就是她有错在先，虽然她并不觉得冤枉他一回对他会有太大的伤害，但转念又一想，他岂是一个可以任意被冤枉的人，一点委屈就大惊小怪，都是从小到大被周围人惯出来的毛病。

“唐总。”

她轻声喊，细细咀嚼这两个字。多说一遍，就多一份陌生。他和她之间的疏远，岂止是从那晚不欢而散开始，明明是从一个名字就开始了。

“这个名字不好，叫‘小唐’多亲切。”

就像她在公司，人人称她“小程”，偶尔有晚辈称呼她，也不过是一声“程老师”。多大方，完全不会给人千里之外的冷意，这才是她喜爱的生活。

她拿起手机，翻开微信。界面置顶的第一个聊天框就是唐涉深的，那是他亲自给她设置的置顶。他对她很较真，连一个聊天对话框也不放过。因为他已经将她的聊天框置顶，所以一定要她也同样如此才公平。她笑他好似一个大学生，第一次同人拍拖，处处讲究平等。

如今，在这个深夜，程倚庭想起这些事，有些怅然若失。

仿佛……是她错了。

不止大学生拍拖，成年人结婚也该讲究处处平等。

她拿起手机，给他发微信。

四个字，带着点道歉式的促狭：晚安，小唐。

等了一分钟，无人回应。

程倚庭在黑暗中涨红了脸。

三分羞愧，三分后悔，三分生气，一分失望。

不满两分钟，还在可撤回时间内。她迅速将方才四个字的信息撤回，屏幕上沉静如死水，多么像生活，无人笑，也无人哭。她扔下电话，翻出床头柜里的安眠药，拿了一粒，端起水杯一饮而下。

睡意渐渐袭来。

她沉沉地睡去，不再痛苦。

这个世上，连药片都比男人安全，可以给她睡眠，给她安全感。

周四的傍晚，程倚庭接到一份面试通知。

全英文的邀请信件，言辞之间颇具涵养，以文字对话，平等待人。简而言之，这是一份令程倚庭欣喜且心动的邀请函。

她决定赴约。

隔日一早，她便起床了。约的时间是上午十点，她不到六点就醒了，晨浴之后化了淡妆，为自己挑选了一件有职业感，却又不会显得太硬朗的衬衫。然后她就下楼吃早餐，以确保等会儿面试时不会因为饥饿感而过度紧张。

管家来到主卧整理，看见了放在床头的安眠药。

少了四粒。

管家的脸色微沉。

她日日吃，每日一粒，靠这个度过漫漫长夜。多不好的习惯，隐隐透着不顾自己的危险。

管家将那盒药片收了起来。

下楼，见程倚庭正喝完杯中的最后一口牛奶。

管家想了想，开口："太太。"

"嗯，有事吗？"

她刚抬起头，电话又响了，她接起来说了几句，是面试公司打来的。管家听到她应对如流的声音：是，我是程倚庭，会准时到，谢谢。挂断电话时她已经全然忘了和管家之间的对话刚起了个头，还没来得及说下文。她用湿纸巾擦了擦手，拿了包就走了。

"我先走了，谢谢您的早餐。"

管家当然只能送她离开："好的，太太，小心开车。"

这是个好女孩，且极不具备安全感，唐涉深也没有给她。或者说，他非但没有给过她，反而给了她更多的不确定性。

有时候管家隐隐会有些担忧，一对男女以这样一种方式相处下去，日子长了，总会有一个临界点。临界点过后，是殊途陌路，还是……谁又知道。

C城中心城区有一座写字楼，叫"东信大厦"。

程倚庭今日来面试的公司，就位于东信大厦的第二十二层至第二十六层。这是一家很"贵"的公司。不说其他，单论能够在地标性建筑的东信大厦包揽五层楼的气势，实力就已足够惊人。

面试官是一位中年男性，姓章，已过知天命的年纪。从程倚庭坐下的角度看过去，他甚至有些显得老。鬓角斑白，双手布满皱纹。谈话还未开始，程倚庭就已经对他生出些许敬意。

媒体人很辛苦，眼前这位媒体人，一干就是大半生，无论干得好与不好，都足够令人尊重。

"我看过你的新闻作品，以及一些专栏评论，印象深刻。"

“谢谢，我当这是对我的一种鼓励。”

章主编笑容和蔼，捏着一支钢笔，打量她：“你一定想过，不止当一个记者。”

程倚庭浅笑：“您是担心我有私心？”

章主编并不否认：“写作者，总会希望有以自己人格为主的作品呈现，渐渐地，就不会满足于只有作品。个人品牌也很重要。”

“是，我当然有这样的私心。如果没有，写作的热情也会少一点。”

“那么，你要如何说服我，让我相信你会把足够的精力和心思放在这份工作上，而非工作以外的私心上呢？”说完，连他自己都笑了，“请你原谅一个老人可能扼杀一个年轻人成为大作家的不光彩行为，毕竟，工作领薪水是一件十分世俗的事，我也讨厌得紧。但是没有办法，这就是社会，社会是需要规则的，个人的力量无法冲破这一维持稳定秩序的规则。”

这话有自嘲，有解释，程倚庭可以理解他。

她声音平静：“因为，记者是最后一个能为新闻当事人说话的人。所以，我更愿意做记者。”

半晌，章主编起身，朝她伸出了手。

“程倚庭小姐，欢迎你加入本公司。”

程倚庭同他握手，致谢。

承诺即不毁约，这是新闻人的人格。

十一点，面试结束，定下签约事项。中午，章主编同程倚庭一起吃了中饭。中饭是在公司食堂吃的，他顺便带她提前熟悉了一下公司。下午，章主编又带程倚庭参观了各楼层的各区域。不同的部门有不同的人员配置，唯一的相似之处是人人都很忙，打字声、播音声、开会议论声，不绝于耳。程倚庭不排斥这样的忙碌，甚至有些期待这样的忙碌。这就意味着，她不会有太多时间去想别的人、别的事。

下午两点，章主编准备送程倚庭离开，起身时接到了一个电话。

章主编的声音听上去很高兴，隐隐还有一丝期待：“已经到了吗？啊，这么快。好的，我知道了，我立刻上来一趟。”

他转身，改了要送她出去的决定，对着她道：“巧了，程小姐，要耽误你一些时间了。有一个人，你今天能见一见就最好了。”

“好的，不知是哪位？”

“是你将来的上司。”他笑眯眯地告诉她，“从总部空降到C城担任制作部总监，你将来的企划案能否采用，都需要他来定夺。听起来很有压力是吧？哈哈，不要怕，他人很好，而且和你一样，很年轻。他在美国很多年，曾经供职于美国知名新闻媒体，在职期间主导了两宗美国电视台的收购案，影响力很大。如果不是后来家庭原因要回国，美国那边公司都不肯放人。”

程倚庭点点头：“这样。”听上去是个很厉害的人。

章主编领她上楼：“哎，我老啦，是你们年轻人的天下了。”

程倚庭笑道：“我一点也不觉得您老了，您的眼光仍然好。”

“哦？这算是一种恭维吗？否则，何以见得？”

“就凭您相信我，就是您有好眼光的见证。”

章主编大笑。

“程倚庭小姐，也是意外地不容人小觑啊。”

两人说笑着，来到二十六楼。

走廊尽头是一间独立办公室。柔软的地毯直通向办公室门口，她的高跟鞋踩在上面，没有发出一丝声音，这让她陡生压力。“制作部总监办公室”，黑字标志悬于门口，足够分量。程倚庭又想起方才章主编说过的话，这里面的人很年轻。她不禁将背挺得更直了一些。这个年轻人，不好惹。

章主编敲了敲门，办公室内立刻响起一声回应：“请进。”

程倚庭一愣。

这个声音——

现实没有留给她太多的心理准备时间，章主编已经推门进去，同那个人笑着握手：“霍总监，今天的飞机刚到的吧？一落地就直接来公司，辛苦了。怎么样，时差倒过来了吗？”

这一晚，程倚庭在酒吧打发了一整晚。

这不是一家清吧，这是一家pub（酒吧）。时间越晚，气氛越热烈。程倚庭很少来pub，平日里会去的也只是清吧，约一两位朋友安静地喝酒聊天。以往，每当同事聚会来pub，她都受不了震耳欲聋的声音，有几次甚至给唐涉深发短信，短信里的语气充满撒娇意味：“来接我回家好不好？”不出半小时，唐涉深的车就出现在pub外。她坐上车，酒意散去，头脑清醒了一点，才会想方才怎么会给他发那样的短信，那样娇嗔，好不像她。

然而今晚，程倚庭却觉得，太好了。世间还有这样一个热闹嘈杂的地方，真是太好了。

在这样的地方，她的伤心不算伤心，她的陌路还可以是陌路，周围震耳欲聋的声音将她的伤心都压了下去，令她相信自己在一段感情中还能够继续陌路着。

入夜的酒吧，蛰伏的人性蠢蠢欲动。

调酒的侍者端给她今晚第六杯酒时，看了她一眼。她的气质格格不入，根本不是应该来这里的人。

侍者好心提醒她：“小姐，一个人的话，还是不要喝醉的好。”

她冲他一笑：“怕我付不起酒钱？”

算了，她已经喝多了……

程倚庭是一个聪明人。

聪明人就该懂得这个世上有两样东西是不能沾的。

一是酒，二是感情。前者损伤神经，后者损伤心。后果无非都是一样：令人痛苦。聪明人总是被聪明误，信任自己，信任自己爱的人，终于逃不过被感情出卖的命运。人生是一件很没有依凭的事，她看不开，于是她总是痛苦。

六杯酒见底，她仍然清醒，放下酒杯时程倚庭对自己很失望。酒量好，记忆好，多悲惨的两件事，想醉想忘都办不到。

就在今天下午，她与那个名叫霍与驰，现在人称霍总监的人之间来了一场正面交锋。

她毫无预兆地当场拒绝了与章主编刚刚定下的签约："很抱歉，这份工作我没有办法做了。"

章主编始料未及："这是为什么？刚才我们谈得不是很好吗？"

"没有，不是您的问题，也不是公司的问题。"

"程小姐，我很惜才，也希望你可以同样珍惜我的这份心情。既然不是公司的问题，那到底是为什么呢？"

办公室的另一个人终于开了口："是我的问题，对吗？"

霍总监放下手里正在整理的文件，转过身来。

两个人分别三年，她是程小姐，他已是霍总监，"别来无恙"是最大的讽刺，放在这里太不合适了。她无恙？她太有恙了，死过一回又一回。

她冷笑："对，是你的问题，霍总监。"

失礼又失态的话从她口中说出来，不止章主编震惊，她自己又何尝不是。她看不开到这个地步，像个失去教养的女人，像个……被抛弃的女人。两个人之间已经覆水难收，她向章主编道歉："我和霍总监是旧识，并且我们之间相处得非常不愉快。所以，对这样一份将来需要我们一同共事的工作，很抱歉，我无法胜任。"

章主编极力挽留："程小姐，人做事，应该以理智为先。"

程倚庭笑了笑："那也要看对手。对手奸诈丑恶，理智无用，也不配用在他身上。"

走出东信大厦，天色忽然就暗了，风雨欲来。她紧了紧身上的外套，想起多年前与霍与驰约定，要一同做媒体人，一同携手冲在新闻第一线。他们两个人连理想都相同，相爱五年都觉得太晚，要用一辈子去爱身边这个人。

多年后，程小姐和霍总监却成了连见面都不合适的一对陌生男女。就像寒假作业的题目和答案，当时多么想要翻到最后一页看答案，十几年之后拿起作业题，真的翻到了最后一页的答案，却发现早已看不懂当年的题目了。

程倚庭放下酒杯。

一个人酒量再好，即使千杯不醉，喝下去也不是不难受的。

她喝了一整晚，够了，不想再喝了。这些年，她没有学会任何事起码还学会了再大的委屈也会对自己说一声never mind（没关系）。

她站起来准备离开，肩膀上忽然搭上一只手。

这是一只肥厚、油腻、力道十分惊人的男性的手。

这只手将她的肩膀扳过去，程倚庭不敌对方的力道，皱着眉转身，一个鹰眼厉色的男人出现在她眼前。

男人“哦哟”一声，表情夸张：“我说呢，背影这么眼熟，一定是熟人。果然，哈哈。看看这是谁呀，是我们的程大记者啊，这么好的兴致一个人出来喝酒？不过也对，听说程记者现在正处于失业中，老东家也不要你了？啧啧啧，可怜。程记者，我老早就跟你说过，你要搞垮的人太多，我搞不过你，总有人能搞过你。你看看，报应来了吧？”

来者不善，善者不来，说的正是眼前的境况。

这个男人姓肖，C城著名品行不端的代表人物。每一年，关于肖总贪污受贿的传闻都不绝于耳，但肖总就是有那种本事将事态压下去，靠的是永远不会错的“双枪”：见人说人话，见鬼说鬼话。领导面前永远卑躬屈膝，对下属可谓心狠手辣。程倚庭常常觉得这个世界病了，这样的人竟然可以如鱼得水，活得滋润光鲜。

她过去的老主编曾对她说，报应是需要一个时间段的，人倒下不是一瞬间的事，而是一个过程。有时候，这个过程还会很漫长。

程倚庭想，漫长，这个词用得真不错。这个过程漫长到连她都已经被老主编抛弃，而作恶之人仍好得很。

她不得不庆幸，酒量好是一个相当有利的条件，这时她还能端出一副清醒的头脑来应对："肖总，幸会。私人时间， 我不谈公事。"

男人大笑。

"哟，这会儿倒懂得跟我谈私人时间了，嗯？程记者当初死咬着我不放的时候，扬言要查出我私吞儿童捐助工程款这件事的时候，怎么不见你谈私人时间？"

就是这桩新闻让她落到如今这种境地。

被抛弃，被牺牲，甚至，在这份抛弃和牺牲里连一点声音都不让她发出。后悔吗？有的，但不多。

做事情，尤其是做影响他人利益的事，是需要布局杀阵的，免不了牺牲一两颗棋子冲锋陷阵。而什么是牺牲呢？牺牲就是明知会落难仍会坚持去完成。这类人很少，程倚庭偏偏就是其中一个。

能忍，是衡量一个人能走多远的标准。

她的声音清冷："今晚的酒，我已经喝完了。我跟肖总没什么好谈的，我想肖总跟我应该也没什么好谈的。那么，我先走一步了。"

"急什么？"

男人一把抓住她的右手，顺势环住她的肩。

程倚庭不动声色："肖总，公众场所请自重。"

男人冷笑："自重？你这种女人也配说这两个字？程倚庭，别人面前装纯情，跟我你少来这一套。你有胆量查我，我也有胆量查你。你几年前被男人甩了，居然还有本事搭上SEC唐涉深上位，不得了啊。"

说完，他语气中的轻浮再也掩饰不住。

男人粗糙的手掌摩挲着程倚庭的肩膀，是十分明显的侵犯："程记者摆平唐总的私人手段，我也有兴趣开开眼界啊。"

程倚庭的回应是扬手给了对方一巴掌。

男人脸上当即火辣辣地燃烧起来，他勃然大怒。

"程倚庭，你不知好歹……"

酒精、荷尔蒙、暴力，摧毁人的理智。

酒过三巡的男人经不起挑衅，更遑论是一个女人的挑衅。她打在他脸上的巴掌犹如赤裸裸的嘲笑，那是对他男性尊严的冷嘲热讽。他的攻击欲被击起，顺手抄起一旁吧台上放着的一个玻璃酒瓶，手起瓶落，不偏不倚地砸向了程倚庭的额头。

第四章

非倾诉不得解脱

LAST
LOVER

偏爱之所以是特别的，就在于它违背了付出与所得背后那条关于“平等”的古老法则，在平等之外开启了专属的私人空间。

她好累。

不是痛，是累。

想睁眼，却似有千斤重。一个人，连清醒这件事都觉得累，是一种大失败。

梦里她见到两个男人。一个同她并肩走了很久，她听到自己叫他的名字，叫他与驰。他说他喜欢她，她说她也喜欢他，可是不知为什么，最后他却突然放了手，将她推上了铁轨。火车从她身上碾压过去，她听见自己气若游丝的声音。眼前忽然伸来另一只手，将她扶起。她用了很大的力气才搭上了这只手，她还有求生的欲望，借他之手，求得了一次生。她听见周围的人叫他唐总。其中一半的人对她作壁上观，一半的人对她冷笑讥讽。她羞愧难当，仿佛心底最重要的秘密被人窥视。她借了一个男人，来让自己苟延残喘。

朦胧中，她听见有人在说话。

“她怎么样？”

“头部受到玻璃瓶的一击，有脑震荡的迹象，处于昏迷状态。”

“这种情况会持续多久？”

“脑震荡后会有昏迷现象，她的身体本来就弱，我估计这种状态会持续一段时间。你放心，我已经替她做了全面检查，没有大碍。不过醒来后她会恶心想吐，可能会遭一阵子罪，需要人好好照顾。对了，听说闹事的那个肖总被你弄得很惨？”

“不知道。”

“唐涉深，你做的你会不知道？”

“我只想要他死。”

肖总。她听见这两个字，痛苦忽然就开始了。

她揪紧了床单，她想走，不想再听这场对话。

她听见有人发出急促的声音：“她有意识，按着她的手，别让她乱动。”

护士的声音随即响起：“骆医生，她手上的针头歪了，肿起来了。”

“你们按住了，让护士再来扎一次针。”

“好的。”

她被人抱了起来。

身后一副温热的胸膛，将她置于其中。她仰头向后靠去，就听见胸膛里的心跳声怦怦有力。

她在昏沉中意识到，这是一个男人的胸膛。一个她万分熟悉的声音在耳边响起：“倚庭，不要怕，我在你身边。”

她就在这样温柔的安抚中沉沉地睡去。

程倚庭醒来已是三天后。

她头痛欲裂，几乎有爆裂的感觉。她用了很大力气，才让自己在昏沉中睁开了眼睛。

一个模糊的身影映入眼帘，白色长衫，标准的医生白大褂。

这人见到她醒来，松了一口气，吩咐一旁的护士：“她醒了，替她做检查。”

几个护士纷纷忙碌起来。

医生姓骆，和唐涉深有点交情。一年前唐涉深结婚，骆医生是伴郎之一，曾经陪同唐涉深去岳父家接准新娘。他见过下雨天唐涉深裤脚在乡间小道上沾得全是泥的样子，骆医生从此对传闻中的唐太太肃然起敬。这该是多么厉害的一个女人，能让身娇肉贵的唐总不介意到这种地步也要尽快将她娶到手。

现在，骆医生看着病床上的这个女子，多少有点心理落差，这和他内心期待的“厉害女人”的样子差太远了。她岂止不厉害，简直有点……嗯，弱爆了。

有交情，说话也就没那么顾忌。骆医生冲她笑笑：“还好你醒了。你要再不醒的话，唐涉深快要让我没好日子过了。”

“唐涉深……”

她重复了一遍，脑震荡的后遗症发作，记人都要蒙一会儿，仿佛身处黑暗，刚来到光明之地要先闭一会儿眼睛才睁得开。

身边的唐总却自来熟得很，伸手抚了抚她的额头。那里包着白色绷带，肿起来好大一块。

他隔着绷带都替她难受：“很疼吗？”

程倚庭仍游离在自己的世界：“我记得，霍总监……与驰他……”

病房里安静了一秒。

岂止是安静，简直是死寂。

骆医生尴尬极了。作为八卦爱好者，他大概是了解一点程倚庭婚前有过一段甜甜蜜蜜的恋爱这件事的。但作为旁观者，亲耳听到她对前男友的在意，还是当着唐涉深的面，这仍然让骆医生尴尬得冒汗，仿佛窥视了一对男女最隐秘的秘密。

他走也不是，留也不是，最后急中生智，拿出医生的架势，沉吟了一下说了一句：“看来程小姐这个脑震荡后遗症还是很严重的，都开始说胡话了，咱们等会儿再做个检查……”

唐涉深放下她的手，神色如常。

骆医生从来没有见过有哪个男人能像唐涉深这样，喜怒不形于色到这样一种地步。虽然很多日子以后骆医生才明白，不喜不怒，却不代表他没有。这样的男人一旦决定破釜沉舟才最棘手，因为他的毁坏比常人更漫长，也更彻底。内部的崩坏，从最初开始就无药可医。

程倚庭时醒时睡，唐涉深寸步不离地陪着。

她梦魇的征兆很严重，平日里就有，只是被她克制着，发作起来也小心翼翼。

如今病痛击败了她的克制，让她闭上眼后的黑色世界破笼而出。

有一晚，他陪在她身边看文件。她半睁着眼，似乎隐隐认出他是谁。她忽然激动起来，作势就要动手推他，叫他走。他紧紧握着她的手，一遍遍地哄她，好了，好了，他不再跟她吵了，他从香港回来守着她。她却全然听不进去，只叫他走，还绝望地讲些他听不懂的话，说什么“不靠他”。

他看过酒吧出事的监控录像，也问过酒保，大概知道那晚她遭受了什么样的侮辱。他将她搂在怀里，一遍遍地唤她倚庭，最后她又是在这温柔的诱哄声中睡着的。他将怀里沉睡的人放下，忽然发现她眼角隐隐有泪痕。多奇妙，为霍与驰也不曾哭过的她，在他这里哭了。

骆医生来查房，偶尔碰见一两回，瞧见这一对男女对彼此的方式，无语地走了。

当晚他遇见唐信，摇摇头说：“唐涉深这婚姻长久不了。”

唐信说：“你不能这么咒他，虽然他比你有钱，但仇富是不对的。”

骆医生哈哈一笑，说：“要不你去看看他们俩在病房里的样子，你就会懂了。”

唐信说：“不了，我从一开始就觉得他们俩长久不了。”

骆医生笑过之后感觉背后一凉，暗自觉得眼前这个斯文人可能是个狠人。

程倚庭清醒的那天，不巧，唐涉深人不在，被叫去公司了。他旷工太久，底下的人怨声载道。付骏顶不住压力，三催四请地将他这尊大佛给抬了回去。

于是，骆医生成了程倚庭清醒后见到的第一个人。

做完一下午检查，骆医生觉得程倚庭可能有点“双重标准”。对唐涉深，她反复无常；对旁人，她礼貌有加。检查过程很长，她一丝怨言也无，安静地配合，做完后还会对医生护士说谢谢。有一回，连为她捡起东西的护工大婶也得了她一个鞠躬和一声谢谢。护工大婶助人为乐惯了，从来没受过这么大的礼，从此以后碰见程倚庭都不敢随便对她助人为乐，她对人的客气态度太吓人了。

骆医生想了想，觉得有必要为自己那位可怜的朋友说几句。

“程小姐，知道唐涉深那家伙去香港干什么吗？”

程倚庭没料到他会提唐涉深，摇摇头：“不知道。”

“不应该啊。”骆医生双手插在白色医生服口袋里，笑容温和，说出口的话却不怎么客气，“程小姐身为记者，怎么会对这么大一桩新闻不知道呢？我是不是可以理解为，程小姐是有意避开他的消息呢？嗯，换个角度看，为了讨厌唐涉深那个家伙，程小姐不惜牺牲职业心也要失职一回，你们之间也挺甜。”

程倚庭的脸开始有些烫：“骆医生，你想说什么？”

他笑了笑，站得纹丝不动：“那我告诉你好了，唐涉深是去香港竞标的。一个政府项目，竞争对手都是赫赫有名的国际大财团，这宗竞标案成功了，SEC岂止更上一层楼，简直等于有了政府背书。程小姐，你做过财经新闻，应该知道，在全世界的任何一个角落，想要做大事，没有政府背书几乎是不可能的。”

程倚庭愣住，她确实没有料到这件事会这么大。

那晚唐涉深邀请她一同去香港，语气稀松平常，令她根本察觉不到一分事情的重要性。

骆医生在病房内踱了几步：“那么问题就来了，政府凭什么把这个项目给你呢？是实力？哪家国际财团没有实力。那么竞标方最重要的是什么呢？对，除了实力，还有企业形象。毕竟是将来十年内政府会长期背书的公司，如果没有一个良好的企业形象，政府是断断不肯冒险的。所以这一阵子，你搜一搜香港那边的动向，会发现媒体几乎像约定好了一样，无一不在大张旗鼓地宣传各家财团企业家家庭温馨、夫妻和睦、子女融洽，这是被财团收买的结果。无论是作秀，还是真的，在这种时候，确实需要让公众看见这一面。”

程倚庭懂了。

“我不知道……”

她现在确定自己有些后悔了：“如果我早一点知道的话，起码……”起码不会给他拖后腿。

骆医生笑了笑，给她带来更大的震惊：“程小姐，你认为，肖总在酒吧攻击你是偶然发生的吗？”

程倚庭迅速抬头：“什么？”

骆医生揉了揉眉心。

说实话，他挺佩服唐涉深的。

能将一桩这么大的事大事化小，小事化了，就当没发生过。从前可没看出来，他是个舍得让自己吃这么大亏的人。

骆医生看着她：“肖总那样的人，在酒吧和一个女人闹矛盾，还大打出手，他值得吗？不值得。他真恨你的话，找人打你一顿，给你一点教训，哪个不比他自己亲自挑衅找碴儿来得方便？他是被人收买了，存心找上你，要闹出事来。这样一来，早已蹲守的媒体就会有素材了，新闻爆出来，‘SEC高层之妻酒吧买醉与人大打出手’‘恶性事件的起因传与男女关系有关’，想怎么写都行。伤了程小姐的名誉不是他们的目的，伤了正在香港竞标的唐涉深乃至SEC的名誉，才是他们最终的目的。”

程倚庭瞠目。

骆医生看了她一会儿，为自己那位可怜的朋友再次感到不值。

就在一年前的婚礼上，身为伴郎的骆医生对唐涉深笑道：“结婚就是你的目的，所以结得这么早？”

后者笑了笑，说：“我不打算以结婚为目的做任何事。”

骆医生觉得奇怪，问：“那你是什么意思？”

唐涉深也不瞒他，幽幽地道：“我只喜欢一种关系——除了你以外我没有其他的伴侣，很符合我的审美观。”

那时，骆医生对他的古怪审美不以为意，出于同情心理提醒他：“今天的新娘子看起来可一点儿也没有结婚的激动之情，你结婚这个决定真的想清楚了？”

唐涉深顿时就笑了，笑过之后又讲：“如果说，我喜欢的人恰好没那么喜欢我，而我又恰好非她不可，那么我就赌一把。我不赌她会喜欢我，我赌我不后悔。”

骆医生当时听得手里的伴郎捧花都掉了。

直到现在，骆医生才明白，唐涉深不是说着玩的。

他多少有些替唐涉深不忍：“你知道吗？唐涉深那个家伙，野心很大。”

程倚庭反应有些迟钝：“能把SEC带到如今地步的人，一定是有野心的。”

“你是这么认为的吗？”

“什么？”

“SEC是他的‘必然’，一个‘必然’的野心就不叫野心了，对他而言只是责任而已。”

“那你的意思是？”

“我的意思是，唐涉深这些年来真正的野心，其实是你。”

野心大的人最怕野心难及。

比如这些年程倚庭对这场感情的不回应。

骆医生走了很久，程倚庭一直在等唐涉深来。她尚未痊愈，脑震荡的后遗症仍然气势汹汹，嗜睡得很。她强撑着，想要等到他。无奈骆医生给她开的药中有安眠的成分，她渐渐不敌。

昏沉有昏沉的好处，能给人清醒时没有的勇气。她拨了号码，却是付骏接的。付骏在电话那头问她："是程小姐吗？唐总还在开会，有要紧事我马上转达。"她立刻说不用，接着就挂了电话。

她不知是何时睡过去的，也不知睡了多久。朦胧中听见有人在不远处讲电话，她听不清，似乎是谈公事。她睁开眼，就瞧见一个人影站在窗前，窗帘拉开了三分之一，窗外月朗星稀，已是深夜。月光将他的身影拉得很长，他微微侧身，她看见他清冷的侧脸，好熟悉，就像每一个他欺负她的晚上将她拥入怀中时她看见的侧脸。

"唐涉深……"

正在讲电话的人明显被打断。

唐涉深转身，看见程倚庭正笔直地坐在床上，双手撑着床头，似乎想要下地走过来。他有些被她惊到，迅速对电话那头交代了一句"按我说的去做"，就飞速挂断电话走了过去。

他抚上她包着绷带的额头，人还未坐下，就被她抓住了衬衫。

暗夜中，程倚庭破碎的声音一如同样破碎的心："我们俩，我和你的时机总是不对……"

没头没尾的一句话，换了谁都听不懂。

唐涉深却笑了。

他长臂一伸，按下了床头的一盏灯。橘黄色的灯光照射下来，光晕圈住一小片地方，恰好圈住了他们俩，仿佛团圆，兆头极好。

程倚庭的脸上有悲伤，在光下闪烁着属于女孩的心事。

他坐在床沿，将她圈在双臂之间，语带安抚："是指今晚我来晚了这件事吗？付骏对我说了，你有打电话给我，我没有接到。听护士说你一直在等我，我到了之后，你却已经睡了。不过没关系，我总会来，你怕什么呢？”

“我不是指这个。”

她极少见地抚上他的脸：“我指的是，在我失业痛苦的时候，被我误会的人总是你；你在香港需要我的时候，负气不管你的总是我；你在同旁人竞争的时候，被人寻到弱点给你造成困扰的也是我。这样不对，这样子……让我对你缺少责任。”

他听了，心微紧。

有些惊喜，嘴角勾一勾，尚未勾满一个弧度，已即刻落下。喜悦背后还有的，是凉意。

她讲时机不对，多么诗意的说法，然而她最后讲的，却是责任。他不要这个，她对他多不负责任都没关系，他要的是别的。比如，感情。但这个“别的”他是讲不出口的，讲了，连他自己都要看不起自己。

“没有你想的那么严重。”他摸了摸她的脸，“竞争对手要对我下手，就算不找你，也会找我的其他方面漏洞，一样的。倒是你，我要说一声，很抱歉，因为我的关系，因为SEC的关系，让你被人盯上了，平白无故遭受了这种事。你是我的人，你受了伤，就是我的不对。”

前面听着还很温馨，后面说着就五色带荤了起来……

程倚庭没有这种张口就“我的人你的人”的荤腥本事，脸红了一半。她转过头去，用冰冷的手背贴着脸，降了一会儿温度后才转过来，问：“那香港那边？”

“不去了。”他答得很快，一副无所谓的样子，“生意是做不完的，没有哪桩非做不可。”

话锋一转，他又挑逗一句：“只有对女人……”

程倚庭简直承受不住他这变脸的速度，几句话不荤死她他就不姓唐。这些天他去了香港，彼此冷落了这么久，天知道他脑子里装了多少荤腥东西，这会儿一股脑儿地全变着法子要冲出来。

“我不跟你说了。”

她试图推开他的双臂：“我跟你说正经的，你却一点都不正经。”

唐涉深笑了笑：“好了好了。”

他的这位程小姐脸皮薄，不喜欢玩风情，旁人觉得这多少有些无趣，他却觉得刚刚好。不喜欢玩风情的女孩在他手中绽放风情的样子，才令他惊艳。这是征服和占有的另一种意思。

他说：“你晚饭都没吃，骆医生交代了，要是半夜醒过来有饿的感觉，随时都要吃点东西。”

程倚庭抚了抚胃部：“嗯，真的有点饿。”

唐涉深点点头：“我叫人送吃的进来。”

唐总小费付得大方又爽快，餐饮部送来的餐饮质量也跟着突飞猛进，将一顿清淡小食做得堪比五星级酒店水准。

程倚庭还没看见，就闻到了香味。

“嗯，是皮蛋瘦肉粥的味道。”

他将一碗粥、几碟小菜放在她眼前，在她吃着的时候，又给她端来一份新鲜草莓。

程倚庭舀着勺子的动作缓了缓。

这是一个十分擅长用细节打动女人的男人，她爱什么，他给什么。她都不晓得他做的这些是否出自真心，就已经听见内心软绵绵地一陷，进而一方固守之土都塌陷了的声音。

一年前，就是在这样的病房，这样的夜晚，她车祸将愈，他出其不意地向她求了婚。

那一刻，她与其说震惊，倒不如说费解：“你就这么喜欢我？”

“啊。”他笑了笑，“是的。”

她瞠目结舌，并且将这种瞠目结舌很完整地表达了出来：“可是我没那么喜欢你啊。”

“没关系，不急。”

他笃定又不急，仿佛谈一桩上好的生意，值得他将下半生都谈进去：“我吃亏一点，等等你。”

在后来的很长一段时间内，这个男人对她始终不变的笃定态度都让她费解。

一个人喜欢另一个人，总是要有点理由的。不是看外在，就是看内在。而对他这样的人来说，或许还要多看一条，家世。

对外在，也就是俗称的“色相”，程倚庭对自己没什么信心。这种没信心甚至是相当客观的。举例来说，她最拿得出手的照片是工作证上的证件照，从小到大，旁人对她的评价都是“五官端正”。青春期时，她也像每一个爱漂亮的女孩那样，在日记里写下困惑：“五官端正”究竟是个什么样的评价呢？是好看，是平平，还是出色？最后，她在日记中写下一行字：是平平淡淡的平平之意。那一天，她微微觉得，自己的青春拖了一条遗憾的小尾巴。

他的态度也常常值得推敲。

蜜月期，有一晚，她没头没尾地问他：“你是认真的吗？”

他半真半假地摊手：“其实不是呢……”

她当场无语。

他大笑。

程倚庭终于明白，他似乎是喜欢上了这个游戏，同她半真半假的游戏。

后来那一晚，他抱着她睡，细细的吻落在她光裸的背部，仿佛视她如宝物。她有些感动，也有些惨痛，在心底隐隐为他不值，问他：“你喜欢我哪里？”

他半梦半醒，声音含糊：“你猜呢？”

“嗯，也许，是因为我长得像你前女友？”

他笑了：“你把自己想象得这么惨吗？”

她倒是很大度：“不会啊。你这样的人，前女友一定不会太差，豪门、明星、模特，都有可能。我能像她们的话，我也很开心啊。”

他笑着顺势将她压在身下。

她抗议：“哎。”

他撑在她的上方，右手抚过她的脸。从她额前的散发开始，他一缕一缕拨开，让她清秀的脸露在月光下。他修长的手指在这张脸上一寸寸触摸，仿佛巡视领地，抚过她的眼睛，刷过她的睫毛，最后停留在她的薄唇上，细细摩挲。

“这么漂亮的一张脸……”

恭维之语从他嘴里说出来，异常性感。他很少对女人说这个，说一次，少一次。有幸听见一次，都会让她觉得仿佛是幻听。

“外面那些女人，就那种程度，也敢和我的程倚庭比？笑话。”

她不知为何，就在这一句情话之下被他煽动了。鬼使神差地，她抬手环住了他的脖颈。他顺势压向她，她抬腿钩住了他的腰。

之后的一切都是顺理成章，情难自禁。

清醒之后，程倚庭觉得有些后怕。

多可怕的男人，他想哄，就能将心如止水的她哄得满是欲望。

程倚庭手里的勺子“当”的一声，掉在碗里。溅起的粥烫到了她的手，唐涉深发觉了她的异样。

“刚才在想什么？”他用湿毛巾擦了擦她的手，“想成这样，自己吓自己。”

“我想起你哄人的话，你说你会等等我。”

男人听了，一笑。她突如其来的坦白似乎并不在他的意料之外。

程倚庭有些怅然，他就这么万事笃定吗？包括她在内？

她忽然问：“你现在，还在等我吗？”

他放下毛巾，看向她：“不然呢？”

他的“等”不是一个动词，而是一种状态。他享受其中的态度常常让人有一种错觉，仿佛这种状态可以是无限期的。

程倚庭笑了笑，说：“你很会哄人，但无论如何，我还是觉得很荣幸。”

她信吗？有一点吧，但永远不会太多。

他纠正她：“这不是哄人，这是讲真话。要我哄人，很贵的。”

她被他逗笑：“我比较相信自己看见的。你的感情呢？有没有证据，拿出来给我看看。”

“我拿出来，你要吗？”

话题没料到会突然变得这么深。

程倚庭不适起来，这种不适源于一种明白：这是一个不能深谈，深谈之后也许就会谈不下去的话题。

她摆摆手，貌似潇洒，低下头去继续喝粥。

她的右手却被身边的男人一把拉住。

他拉住她的那种姿态，那种劲道，无一不显示出一个真相：此时此刻，他认真了。

很久以后，唐涉深经常会在深夜点烟，徐徐地燃着，一支接一支地抽，沉思为什么他会对一个女人有这么多的不死心，甚至是在他被她弄至重伤以后。他明明不是一个太执着的人，玩不下去就不玩，除了他的婚姻。

多可惜，彼时他未参透自己，她更是。

“你没有话要对我说吗？”

他抓着她的手，有些认真，有些用力：“你昏迷这几天，我看着你，一直在想，被人打成这样和你的故事，两者比起来，究竟哪个更让你痛呢？”

她有些狼狈。

被人当场戳穿，尤其是他，滋味总是不好受的。

但她并不排斥。

人们常说，伤口是需要治愈的。但如何治愈呢？却没有人深究了。有人选择遗忘，有人选择覆盖，这两种方法程倚庭都试过，结局都以失败而告终。后来她渐渐明白，有些伤口是遗忘不了也覆盖不了的，它唯一的出路是倾诉。那段时间她常常看茨威格的书，她看他写一个女人一生中的二十四小时。她想怎么会有这么了解女人的男人，将女人的痛苦写得这么真，“非倾诉不得解脱”。满头银发的英国老夫人尚且如此，何况她这短短经历人世的后来人。

终于，她抬头，缓缓开口：“我爱过一个人，五年。最后他选择了他现在的妻子，就是这样。”

静默的沧海桑田，由程倚庭讲出来，才有劲道，够辣。

那些惊心动魄与地老天荒，仿佛荣耀和耻辱，刻在她的骨子里，却讲不出来。

话到嘴边，不过短短十多个字。一个故事，只用十几个字就概括全了。这不是一个好兆头，这意味着她连倾诉的能力都失去了，好不了了。

而将她推向这一境地的，正是霍与驰。

她曾经以为，这是一个专情的男人，而且可以用上一个“最”字，最专情。年少时，他曾为了一个承诺，在凌晨的地铁口枯等数小时，只为不错过与他赌气的程倚庭所乘的那一辆末班车。所以，当五年后那个暴雨的夜晚，他站在她面前，对她讲“对你求婚的那句话，我收回”，程倚庭在那一刻是真的有过跪地求饶的冲动的。

连霍与驰都选择了他人。

这个声音在她心里不停地播放，一遍遍提醒程倚庭，连霍君那般专情的男人都会抛弃她，她的存在究竟到了怎样一种无意思的地步。

尤其霍与驰在离开前，还不忘捅她最痛的一刀。

“我决定和雅正结婚，因为，她有了我的孩子。”

他对她这样说。

程倚庭一直知道，这是一个可以坦白到何种程度的男人。表白时他坦白，直直地对她讲“我喜欢你，不止一点点”；生气时他也很坦白，每回都把她抱得很紧，然后咬牙告诉她“我想令你和我一样痛苦，但是舍不得”；最后，他连抛弃也很坦白，将最丑陋的一面叙事般地就讲了出来，仿佛一段纪录片，他只是见证者，而非参与者。

关雅正，程倚庭知道。她与霍与驰相识五年，就与关雅正同样相识五年，因为关雅正正是霍与驰的青梅竹马。寻常人可能要称她为一声“关警官”，警界崛起的新星，雷厉风行的女探员，正直、干练，程倚庭对她从未恨过。

记得关雅正曾骑在摩托车上，抬一抬摩托车帽，就以那样的英姿对她喊：“程小姐，听说霍与驰向你求婚了？恭喜你，要加油哦。和你抢了五年，我抢不过你，也服了你，我输了。但我心服口服，拜拜。”

说完，她踩下油门，疾驰而去，仿佛热血少年漫画中的女主角。

所以后来程倚庭常常想，三个善良的人遇见了，也谁都无法幸福。原来幸福这件事，无关善良，关乎人数。

她入戏太深，抽身而退时退不了，又对旁人恨不起来，于是只能往自己身上扎下一刀又一刀。

事实上，在得知霍与驰带关雅正出国结婚以及定居的那一天，程倚庭确实是流了血的。那一晚下暴雨，她走在街头，雨势磅礴，浇透了她全身，她却并不感到冷。她想，这么大的雨，飞机怎么还可以飞往纽约呢？所有的航班都应该停飞才对。可是下一秒她就笑了，是啊，停飞又如何，今天去不了，明天还是可以去的。霍君离意已决，她是没有办法的，所以又能怎样呢？

红绿灯口，程倚庭分了神。

她发誓，这是她这一生中唯一一次过马路分神。

她循规蹈矩，做好女儿、好学生、好员工，“过马路，先看灯”就像法律条文一样印在她的心底。仅那一次，她忘记了。路口已经变为红灯，她忘了收回脚步，只是兀自想，这样一个失去霍与驰的所有下落的自己，怕是再也好不了了。毕竟，她曾爱他爱到做好一切准备只等嫁给他的地步，爱到这般不要命的地步。

下一秒，耳边传来跑车刺耳的急刹声。程倚庭还来不及抬头，整个人已经被劲风带起，然后重重地落下。“砰”的一声，她口中一阵腥味，四肢钝痛，后脑勺疼痛欲裂，她知道自己是流血了。陷入昏迷的最后一刻，她看见了眼前的这辆跑车，黑色法拉利，车头那匹跃起的骏马标志在暴雨中依旧傲视四方。

好车。她想，真是好车。她如果有力气，应该好好讹诈这个有钱人才对。

车门打开，下来一个身影，一条强劲有力的手臂迅速抱起了她。她轻轻一嗅，认出这个臂弯的主人身上有法拉利风度男士香水的气息。她在血泊中想，多不幸，她又遇到一个专情的男人，连对品牌都如此专一。

耳边传来对话。

“唐总，签约时间快到了，这个意外事件我来处理。”

“人是我撞的，取消会议，我送她去医院。”

是了，后面这个声音应该才是车主，沉稳、年轻，当真有一副性感的好嗓音供他挥霍。

程倚庭想看清他的模样，终究不得，右手垂垂落下，终于失去知觉。她没有再看见男人抱起自己放入车里直奔医院的样子。隔着她的昏迷与他的清醒，她的生命在这一路上开始转换方向，就这样开始了唐涉深与程倚庭的故事。

时间过得好快，再讲起这些，已是一年以后。

她成为唐太太一周年了。

程倚庭放下勺子，悄悄地弯下了腰。她对眼前这个人是有歉意的："一直没有跟你讲过这些，有时想讲，却也不知道怎么开口。你是做大事的人，听这些，太扫你的兴了。更何况我常常想，我有什么立场对你讲这些事呢？是夫妻，又不是朋友，听过了就能忘。不是什么好事，怕你不愉快，所以也就不说了。"

唐涉深伸手摸了摸她的脸："谁说我们不是朋友了？"

程倚庭一愣。

他缓缓开口："我跟你，可以做朋友，做情人，做兄弟，做知己，做战友。当然，我最想做的，还是夫妻。这一点，你可以一直记住。我对你这样，当然是要求回报的。我要求的回报就是，将来有一天，你可以不用我等，直直地跑向我。不可以让我等太久哦，等太久的话，我也是会伤心的哦。"

程倚庭笑起来。

笑着笑着，她的眼里就积了一层泪。

他将她额前的散发拢到耳后，道："对嘛，女孩还是笑起来最好看。"

她用力憋住眼里的泪水："就算笑着哭了也没关系吗？"

"没关系。"

他将她搂进怀里，动作很缓慢，如同对待一只受伤的小动物。

"在我这里，你最后一定会是笑着的。"

她靠在他的胸膛，有眼泪流下来。被伤过的人，得人一两句安慰，就记住了这份好，她只求这份好可以持续久一点。

她抬手，迅速抹去眼底的水光，不让自己在他面前扫兴："你对我有期待吗？或者，我可以给你什么呢？"

"这个，要等你自己给我。"

他一点也不隐瞒自己有私心这件事，但这份私心是不肯说予人听的，连她也不行："等你发现了，一点一点给我就行了。"

这一刻，程倚庭以为，他要的是忠诚、平等，以及一个妻子应尽的一切责任与义务。

直到后来她才明白，唐涉深要的不是这些。

他要的只是和她一起在这场婚姻中共行的点点滴滴，包括渐渐喜欢他的程倚庭，或是喜欢他不如喜欢霍与驰更多一点的程倚庭，他一并都让自己接受了。遇到接受不了的时候，他就说服自己接受。

直到那个时候，她看着他那双渐渐不再对自己有光的眼睛，才明白他今日说的那句玩笑话，他说"等太久的话，我也是会伤心的哦"原来根本不是玩笑话，而是真的。

隔日，新闻周刊上市，SEC年轻的执行人深夜陪伴太太住院的照片刷遍媒体头条。

灯光太好，黑夜中一盏小橘灯。拥有一副好皮相的男人正端着水杯，喂太太吃下最后一粒药。旁边放着一盒巧克力，是圣诞限定款。苦药之后用甜巧克力来哄人，多么有诗意的男人。

媒体用词大胆犀利——"为家庭放弃SEC上亿合同竞标"，几个词语组合在一起，极具震撼效果。

没有人对这样的恩爱夫妻不感兴趣，一时间，舆论迅速掀起热潮。传至香港，政府相关部门人士得知此事，大为诧异。原来在当日的竞标会现场，唐涉深中途突然离席并非傲慢，而是为了太太。如今，竞标会已经结束，但结果未定，一切都还在可控范围之内。可控的意思就是，可以更改。相关人士将此事件上报给了主管，主管组有自己的考虑，落脚点自然大不一样，迅速组织专人调查了SEC的企业形象，得到的反馈是相当正面的。尤其是执行人夫妇，结婚以来十分低调，如今是第一次见报，恩爱非常，群众基础非常好。

主管组中的一位资深人士听完，笑了笑，意味深长地感叹：“唐总，是上天执意要救你一次呢，还是你的手段太好？”

消息很快传至SEC。

唐涉深接到香港那边的电话，通知他再次准备竞标事宜。

政府主管组决定再给SEC一次竞标机会，并且会派人到SEC，今天下午就会到。

整整三天，SEC上下无一不忙。

三天后，唐涉深驱车回家。

晚上十点，程倚庭还没有睡，正坐在卧室的桌前，开着电脑查资料。别墅内永远恒温，她穿一袭真丝睡衣，很保守的款式，领口像衬衫，但挡不住睡衣下曼妙的曲线，仍然会随着她的动作露出一点风情。

不常见的风情才最要命。

唐涉深悄无声息地走过去，出其不意地将她一把抱起来。

“啊！”

她没有防备，被他吓了一下。再睁眼，已是被他抱在腿上。

他嗅着她领口处沐浴过后的馨香，开口问：“为什么要帮我？”

“嗯？”

“SEC的竞标案，你为什么要帮我这一次？”

程倚庭低头笑了。

终于有一回，她也能令他出乎意料，这让她十分有成就感。

她不肯轻易承认：“你怎么知道是我帮了你？”

唐涉深的气息围绕在她的脖颈间：“给媒体的那些照片，角度是刻意找的。找得太好了，是只有专业媒体人才找得出的角度。那家私立医院的规矩极其严格，骆医生绝对不肯放任何一个闲杂人等进来。若非你提前打点，将记者放进来，拍到照片，现在断然出不了这么有爆点的新闻。”

他捏住她的下巴，意味深长地道：“程小姐，你好厉害啊。一出手就将SEC的竞标合同命运都改变了。”

程倚庭笑得更愉悦了。

她抬手圈住他的脖颈：“那么，你现在是想谢我吗？”

被人“算计”一回的感觉十分陌生，唐涉深对此并不适应。哪怕她这一回的算计，是让SEC峰回路转。他执意要一个真相：“怎么安排的，嗯？”

“还能怎么安排？出门靠朋友，我能靠的也只有以前在媒体工作时的记者朋友啊。”

她摸着他的头发，为他做了一回事，难得有底气同他亲近一回：“是娱乐组的一个朋友帮的忙。我跟他讲，SEC需要有正面的执行人形象，安排他进来拍了一点照片，稿子是他写好后我改过的。虽然做的是娱乐新闻，但我的朋友做事都很认真，要么不做，要做就一定会做到最好。”

唐涉深看着她，目光幽深：“你认为，你对我讲的，过去的那些故事对我有伤害，所以，尽力补偿我？”

程倚庭愣了一下，笑容渐渐消失。

“不喜欢的话就算了，下次我不做就是了。”

她忽然失去兴致，推开了他。

过去的话题永远是不开心的、伤心的，她小心翼翼，一路走来都避开它。如果被他拿去做了这样那样的借口，那就太没意思了。

唐涉深摩挲着她的脸颊：“我刚才开玩笑的。”

她气未消：“你开个玩笑都能让人好郁闷。”

唐涉深将她一把抱起来。

程倚庭一惊：“哎！你……”

身下柔软，双人大床承受了两个人的重量，软软地向中间一陷。

他不允许她的笑容散去，“恶意”上来，要她快活。

“程记者，作为道歉，也作为感谢，我任由你‘处置’，如何？”

“神经病。”

但很快，卧室内的这声嗔怒就变成了低低的喘息声。她渐渐明白，他不是在开玩笑。就如同他要她时，她拒绝不了，他要将自己送到她手里时，同样不允许她拒绝。

程倚庭没有想过会再一次见到霍与驰，而且是以一种十分棘手的方式。棘手的意思就是，她想拒绝，却不能拒绝。

霍与驰给她打了一个电话。

去了一趟美国，又回来，来来回回好几年，他竟然又换回了国内的旧号码。手机响起，程倚庭看了一眼，正拿着水杯的手晃了一下，热水洒出来，烫了她的手。她皱眉，随即将水杯放在桌上。手机安静了一会儿，又响起来，仍旧是那个号码。这个号码在一年前被她从通信录里删除了，但记忆没有办法清空。如今跳出来，她发现自己仍然能将它背出来。

程倚庭对自己很失望。

对方很执着，连打了五遍。

霍与驰不是一个惯于自讨苦吃的人，这种情况实属罕见。到了第六遍，程倚庭终于接了起来。她尚未出声询问，霍与驰已经将对话定了调：“我现在正在你家。三个小时前，你母亲走失了，我在公园找到她，现在正陪着她在你家，你父亲也在。可以的话，你父亲希望你能回来一趟，看看你母亲。”

时间、地点、人物，三要素全齐了，他把做新闻的那一套用在她身上，她被他的叙事内容惊得差点稳不住自己。

“我马上回来。”

她上楼，拿了常用的一个单肩包，裹上外套急急地就出了门。管家在背后喊她“太太”她也没听见，看着她的背影一时间犯了难。今晚太太和先生约好了要在家里吃饭，饭已备下，她却走了，恐怕先生回来不会吃得太愉快。

程家离C城有两个小时车程，高速公路上，车辆行驶的速度极快，但程倚庭仍觉得不够快。

她抓着包，手心里一层汗，将包捏得汗涔涔的。

晚上七点，程倚庭推开了程家的院门。

“妈！”

人未站稳，声音已经高了八度。她这一声叫唤，成功地让院子里的两个人转身看她。

多么熟悉的一幕场景，仿佛时间停滞了，一切都没有变：霍与驰正陪着程母，一起坐在院子里。

程母看起来精神很好，正坐在小院里的板凳上剥毛豆。霍与驰在一旁陪她，两个人一起剥着毛豆，时不时说笑一番。程母的眼睛不太好了，即使戴着老花镜也看不太清楚手上的东西，所以剥得很慢。但她做事仍然习惯要仔细，先从毛豆的一头抽去细细的筋丝，然后剥开，把豆子拿出来，仔细看看好坏。如果无恙，她就会笑一笑，一副很满足的样子，把它放入一旁的搪瓷碗中。印象中，母亲从未变过，她的生命中无小事，每一件都需要认真对待。

“哎，好了。”

程母剥完手里的最后一颗毛豆，脸上的表情很满足，对霍与驰道：“小霍啊，快拿进去给你伯父。倚庭快回来了，她爱吃这个。”

直到程倚庭那一声高嗓音叫唤，老太太的话被打断，才转身看过来。她搜寻了一遍记忆，有些局促，生怕讲错话，或是做错事。

这些年，从丈夫的一些提醒中，她大概也明白自己讲错话、做错事的频率是越来越高了，她也想改，却不知从何改起。于是长久以来，她让自己变得越来越客气，对谁都客气。中国人讲究“见面三分礼”，客气总不会错，她恨不得对流浪狗、流浪猫都客气起来。

这会儿，她仔细端详了一番眼前人，客气地笑道："这位小姐，你是倚庭的朋友吧？我说呢，看着这么眼熟。嗯，小姐怎么称呼？家住何处？父母可好？"

程倚庭的眼眶迅速红了。

她点点头，极力控制自己。医生说过，母亲有她自己的世界，她在自己的世界里是无忧无虑的，外人对她表现出的所有同情、难过和悲愤，对她而言才是真正的痛苦。

程倚庭道："是啊，我是倚庭的朋友，是她让我来看望你的。"

程母松了一口气，仿佛一腔猜测没有白费，笑道："那就好，最近倚庭和小霍要去伦敦念书了，要去一年呢。唉，两个人在外面，我始终不放心。不过小霍我是放心的，倚庭有他照顾，我能安心不少。"

被点到名的两个人不约而同地抬头，四目相交，再齐齐转移视线。能怎么说呢？千言万语，无法说。

只有程母兀自沉浸在自己的世界里，拿着一碗剥好的毛豆，乐呵呵地对他们说："既然都是倚庭的朋友，那就留在这里一起吃顿晚饭吧。"

正在他们沉默之际，程父走了出来。

他看了一眼程倚庭，意思是让她等一等，他需要先安顿好妻子。随即，他将程母扶了进去，并对她道："年轻人有年轻人的事，你不要瞎留人。"

院子里只剩两个人。

程倚庭几乎是愤怒了，朝一旁的人低吼："霍总监，你知道自己在做什么吗！"

霍与驰没有说话，弯腰将院子里的板凳收起来放好。

他对程家如此熟悉，什么东西该放在哪里，他记得一点不差。这是多好的记忆力，放在这里，让她见了，都觉得惨痛。

她愤怒不已："我们程家的事跟你早就无关了。请你记住自己现在的身份，你是已婚的人了，有妻子也有孩子。趁我母亲有这样的病，你光明正大地出现在这里，不觉得很丢脸吗？你对一个老人做出这样欺上瞒下的事，对程家做出这种不合身份的事，便宜都被你占了，你很得意是吗？"

"倚庭。"程父的声音忽然传来，"不要说了，这一次，是你错怪小霍了。"

他走出来，看了一眼院子里的两个人。隔得那么远，小小的一个院子，装不下他们之间千山万水的距离，他看了都觉得心痛。

程父走向女儿，低声跟她解释："你妈妈不小心走失了，又没有记忆，不知道怎么回来。我出去找了几个小时都没有消息，我都已经准备去报警了，小霍却将你妈妈送了回来。后来我问了小霍才知道，是你妈妈打电话给他的。小霍他……也是接到你妈妈的电话，才从C城赶过来的。"

阿尔茨海默病，多少人生命中最后的劫。

一年又一年，程倚庭看着母亲就会想，她是悲伤还是快乐呢？作为女儿，她是该为她解脱了这人世而庆幸，还是该为她永远走失了而落泪呢？母亲是清醒的，母亲能自理，闲时她甚至还爱读书。她只是不认得所有人了，包括她的女儿。

可母亲却记得霍与驰的电话号码，记得这唯一的联系方式。因为在母亲的世界里，只要找到霍与驰，就能找到程倚庭。她早已把霍与驰当成一家人了。

命运弄人，何其残忍，不理会任何人的死活。

院子里的气氛僵持，程父也挽救不了这一对男女之间的殊途。

他只能以客人之礼相待："小霍，你开车过来也累了，吃过晚饭再走吧。"

"不了。"霍与驰微微颔首，"公司还有事，我就不久留了。谢谢伯父，下次有机会我再来看您。”

没有下次了。

他和她，还有在场的程父，都知道没有下次了。

很多年前，这个年轻人就是站在这里，揽着程倚庭的肩，向她的父亲保证道：“爸爸，您放心，我和倚庭一同去伦敦念书，我会好好照顾她的。”

数年之后，并肩的人已不能归。

程家檐下，谁人驻足在已被暴雨没过了的青石板上，一声“爸爸”已改口成了“伯父”，连声音都消亡在不停歇的雨声里。

程父叹气，还是无缘。

霍与驰转身对程倚庭道：“你有时间吗？我们谈一谈，关于公事。”

程父将两个人送出去，过了大半辈子的人，一眼就能看穿男女心事。他不强求，让他们顺水逐流：“你们去吧，这里有我呢。你们年轻人不要太担心我们老人家，这不合适，也不需要。”

程倚庭没有要这顺水逐流，一口拒绝：“霍总监，我跟你，没有必要谈。”

“那么，你就听我说。”

他并不气馁，也不愠怒，公事公办起来，谁也拿他没办法：“我希望你可以接受本公司对你的入职邀请。”

程倚庭语带讥诮：“怎么，知道我现在失业了，所以同情我？”

霍与驰没有争辩之意，将手机里的资料调出来给她看：“你之前负责跟踪的那宗捐款贪污案，没有媒体敢查，我们敢。相信你对我们公司还不是那么了解，事实上，我们的业务不止国内这一块，还有国外的部分。跨国媒体集团有一个优势，那就是独立性会相对强一点。如果你想继续做新闻，加入我们，会是一个好的选择。”

程倚庭没想到他会说这个，一时愣住。

已经被封死的坚持忽然透了光，再现出一条路来，柳暗花明的感觉也不过如此。

时空流转，金石不灭。做新闻犹如闯江湖，一天笑他三五六七次，百年笑傲三万六千场。这是一种人性，炙热又无敌。

她拒绝得了吗？

“这就是我想和你谈的事。”他转身看她，无一丝杂念，“如何？现在你有时间和我好好谈一谈了吗？”

这一晚，程倚庭坐霍与驰的车返回C城。

程父站在院子门口朝着雨中挥手，叮嘱霍与驰下雨天路滑，开车要注意安全。霍与驰打着伞，向程父道别，然后上了车收伞。

程倚庭坐在副驾驶的位子上，给唐涉深打电话。她今天和他有约，要在家里吃晚餐，这下是不可能在一起吃饭了。她才刚拿起电话，就看见三个未接来电，都是来自唐涉深。程倚庭将电话拨回去，告诉他不要等了。程家出了点事，不过现在已经没事了，她赶回C城会有一点晚。

电话那头，唐涉深问得很快：“你在哪里？”

程倚庭没有犹豫：“在车上，马上就上高速了。”

电话那边有一段时间的静默，程倚庭几乎以为他将电话挂断了，却又听见他说：“需要我来接你吗？”

“不用了。”她下意识地拒绝，“我都已经在回来的路上了。”

“晚上坐长途公交车太累了，我来接一趟会比较快。”

“没事没事，公交车挺好的。再说，我都已经上高速了。”

电话那边不再说话。

唐涉深退了一步，叮嘱她：“那好，注意安全，我在家里等你。”

电话随即挂断。

程倚庭放下电话，从后视镜里看了一眼霍与驰，他正专心地开车。两个人之间谁也没有聊天的想法，这样挺好的。程倚庭靠着座椅靠背，准备在接下来的两个小时路程里都闭目养神。她才刚闭上眼，身旁的男人同样在后视镜里看了她一眼，车速渐渐慢了下来。但他随即回神，又将车速提到了正常速度。方才那一瞬间产生的“开慢一点，就能和她多待一会儿”的想法被他自己批判了，这是没有道德的行为，不能做。

程倚庭睡着了，就这样错过了和她擦身而过的一辆车。

黑色法拉利，车前那匹跃腾的骏马在暴雨中依然傲视四方，是唐涉深情有独钟的私家车。

这辆车停在巷口已有半个小时，车主坐在驾驶座上，始终没有下车。半小时前，他刚开到巷口，就看见不远处的程父送了程倚庭出来，后面还有一个人，是霍与驰。三个人站着说了一会儿话，一对男女似乎有争吵，大多是程倚庭在愤怒，而霍与驰不接招。程父调停，笑容一直是尴尬的。最后，程倚庭终于被说服，坐上了霍与驰的车。后者收起伞，关上了车门。他们通电话结束的一瞬间，霍与驰那辆银色轿车恰好与他的法拉利擦身而过，溅起一地水花。

唐涉深低头，缓缓点燃一支烟。

一旁的手机振动不断，号码显示，来自公司。他没有接，一分钟后，自动转入语音信箱。

付骏有些焦急却又不敢表现得太明显的声音一遍遍传来：“唐总，来自香港的主管组我稳住了，暂时住在酒店里，但他们已经对您下午忽然离场的行为很不悦了。唐总您是不是晚上再来酒店一趟？”

是他冲动了。不问情由，只为一个女人，莽撞行事，这不是SEC执行人该有的态度。

就在几个小时前，他在会议休息的间隙打电话回去。管家告诉他，太太不在家，说是程家出了一点事，接完电话就走了。他随即拨打程倚庭的电话，却无人接听。他等了一会儿，忽然失去了做事的兴致，做出一个不符合领导人的决定：撇下会议，中途离席。

走的时候，来自香港的主管组又震惊又不悦，而且很明显是不悦大于震惊。为首的中年男子对他道：“唐总，我知道你们夫妻情深，但这种套路用多了，是不是太刻意了呢？大家的时间都很宝贵，能给SEC一次机会，不见得会给第二次。”他没回答，只说了声“抱歉”，随即就走了。

几小时后，他却有些后悔了。

他不应该来这里的。

因为，程家需要的人，不是他。

深夜一点，程倚庭在熟睡中被人弄醒，一阵酸痛令她不适地轻哼出声。她睁开眼，看清了始作俑者。

“嗯，你回来了？”

他没有回答，只顾动作，有意折磨她。他许久不曾做这种事，上次不顾她的意愿做这种事，还是两个人为一件小事处于冷战期时。

程倚庭很困。

她坐了四个小时的车，经受了一回提心吊胆，回来后几乎是倒头就睡。管家告诉她先生出去了，她也没有多想，事实上她是真的没什么力气了，洗澡时泡在浴缸里都差点睡着了。

这会儿她实在是很想睡觉，但感受到他的动作后，却没有拒绝他。对他，在这方面，程倚庭一向宽容。她读过不少两性学的书，明白男人这个物种在某些时刻需要配合，需要哄。即便这种配合和哄需要她付出极大的牺牲，她也没有怨言。在她的价值观里，这是一个妻子的义务。

她抬手，从他的衬衫下摆探进去，搂住他的背：“你这么突然，我很疼的。”

他捏住她的下巴，声音清冷：“你认得我是谁吗？”

“你讨厌。”

她像是生气，又像是撒娇，作势要推开他：“再问这种莫名其妙的话，我要跟你翻脸了。”

他却不肯放过她，将她的脸捏着转过来，强行面对他：“问个问题而已，这么大反应干什么？”

程倚庭的眼睛忽然有些酸胀，她自己也不知道是为什么。

做惯了记者，语言能力肯定是一流。但他好厉害，总是能轻易让她丧失语言能力。她只知道，他那样的语气和表情一出来，她就难受得仿佛从天堂掉到地狱。

她缓缓开口：“你认为，除了你以外，我还会允许谁对我做这种事？”说完又补充了一句，“无论……婚前还是婚后。”

他仿佛被这句话打醒了。

她难受了，他就清醒了。有些惨痛，却是事实。程倚庭难受了就好不回去了，会难受好一阵子，他就这样跟着看她难受好一阵子，仿佛这样才能将他心里的那点惨痛给堵回去。多么精明的商人，他在心里评价自己，一边不齿于自己的行为，一边欲罢不能。

“对不起，刚才是我失言了。”

他终于停止折磨她，将她拥进怀里，抚摸着她的长发，温柔又回来了：“睡吧，我抱着你睡。”

她靠在他的胸膛上，终于沉沉地睡去。

第五章

温良潜藏

LAST
LOVER

见到旧情人会痛苦，
是因为他已经开始了新的生活，
而她还留在昨夜。

连着数日没睡好，程倚庭心情不佳。

唐涉深倒像是个健忘的，第二天醒来仿佛全然忘了昨晚发生过什么，该吃吃，该睡睡，对她的偷抢拐骗一样都没落下。过了几日，他半哄半骗地又在深夜欺负了她一次。她恍惚间觉得他的温柔更甚从前，仿佛有讨好自己的意思。她暗自想，真是个不诚实的男人，又别扭，又矛盾，也不知道他这样累不累。

隔日，程倚庭头痛欲裂，不得不一上午在办公室喝了三杯黑咖啡提神。和她交好的同事打趣道：“倚庭，一晚没睡好是常事，天天睡不好就很微妙了啊。”

又有年长的同事了然地笑了笑：“年轻人，就是体力好。”

程倚庭在茶水间失笑：“你们这是想象力过剩。”说完，连她自己都鄙视自己。被人说准了还要掩饰，都怪唐涉深。他就不能找个别的发泄体力的渠道吗？非得在她这里找存在感。

有人推门进来，茶水间的说笑声顿时停了。

两位同事有礼貌地打招呼：“霍总监，这么巧，来煮咖啡？”

霍与驰手上拿着一个马克杯，脸上挂着所有中层管理者该有的那种笑容：“对。”

同事们说笑着出去了。

程倚庭站在咖啡机前，看着咖啡机口慢吞吞地滴下新鲜咖啡，第一次觉得这台高级咖啡机的速度太慢了，落在了时间后面。

等到咖啡终于好了，程倚庭端起咖啡杯，转身，淡淡地打了声招呼："霍总监。"

多年不见，眼前这位制作部总监和她印象中的霍与驰相去甚远。

皮囊变了，灵魂也变了。他不再穿休闲服，换上了笔挺的西服，手腕上的江诗丹顿在衬衫袖口下时隐时现。时间的杀伤力多么巨大，能将一个穿着休闲服在足球场上踢前锋的男生变成眼前这样千人一状的模样，再也回不到过去。

霍与驰走过去，往咖啡机里倒了咖啡豆，按下开关。声音嘈杂，他借着这嘈杂的声音对她说："你能选择留下来，多谢。对公司来说，有你这样一位良将，是公司得益了。"

程倚庭同样感谢这嘈杂的磨咖啡豆的声音，让他们之间的对话显得没那么多交情："不用。公司给我足够高的薪水，我留下为它卖命，这是最佳的商业关系。我虽然没有学会如何不择手段地向上爬，却也不会为了不打紧的理由拒绝机会。"

霍与驰将煮好的咖啡端出来，往里面加鲜奶，仿佛她方才那句"不打紧的理由"对他并无伤害。

程倚庭决定不再在这里消磨好心情："我出去做事了。"说完，她转身离开。

茶水间的霍总监端起咖啡，却不知怎么的没有端稳，洒出来了一些，烫到了手。他放下杯子去冲手。

他还是……分神了。

他默默承受这种分神以及带来的后果。

这天傍晚，临近下班，C城一隅发生突发性火警新闻，公司立刻派出新闻车，制作部骨干人员和新闻部采编组迅速到场。

C城的主干道呈十字形分布，分支路线交错复杂，一方堵车，八方受难。起火点正位于主干道一旁的一栋写字楼里，消防车长鸣，喷水枪高压喷射。新闻媒体人蜂拥而来，涉及民生，无论是媒体还是百姓，都对此高度敏感。

经过两个小时的苦战，总算有惊无险地控制了火势。除了消防队，现场的一线媒体工作者也在进行一场没有硝烟的战争。比速度，比正确性，比效率。程倚庭连采带写，仍然来不及将现场所有的重大动向及时播送出去。

这不行，得挑重点。

程倚庭一把拉过配合搭档的摄影记者："走，去起火救援点！"

无奈人手不够，摄影记者严重不够用，她这一只手刚拉住人，一旁的两位同事就用更大的力气将摄影记者拉走了。程倚庭看了一下现场态势，没有强留，几乎没有多想，一个人跑了进去。

救援点是个重点蹲守处，就设置在写字楼的西楼侧门。这里被破坏的情况相对较轻，能保证上下进出，一个个被困者被消防人员救出。程倚庭没有照相机，就拿着手机拍。一个消防人员在不停地喊："记者注意了，向后退，这栋建筑已损毁，随时有碎石掉落砸伤砸死的可能。"刚说完，像是要印证他的这句话一样，一堆碎裂的钢筋、水泥、玻璃从高空坠落。

只听人群中有人喊："跑啊！"程倚庭属于反应比较快的那种，旁人还没反应过来她已经拔腿跑出去五米远。这是她的强项，她看着文弱，跑起来绝对不慢。她第一天做新闻时老领导就曾评价她，有跑得这么快的一双腿，天生适合跑新闻。

然而她的腿却跑不过她的良心。危急时她无心地一瞥，方才正站在她身旁的一个消防员来不及跑，头上一整块玻璃正从天而降。程倚庭几乎没什么时间思考，脚步一旋折返回去拉人："走啊！"

他们俩只来得及跨出半步。

“哗啦”一声，玻璃落地，震碎一片。

消防员的职业本能终于占据了上风，抱着她往前一大步跳跃俯卧，硬是跳离了危险区。玻璃碎片的余片飞过来，只刮伤了两个人手背上的皮，并无大碍。

程倚庭惊魂未定，却笑道：“小同志，你是新来的吧？反应能力这么慢，差点害了你。”

“姐姐，今天是我第一天上班。”

年轻的消防员虎口脱险，直喘气，却也不忘在美女面前邀功：“但是姐姐，我最后也救了你呀，咱们俩扯平了。”

大难不死的感觉实在太好，像是有老天罩着自己。程倚庭笑着喘气，两个人相互扶持着站起来。还未站稳，就听一声叫唤：“程倚庭！”

霍与驰将她一把扶了起来，上上下下打量了个遍。当他确认她身上除了手背上那一小道小伤口外再无其他伤口时，才松了一口气。

他身上无伤，也没有经历方才的惊险，却似乎比她还激动，抓住她肩头的手微微颤抖着，仿佛要将她搂住。

小消防员不明就里，笑得调皮：“姐姐，你男朋友啊？看把他给心疼的。”

一句话点醒了霍与驰。

程倚庭推开他，给了小消防员一个皮笑肉不笑的笑：“再乱说话，小心我将你刚才的糗事作为新闻发出去。”

“哎哎，别。”

小消防员立刻溜了，他已经从方才的惊魂一刻中镇定下来，转身再次冲进火场。

程倚庭没什么心情，将手机交给霍与驰：“里面有我刚才拍的一线视频，你拿给摄影组，马上发出去，很有价值。”

“知道了。”

两个人之间也没什么好说的，程倚庭举步欲走。

霍与驰拉住她，道："能走吗？我送你去医院做一个全身检查，保险一点。"

"你也太大惊小怪了吧？这点小事，用得着吗？"她笑了笑，挣开他的手，"把你的关心收起来，我不需要。我要留着这个小伤口回家，去博我家唐总的同情呢。"

说完，她转身就走。

这一次，霍与驰没有再追上来。

三个小时后，最后一份现场新闻稿发送完毕，霍总监当场提议："各位辛苦了，晚餐就近订酒店解决，我请。"

众人眼睛一亮。C城市中心，五星级酒店自助餐，这一顿恐怕霍总监会请得很破费。

有年轻的同事笑道："霍总监，您请的第一顿工作餐，非五星级酒店自助餐我们不去啊。"

霍与驰笑了，四两拨千斤："那是当然。就像明天各位手上的新闻稿，流量不是第一位我不收啊。"

被反将一军，众人一愣过后笑开了。

这位制作部总监有意思，话不多，手段却都藏着。他拿出来了多少，至今无人知晓。

"小许。"

霍与驰叫了助理，吩咐道："开车送同事们去酒店吃饭，费用结在我的名下。"

一听这话，周围的同事们都诧异了："霍总监不和我们一同去？"

"不了，下次吧。"他指了指现场，"消防部门在现场的搜救行动还没有结束，我留下来跟一下新闻。"

"这样……"

有经验的制作人都明白，现场后续是一个充满西洋镜的微妙存在。跟得好，制作出的新闻分量足以和一线媒体头版相抗衡；跟得不好，那就纯属浪费时间，自讨苦吃。

苦活累活自然不能让制作部总监一个人干。

有人迅速将自己的同志推入火坑：“让程倚庭一起留下来吧，她对突发性新闻最有经验了，之前几次后续也是她跟的，效果很好。”

“……”被点到名的程倚庭一阵蒙。她眼神复杂地看了一眼出卖自己的同事，后者正笑得一脸无辜。

也有人帮程倚庭说话：“今天就不要留程倚庭了吧，她方才已经抢了一把头条，手都受伤了，应该赶紧回去休息。”

话一说完，方才推她入火坑的同事也尴尬地笑了，不再坚持。

程倚庭原本打定了主意，走，肯定走，就拿着这样一份不死不活的工资，她责任尽到了就行。至于那种舍己为人的无私奉献，就留给别人吧。可是当旁人都尴尬得不说话了，仿佛她手背上的那个小伤口他们都有责任时，她却拒绝不了了。她就是这样一个人，受伤不要紧，要紧的是这个伤口不要让人看见。

“我留下吧。”她说，“正好把消防员的采访也一起做了。刚才我已经和其中一个消防员初步建立了联系，由我去采访，他大概比较肯说。”

一群人热热闹闹地走了。

于是，最后就变成了程倚庭最不想面对的局面：她和霍与驰，今晚要留下来，加个班。

在日本，有深夜食堂；在C城，有深夜便利店。

时近九点，C城中心区仍然灯火通明，新一轮的加班才刚刚开始。便利店生意极好，开门关门的“叮咚”声不绝于耳。当霍与驰和程倚庭走进来时，便利店的年轻店员看了一眼两个人的装扮，就明白了。

“两位，欢迎光临，媒体人今晚辛苦了。”

霍与驰觉得有意思："你怎么知道我们是媒体人？"

"因为今晚来便利店吃饭的媒体人太多啦。"店员一边麻利地给他们俩热盒饭，一边麻利地结账，还一边麻利地聊天，"都像你们两个人，衣服上沾了灰，拿着录音笔，一看就是刚从傍晚的事故现场过来的。晚上应该还要继续蹲后续新闻，我说得对吧？"

霍与驰付了账，接过盒饭，对着她一笑："你们老板没请错人，这么聪明的小姑娘，口才还这么好，难得。"

一句话，将年轻店员夸得两颊红扑扑的。

程倚庭拿了两杯冰镇酸梅汤，在靠街边的吧台位置坐下。她拿了吸管，端起其中一杯喝，随即就听到了霍与驰和店员方才的聊天。

他真的变了。

变得圆滑又老练，变得与这个世界相处得更好了。是关雅正影响了他，还是他自己选择改变的？她这么想着，随即又有些自嘲，说到"变"，又有谁不是呢？她也变了。至于唐涉深，他似乎从来都没有一个固定的模式，天下机会，唯变不破，他是最好的例子。

霍与驰在她身边坐下，递给她一份盒饭："不好意思，今天晚上只能请你吃这个了。"

"不用。"程倚庭接过盒饭，下意识地拿出零钱包，打算付钱给他，"多少钱，我付给你。"

霍与驰拆开筷子，没看她递来的钱："把钱收起来。不是我请你，是工作餐，明天回公司后我会找财务报销的。"

"这样啊，那好。"

程倚庭一点也不执着，迅速将钱收起来。

这世道，血汗钱不易挣，能省一点是一点，何必同人争阔气。

两个人埋头吃饭，仿佛天下最香的就是眼前这碗饭。年轻的店员站在收银台后好奇地看了他们一眼，不禁在心里诧异。虽然说他们这家店的盒饭是远近驰名的物美价廉，但说到底也就是个盒饭而已，怎么能有人吃得这么专注还这么香的?

程倚庭觉得渴，拿起酸梅汤喝了一口，冷不丁听见旁边的一句问话：“你的酸梅汤是冰的？”

她转头，看见霍与驰正停下动作看着她手里的饮料，眉心有些微蹙。她觉得好笑：“霍总监，难道你还见过热腾腾的酸梅汤？”

霍与驰的手指动了动，重新下筷。

拨了两下饭，他似乎是想忍却没有忍住，对她道：“以后能喝热饮还是喝热饮，实在没有，热水也行。”

程倚庭失笑：“总监关心下属关心到这个份上了？”

他沉默了。

半晌，他才将这份沉默打破：“你有宫寒，不要和自己过不去，处处注意着点才好。”

多么隐秘的话题，上次他对她讲这个，还是在伦敦求学时。

伦敦没有多少好天气，阴雨连绵。一对学生情侣初到伦敦，一切都感觉新鲜。学习游玩两不误，终于误了自己的身体。一个暴雨夜，她腹痛难忍，知道是旧疾复发了。他跑遍了周围三条街四条巷，去给她买红糖，可统统都没有。最后他一家家去敲邻居的门，每开一户就向一户道歉说“对不起打扰了”，就这样给她要来了仅有的一小包红糖。深夜十二点，他泡来一杯热腾腾的红糖水，给她喝下去，又握着她的右手找着穴位按压。

她恢复了点力气，虚弱地开了一个玩笑：“你还会找穴位，止疼痛？”

他指了指一旁的电脑：“刚在网上查的，现学现用。”

她笑了：“有用吗，霍医生？”

他叹了口气：“不管有用没用，我都要试一试，我见不得你那样受苦。”

那一晚，伦敦的雨下得很大，风很冷，窗户上一阵一阵的水，几乎像是从天上浇下来。这却是程倚庭记忆中最好的暴雨夜，最暖的出租屋。就算以后她住别墅、吃鲍参，也再没有过那般临街赏雨、将疼痛化为微笑的本事。

时光流转，她开口，主角已非他所属：“这个不用总监操心，我有丈夫关心。”

霍与驰手里的动作顿了顿，一勺饭顺着这一个停顿掉在了桌面上，留下一道浅浅的油渍。多么像他们之间的污渍，总想抹去，又抹不去，就那样不深不浅地横亘在两个人的生命里，隐隐作痛，持续作痛。

程倚庭提醒自己，她不是负气，她只是在讲事实：“这一年，我的宫寒好了很多，是我先生找医生帮我调理的。那位医生的价格很贵，很难请，他动用了一些私人关系才约到了医生。中药很苦，好几次我都要放弃了，是他不肯。他从来不劝我什么，就算对待病人也一样。他不准就是不准，撒娇无赖都不行。他亲自给我煎药，每晚看着我喝，就这样过了一年。连上天都感动了，待我不薄，就这样一天比一天好起来。我才有今天这条命，可以偶尔也喝上一杯酸梅汤。”

原本真的是有一点负气的成分在的，但说到最后，连程倚庭自己都忘了原本想要负气的心情。

她在心底念了一遍那个名字——唐，涉，深。念完一遍，忽然发觉每个字都在她心底深沉地占据着一席之地。

霍与驰静静地听完，客观地评价：“你嫁了一个好男人。”

“是吗，你也这么认为？”她笑了，看不出真心，“不过也对，女人最要紧是嫁得好。”

他忽然不小心，将一句私心话讲了出来：“别说这样的违心话。”

“这是违心话？”

“将人生的要紧事挂在一个男人身上，不是程倚庭的人生准则。”

这样的正面冲撞，程倚庭却没有生气。

她点点头："确实，将人生的要紧事挂在一个男人身上不是我的人生准则。但我不得不承认，有一个男人待我如此深情厚谊，这种感觉非常好，在'有'和'没有'之间，我倾向于'有'。谁不喜欢被当成大人呢，谁不喜欢被当成大人之后还能做回小孩呢？他能给我这样的'当成'，你说这种感情好不好？"

这一刻，程倚庭看着霍与驰平静又暗淡的脸，心想，她这一局胜得多漂亮。连她自己都想为自己鼓掌，她方才的那一番演讲是多么精彩。然而此刻她还没有想过，任何漂亮的一局都是赢在以事实为基础，任何精彩的口才都是非真心而不可为。很久以后她明白了这个道理，才恍然大悟原来在那么久以前，她心里就是爱着唐涉深的了。

霍与驰放下筷子，收拾盒饭："以后我们就是同事了，多多关照。"

程倚庭同样收拾了盒饭，拿湿纸巾擦了一下嘴唇和手，好好收拾了一番，这才抬头看他。

她问得很慢，直呼其名："霍与驰，你想和我做哪一种关系的同事？"

这一刻，霍与驰明白，她长大了。

不再是小女孩，她长成一个女性该有的模样了。懂得必要时牺牲对方以求自保，也懂得必要时牺牲自己以求更长远的退路。她将生存策略用到了同他的交往方面，多可怕，她已经是在用生存的态度审视两个人之间的关系了。

霍与驰更知道，他并非无辜。何止不无辜，简直是罪魁祸首。

他对她做过最为刻薄的一件事：丢弃她。以至于之后对她所做的一切刻薄之事都变得没那么难以接受。他常常会有停下来忏悔和审视自己当年那个决定是否正确的冲动，但理智告诉他，人生之轮已经滚滚向前，他除了朝前走，没有其他办法，尤其是不能后悔。

"我们之间的同事关系很简单。"

他丢弃了犹豫和摇摆，公事公办："我尊重你，也需要你尊重我。我们之间就像最传统的那一类上下级关系，互相利用，互相牵制。坐在我这个位置上，希望你工作出色，但相对的，我也会提防作为下属的你太过出色，有时候甚至会不择手段地打压你。同样，你面对我，动机也可以不用太纯。你有能力，如果还能有手腕，你大可不择手段地向上爬。商业社会中，这不啻为一种最公平和简单的关系。”

程倚庭听完冷笑：“说完了？”

“对。”

程倚庭猛地站起身，差点连椅子都被她猛烈的动作撞倒。

她表情冷冽，道：“霍总监对同事关系的定义，真可谓是入木三分啊。”

五年。

学生时代的感情，长达五年。

程倚庭今天才知道，她用五年人生换来的结局，其简单粗暴的程度竟可以令人发指到这种地步。

她看着眼前这个男人收拾好盒饭，将它丢弃到垃圾桶里，笑着对年轻店员说“再见”，走出便利店时将黑色风衣的领口竖起，遮挡风雨，连同人世间的一切温情都被他一同遮挡在外了。

多么斯文残忍的男人，程倚庭几乎要笑起来。她觉得很滑稽，还有一丝惨痛。

隔天下午，唐涉深接到程倚庭的电话。

屏幕上跳动着“倚庭”两个字，男人忍不住嘴角一勾，为这难得一见的来电显示。

他接起来，“嗯”了一声，尾音呢喃，带着只对程倚庭的亲密。

程倚庭在电话那头问得很快：“晚上有时间吗？”

这个问题不好回答，要取决于是谁问的。

唐涉深四两拨千斤：“什么事？”

“正好有两张电影票，请你看电影啊。”

唐总无语了一会儿。

他不常看电影，最近一次他和电影院产生关系，还要从得知广告部要将年度制作的一个重磅广告投放到影院市场，他在高管会议上从PPT上看到一串影院数据讲起。

男人想了想，语气玩味：“你有赠品的电影票？”

“你这都猜得到啊。”程倚庭挺惊讶的，丝毫不以赠品为耻，“公司的一个活动，抽到了两张电影票，不要浪费了，你和我一起去吧。”

虽然他对看电影这种活动没有半点兴趣，可是他对太太的兴趣大得很。两个人在一起消磨时光，做什么都无所谓。他甚至纵容自己开了一下小差：电影院那么黑的场合，正适合这样那样……

“好吧。”唐总愉快地答应了，“约六点，我陪你去。”

电话挂断。

一分钟后，有人在他面前挥了挥手。

那个人用不太标准的中文生硬地表达不满：“六点？你不是说六点以后同我一起吃晚饭，顺便谈一下没谈完的合作吗？”

唐涉深显然不打算要脸了：“哦？是吗？我那样说过？”

那个人深吸一口气。他一紧张，中文就越发生硬了：“Tang，我现在跟你谈的可是明年涉及三个亿的投资计划。”

唐涉深笑：“不要紧张，布莱恩，我们的同窗友谊还在，今晚就算我欠你的。生意是谈不完的，我们不妨缓一缓。”

被唐涉深称为“布莱恩”的人，正式名字可不这样。旁人见了他，都会恭恭敬敬叫一声“奥康纳先生”。

这个人长得壮壮的，给人的第一印象憨得很，来头却很大。就这么个壮壮的大汉，正是奥康纳家族的第三代继承人。奥康纳家族发家于美国西海岸，在洛杉矶、旧金山、西雅图一带都相当有地位。布莱恩看着憨，却是个头脑灵活的，从不跟家族中其他年轻人那样一窝蜂地去华尔街搞金融。他脚踏实地，一门心思搞旅游，不声不响地就将奥康纳家族在西海岸的旅游业做成了一家独大。

唐涉深和布莱恩交情不错，在中学读书时就认识。布莱恩对唐涉深的评价是："Oh，cool guy（很酷的人）！"唐涉深对对方的评价则是，"是个狠人。"

事实证明，两个人都没看错对方。实力相当，有着不同的狠。后来，这段友情在奥康纳家族和SEC的合作中功不可没。

五点半，唐涉深不客气地起身送客，安排付骏将布莱恩送去酒店，晚上找人陪他，尽一下地主之谊。

布莱恩一张大脸写满委屈："你真不够意思，结婚之后就冷落兄弟，我可是你美国西海岸的兄弟呀。"

唐涉深笑了笑，一点也不吃他这一套："不好意思，佳人有约。我们中国人讲究要听太太的话，才会有更好的运气照顾生意。"

中文不好的布莱恩一边跟着付骏走进电梯，一边好奇地问"他啥意思"。付骏不好意思对他讲"唐总忽悠你呢"这种大实话，只能腼腆地解释："唐总的意思是，他和太太感情好着呢……"

六点，白天还晴空万里的天空忽然飘起了小雨。一阵阵的，又湿又冷，打在人的身上，有种说不出的难受。有年轻的行人纷纷抱怨，还不如下一场暴雨来得爽快。

唐涉深准时来到电影院。

程倚庭显然已经到了一会儿，一个人在影院外的咖啡馆等着，面前一杯热咖啡已经凉透了。唐涉深看了一眼，咖啡旁边的牛奶和糖都没有被动过。程倚庭不爱喝苦咖啡，喝咖啡必加牛奶和糖。

"一杯好咖啡做出来，却不被客人接受，做咖啡的人会很伤心的啊。"

程倚庭从失神中转醒，抬头，看见他正缓缓走过来。

唐涉深拉开椅子，在她对面坐下："在希腊语中，kaweh的意思是，力量与热情。"

他拿过她面前那杯已经冷透的咖啡，动作娴熟地往咖啡杯里加牛奶和糖，再递给她："来，试试看，冷掉的咖啡一口气喝掉。"

程倚庭笑了："一口气喝掉？这么做不符合美学标准的。"

"程倚庭，有没有人跟你说过，你做人太乖了，会有一点无趣？"

"没有。"

他立刻意会："啊，对，平常人一般都会评价你乖巧、文静、懂礼貌。"

程倚庭点头接受："我的风评好。"

话还没说完，嘴里忽然一阵香甜。

唐涉深的右手食指正灵巧地挑开她的嘴唇，食指上沾了一点咖啡上的奶油泡沫。他愉悦地看着她，有种坏事得逞的慵懒："也对，乖巧有乖巧的好处。偏要这样，你才肯试试味道。"

一旁有低低的笑声传来。

循声望去，坐在他们周围三三两两的情侣都看见了那一幕，这会儿正有些脸红地看着他们俩，诸多眼神在唐涉深身上流连。多么会调情的男人，用一杯咖啡哄人，也能哄出这么多花样。

程倚庭面色潮红："你……"

他存心要让她的脸更红一点，慢条斯理地加了一句："对了，我刚才洗过手的。"

程倚庭涨红了脸，连咖啡都忘了喝，拿起包就走。唐涉深看着她的背影，没出声喊她，他知道喊了也没用，她这是害羞了。他心情大好，端起桌上的冷咖啡喝了一大口。嗯，味道真的马马虎虎，和他平日里喝的比起来，味道实属欠佳。但贵在能让程倚庭害羞，所以他将这一份欠佳也一并包容了，又喝了一大口才放下，起身去追佳人。

今晚，两个人看的是一部小成本电影。

票房低得惨不忍睹，片方心里苦啊，于是营销部只能拿出赠票策略。可就算这样，前往观影的人仍然寥寥无几。唐涉深和程倚庭属于为数不多的观众，整个大厅只有四个人，他们俩占了一半。

唐涉深对电影没什么耐心，别墅地下室有一流的视听室，他平日看电影都在那里，对充满爆米花和可乐味道的公众电影院兴致缺缺。但程倚庭喜欢，程倚庭喜欢的他也莫名地喜欢，虽然时不时还会针对她大众的品位腹诽几句。

程倚庭买了一大盒爆米花和可乐，抱着走过来。她把可乐递给他，他摆摆手说不用了。他是真的不用，他不好这个，喝几口就觉得牙疼。

程倚庭耸耸肩，有些意兴阑珊，仿佛一个人吃爆米花、喝可乐也是一种寂寞。唐涉深看了她一眼，默默地走开，在小卖部前站了一会儿，再次回来时手里拿了和她一样的可乐。

程倚庭却没有在意，她抱着爆米花和可乐，正对着墙上的电影海报出神。唐涉深时不时地出声打扰——

“这个主角长得真难看。

“这么难看的电影你还看得下去，你真了不起。

“你喜欢这样的非主流口味？”

程倚庭对他不痛不痒的挑衅兴致缺缺，进场前才反驳了一句：“你应该尊重电影人，再难看的电影拍出来也不容易。”

唐涉深眯着眼睛看她，说：“程倚庭，你一心二用的本事玩得不错啊。”

她接受这个评价：“我的听力不差，英文听力通常是满分。”

两个人就这样喝着可乐对着海报讨论着，直到进场。偶尔有旁人路过，会觉得这对男女的嗜好有些惊悚：大晚上对着一张恐怖片海报还能看这么久，讨论得如此热烈，这是什么癖好……

唐涉深多年不踏足电影院，这种小情侣之间的活动对他而言挺新鲜的。进场后，灯光朦胧，他左看看，右瞟瞟，一不小心看见一对热恋中的小情侣正在情侣座位上羞涩地接吻。

女生看见有目光扫过来，立刻推开了男生。后者郁闷不已，抬头看见不远处的男人正像个标杆似的杵在那里欣赏，不由得心头火起，对着他吼道："看什么看！只会用赠票的穷光蛋！"

唐涉深转头问程倚庭："他怎么知道我用的是赠票？"

这种时候他的兴趣点居然是这个？

程倚庭觉得丢人，拉着他就走："因为这里的电影院赠票区有赠票区的位子，他们那边是情侣区，座位是连在一起的，票价比较贵。"

"OK。"唐总洋气地飙了一句英文，手摸了摸下巴，觉得之前从影院广告会议上得到的信息有出入。影院和影院之间有如此大的差价，从汇报人嘴里说出来的却清一色是砸钱的那一类，看来是有人在他的眼皮子底下浑水摸鱼……

他忽然搂住程倚庭的腰，笑得很无辜："程小姐，你很棒哦。"

程倚庭完全不知道他那个装满黄色废料和其他废料的脑子里这会儿又装了什么画面，便推了他一下："简直不知道你整天在想什么。"

唐涉深估摸着小成本赠品电影不会太好看，但他没想到，实际效果也太难看了。

还有小贩进来兜售饮料，甚至开播前还有很长的广告。

连先前那对小情侣都忍不住中途走了，场内只剩下他们俩，真正的包场，还不花钱，程倚庭真是个天才。

这是一部套路式的恐怖片。先恐怖，后温情，一家人在经历种种磨难后抱在一起为失去的亲情痛哭。唐涉深看得挺认真，但有人显然比他更认真。他好歹只在态度上拿出了没有提前离场的认真，身边的程倚庭却在银幕上的人流泪的时候也一同流下了眼泪。

程倚庭不是一个习惯用眼泪去表达情感的人，她很少笑，更很少哭。大悲无泪，大喜落泪，这才是程倚庭。然而现在她却逆了曾经的人生准则，在这样一个昏暗、空旷、寂静的地方，做了一件她从来都不会做的事——哭泣。

这件事的突然、反常和不可捉摸，无一不在印证一件天翻地覆的事已经发生。以至于日后再想起来，他们两个人都会不自觉地以一种深藏秘密的心态想起：那一年，那家影院，那个凌晨……

谁为谁深夜暗自垂泪。

谁为谁风露立中宵。

一块手帕被递到她的面前，英伦格纹经典款，是唐涉深的私人物品。黑暗中，她听见他清冷的声音响起："哭一场会好很多。"

程倚庭没有接他的手帕，也没有发出声音。

他将手帕放到她的掌中，语调平静："现在这里只有我们两个人，你放心，我只当你是一位投入的观众，被电影感动哭了。"

程倚庭的眼泪"唰"地汹涌流下来。她抬手捂住眼睛，再也挡不住指缝中的泪水争先恐后地落下。

结束了。

她对霍与驰的不甘心，对人生中长达五年的青春的留恋，都在他那晚对她说的那一句"同事"定义中正式结束了。

他曾经的许诺就像一场最纯净的雪景，她执意要做那个远赴长安看雪的少女，花了这么长时间，走到女人的年纪，也没有等到长安下雪。而他连句道歉都没有，弹指一挥，就让她输了从少女到女人的整段人生。

唐涉深伸手将她搂进怀里。她就在这个男人的胸膛前毫无章法地落泪，将他的衬衫弄得凌乱不堪。

这一刻，她觉得难受又好受。难受的部分她明白，好受的部分却令她说不出个所以然来。冥冥中只记住了这一种味道，这一种气息。很多日子过后，她才明白，原来这就叫安全感，是只有丈夫才给得了的安全感。以后每每想起这个他对自己讲“哭一场会好很多”的夜晚，想起自己埋头在他的胸膛前闭眼流泪而他轻拍自己的样子，程倚庭就会明白，为什么在自己的记忆里，唐涉深这么多年来仿佛都是同一个面貌。

因为，他从一开始就对她温柔到了底。以至于今后的数十年，他都没有再变过。

一夜好眠。

程倚庭做了一个梦。当真是好梦，任何女孩都会做这样的好梦。

梦里绿草茵茵，花树落瓣，她身穿白色婚纱，手腕上戴着栀子花手环，连身后都拖着一条精致的长尾。

一个温柔的男人站在前方，隔着朦胧的头纱，伸手对她相邀：“你这么慢，我只能吃亏一点，等等你。”

程倚庭从梦中醒来。

有一句话是这样说的：真正知你冷暖的，不过是你的伴侣，你的丈夫。

大梦一场，终迎来清醒之日。

她强撑着身子，缓缓从床上坐起来。

头痛欲裂，摸一摸眼睛，酸痛感顿时袭来，让她知道双眼都肿得厉害。她揉着太阳穴，努力回忆昨晚的一切。昨晚去哪里了？做过什么？怎么回来的？不想还好，她想起来了，动作一时间顿住，仿佛遭遇晴天霹雳。

她竟然做出了这么丢人的事！

就在昨晚，唐涉深将她从电影院抱回了车上。她又累又冷，唐涉深打开了车内空调，她觉得不够，抱住一个抱枕昏昏欲睡。而他的声音仿佛能催眠，摸着她的额头让她“睡吧”，她就真的在这个安抚的动作和声音里睡着了。

翌日，程倚庭仰头，重新倒回了大床上。

她低头看了一下，身上被人换了睡衣。她不禁想，他面对这样一个为别人而受重伤的妻子，却要他来善后的局面，心里是什么感觉？他会恨她吗？还是会觉得落寞？当一个丈夫无法让一个妻子心里全部只有自己时，总是会落寞的。落寞得多了，也就变成了冷漠，多少男女走向陌路都是这样来的。

“程倚庭，你真是不知好歹。”

她对着自己骂了一声，拿被子蒙住了头。

她许久不曾有如此鸵鸟心态，明知事态已坏得不能再坏，却没有勇气去面对。从进入职场开始，这样的鸵鸟心态就离她很远。可自从认识唐涉深以后，这样的鸵鸟心态总是会回来。

“是对他一个人才会有的鸵鸟心态啊。”

她在心里说给自己听，也不知这句话背后她真正的感觉是什么。后来她终于明白了，这种感觉原来就叫依赖。

她一度依赖他，直到深度依赖，过程却不自知，终于混淆了“以为”，让一切变得太迟。

被子被人掀开，光线重新透进来。这个时间，这个地点，能掀她的被子的人只有一个。程倚庭有点鸵鸟心态地喊：“不要掀我的被子。”说着又伸手要去拉被子重新蒙头。

唐涉深也不跟她争辩，将手里端着的早餐放在她的床头。

香味扑鼻，他的声音更诱人：“今天厨房做了芝士鸡蛋，草莓牛奶燕麦粥，还有巧克力吐司包。嗯，刚做好，还是热的。”

都是她的最爱。

他不紧不慢地继续说：“你不打算起来吃？那好吧，我端下去。”

被窝里伸出来一只手，抓住了他的衬衫袖口。

程倚庭为五斗米折腰的声音毫无骨气地传来："给我留一份。"

唐涉深笑笑，看着这只抓住自己袖口的手，白皙又柔嫩。他强行压下想要动手掀她被子的冲动，他还是喜欢等着她自己送上门。

程倚庭果然起来了。

他看着她，微微一笑："睡醒重生的感觉怎么样？"

"糟糕透了。"

她破罐子破摔，扔掉了"程小姐"的矜持，在他面前直来直往："在你面前做了愚蠢的事，醒来面对的第一个人就是你，你说这种感觉是不是糟糕透了。"

唐涉深笑了，她总是能在给他一刀之后再令他愉悦起来，真是残酷又甜蜜的女人。

他将她一把抱起来。

程倚庭反抗："你干什么？"

"抱你去洗澡。昨晚回来后直接让你睡了，你知道我牺牲多大吗？这张床上就没躺过不洗澡就睡觉的人。"

"好吧，你委屈死了，以后把我放在客厅睡就行。"

"真是一位不知好歹的小姐。"

唐涉深算是当了一回绅士，抱她去洗澡就真的是让她去洗澡，其他什么事都没干。程倚庭走进浴室淋浴，心想若不是他真有洁癖，就是真的被她捅了一刀，连趁机调戏她这种行为都不做了。

多么令人费神的男人，脸上笑着，心里却流着血，让她对自己深恶痛绝。

洗完后擦拭干净，她披了件浴袍走出去。

房间里，他正在喝咖啡。见她出来，脸上的表情带着对女性美独有的那种欣赏："睡醒后清清爽爽的，很好看。"

程倚庭听得出他的言下之意，有心避开，端起餐桌上的橙汁喝了一大口："嗯，好喝。"

唐涉深也不追问，将早餐一一端到她面前，又摸了摸她的脸：“粥还是热的，刚才管家上来问够不够，我知道你爱吃这个，还给你多留了一点。”

“够了，不要了。”程倚庭含糊其词，她也有私心，“我不想让别人看见我这个样子。”

唐涉深俯下身，饶有兴味地道：“你这个样子？你什么样子？”

她放下橙汁，没来由地不敢抬头看他。

“对不起。”她忽然对他这样说，“我毁了你一整个晚上。”

唐涉深看了她一会儿，放过了她。他直起身子，将粥递到她的手上：“先吃早餐。”

话说一半被堵回去的感觉很不好，他阴晴不定起来的样子仿佛比他生气更严重。她有些为自己争取机会的意思：“我……”

他轻轻柔柔，用一个反问句就将她的机会关在了门外：“我说过了，我只当你是看电影太投入，情难自禁而已。如果你非要跟我算清楚的话，那你毁掉我的岂止一晚。”

程倚庭安静下来。

他说的是对的。她的抱歉，谁的伤。

抱歉是一种狠，它的存在无非是一遍又一遍地提醒他们两个人，他成全了她一个好结局的故事，可在这个过程中她对他又是何其残忍。一顿早餐，是他们两个人给彼此的缓冲时间。

他将衣服拿过来，等她吃完，一一给她穿上。

脱下浴袍的时候她有些害羞，抬起手若有似无地遮。他握住她的手，按下去。他的动作不算强硬，但就是不容拒绝。他的目光落在她的身上，从上至下，没放过任何一处。她被他看得都有些微微颤抖起来了，他却没有进一步的动作，仿佛给她穿衣真的只是给她穿衣而已。内衣、羊毛衫、外套，衣服全穿好了，他方才审视她身体的目光从此烙印在了她的身上，再也除不去。

他与她平视，缓缓开口：“你还是我的，这样就很好。”

程倚庭忽然明白了。他是在用方才那种确认的方式，让他自己从昨晚被她的伤害中解脱出来。

他站起身，仿佛已然痊愈，她却在他的身后一把将他抱住。

“我知道，我不算干净。我是指‘心’这回事。”

有些话，能说出口的勇气只有一次。

在她的悲剧里，就是这样：“我承认，我一直不愿意相信，我是被他抛弃的那个人。被抛弃的感觉太痛苦了，我没有做错任何事，就是活生生地被人抛弃了。常常听人说，女性要靠自己站起来，靠别人永远不行。但为什么我连被人踩在脚底的原因都没有一个呢？我知道，跟你讲这些，对你来说不公平。正常人都会劝我，要向前看，不要问过去的原因。但我常常会想，如果我身上真的有值得被抛弃的理由，那么会不会被抛弃就是我的宿命？不止上一个，还有下一个，甚至将来的很多个。”

她抱紧他，眼泪流下来，把他后背的衬衫打湿一片。但很快她又控制住自己，迅速止住了眼泪，不博人同情，不让彼此为难。

她听见他的声音响起：“我好奇的只有一件事。”

“什么？”

“你对他的放不下，究竟是相信他，还是相信你自己。”

他转过身，伸手抬起她的脸：“是因为相信他，对吧？”

程倚庭在沉默中痛苦。

他替她讲出了她所有的痛苦：“你相信他，即便被他抛弃，他没有悔意，你还是相信他。相信他当年那样做是有隐情，相信他终究还是你认识的那个好情人。如今，他将你的一切相信都推翻了，你终于失去了说服自己的最后一个理由。”

程倚庭闭上眼，滚落一串眼泪。她睁开眼，眼神是坚定的：“对，我相信他。我……不信他是那样的无耻之徒。”

人与历史总是有着惊人的相似，繁盛期过后，总有一段杀伐混乱的年月，以血、心力，甚至是以天性、本能来与旧日作别。这几乎是对自己斩一刀，就此分为两路人，肝肠寸断。她早已不是单单为感情而焦虑，而是为人生。

在这个过程里，她唯一对不起的，就是唐涉深。

唐涉深看了她一会儿，然后笑了。

他像是真的无奈："这个世界这么大，我遇见过这么多人，敢这么坦白的，只有你一个。程倚庭，我放纵自己去爱你，实在是一件非常累的事。"

偏执是一种病。

程倚庭有，他也有。

当两个偏执重症患者彼此较量，谁赢谁输，都是一场血战。自讨苦吃，天命所致，没有天分去快乐。佛教说业力，这个古老的梵语词，karma，是说由行为而产生的力量和作用，经过放大，后果往往不堪设想。他们之间，又何尝没有业力作祟。

尤其是程倚庭。不愿服输，以自身为赌注，拼尽全力只为换心中的一句自我肯定：还好还好，程倚庭仍未堕落成没有谁就不行的女子。这个女孩，这种活法，十分自讨苦吃，完完全全是没有天分去快乐的那一类人。要赢她的人尚且不易，要赢她的心，更难。

但他还是选择继续。如果一定要有一个人更偏执、更苦，他选择做这个人。

男人弯下腰来，摸了摸她的脸，给出他一生能给一个女孩的最大宽容："虽然累一点，但我还是想告诉你，即便被抛弃也愿意去相信曾经的恋人，才是最好的程倚庭。"

程倚庭看着他，用手捂住了嘴。

她不敢相信他刚才对她说的。

"佛学中有一个偈语是这样讲：春有百花秋有月，夏有凉风冬有雪，若无闲事挂心头，便是人间好时节。你这么聪明，一定懂我在讲什么。有时我也会问自己，我喜欢你什么呢？后来我想，我喜欢的，大概就是上面说的那样，天然无饰，就是本性。”

他是懂她的，明白她早已不是单单为感情而焦虑，而是为人生。她心里怕的不是霍与驰，而是霍与驰留给她的被抛弃的卑微。

所以他才会对她说没关系。

没关系，程倚庭的未来，还有唐涉深。

他对她讲：“所以你看，程倚庭是什么样子的，我喜欢的就是什么样子。我不需要一个刀枪不入、完美无缺的情人。放在心上的，应该是一个人最真实的模样。你有痛苦、难过，有昂首阔步向前走的步伐，也有带着一点恨意的骄傲。这样的一个程倚庭很生动。我遇见过很多女性，论生动，都不如你。所以就这样好了，他教会你何谓情伤，我来守你全部的骄傲。”

就是这一句话，让程倚庭从此对这个男人的心痛就开始了。

对她，他情怀坦荡，如桃花飘零落在溪水里，碧波心，温良潜藏，将她肝肠寸断的岁月都变成了一个“好”字。

程倚庭从不觉得自己有多幸运，但这一刻她想，能遇见他，真是自己的至大幸。

如果，她可以更珍惜他一点，就更好了。

第六章 温柔乡

LAST
LOVER

对情人的怀疑，
能让人失序失血，夜行如鬼。

这一天，唐涉深与程倚庭约了一起吃晚餐，却被一个意外的邀约打断了。邀约人的来头相当大，来自荣氏董事长的亲口相邀。唐涉深接到电话时，手指在桌面上敲了一阵。荣董事长在电话那头爽朗地笑问“你不会不来吧”，唐涉深顿时就笑了，说了句“怎么会”，这个邀约就算定下了，和程倚庭的晚餐也算是一起飞了。

他随即打了个电话给程倚庭，在电话里软磨硬泡了好一阵，把自己说得弱小无助又可怜，活脱脱一个受制于江湖大佬淫威之下的小可怜。程倚庭拿着听筒，在心里腹诽：你演，你接着演。当然，她夫妻道义还是有的，有情有义地安慰了他一阵，说：“你去吧，我们等下次再约，反正我又不会跑。”

程倚庭最后那句“我又不会跑”不知从什么角度大大地愉悦了唐涉深，放下电话时他手势轻快，几乎要哼出声，一扫方才的小可怜样。他顶着这样一张朝气蓬勃的脸去赴宴当然是不合适的，一路上，他很是收敛了一下放飞的心情。

宴席设在C城中心的一家高级会所里，唐涉深对这家会所不陌生。一流的好地方，正归荣氏所有。黑色轿车稳稳地停在会所门口，今晚显然已经交代过了，总经理亲自迎他下车：“唐总，等您多时了。”

唐涉深下了车，扣上西服外套的扣子，边走边问：“荣董事长已经到了？”

“到了，六点就到了。”

比预定的时间还早了半小时。唐涉深不紧不慢地走进会所，有种预感，这顿晚饭吃得不会太轻松。

VIP景观宴席厅，总经理推门进去：“荣董，唐总到了。”

唐涉深刚到门口，人还没来得及跨进去，荣董事长洪亮的声音已经响了起来：“哈哈，唐侄！恭候多时了。”

“荣董事长亲自相邀，是我的荣幸才对。”他使了个眼色，付骏随即上前，递过来一份极具分量的礼物。唐涉深将礼物递过去，“做晚辈的，一点心意。”

“哈哈，唐侄，你看你，多客气呀。”

“荣董事长亲自邀请，这点礼数是应该的。”

“唐侄，叫董事长就太见外了，像小时候你爸爸带你见我一样，叫声荣伯就行啦。”

唐涉深从善如流：“荣伯。”

荣董事长笑眯眯地道：“哎，好，快坐吧。”

荣正师董事长对一旁的总经理吩咐了几句，随即便有侍者鱼贯而入，精致奢华的餐点被送上桌。荣正师使了个眼色，吩咐助理都退下，唐涉深不动声色地照做，让付骏出去。

偌大的餐桌旁只剩一老一少两个人。都不是喝酒的人，唐涉深起身为荣正师倒了一杯茶。

荣正师一开口，讲的却是风月之事：“之前我家媛兮不懂事，对你做了那样的事，真是气死我了。我把她训了一顿，赶她去了国外，又停了她的生活费，让她好好思过。”

唐涉深笑道：“不是什么大事。小女孩爱撒娇是常有的事，我比荣小姐年长数岁，这点小事不会放在心上。”

“哈哈，这就好。”

荣董事长满意极了，顺水推舟：“我这个女儿不争气，不瞒你说，我也生气。我那三个儿子，两个都资质平平，还好，我那个小儿子可真是争气极啦……”

人老了，无论贫富，说到儿子，都是一脸骄傲。

荣正师滔滔不绝，以“我那个小儿子”为开头，以“太争气啦”为结尾，开始了长达半小时的亲子话题时间。每次夸完一顿，下一秒就另起一行接着夸。唐涉深的耐心一流，点头附和，偶尔还能反问一两句，引得荣董高兴，越发愿意多讲几句。唐涉深听着眼前这位老人眉飞色舞地推崇儿子的丰功伟绩，端起茶杯喝了一口茶。他对荣正师也确实是留了心思的，大费周章地将他约出来，就为了给他推销自己的儿子？这比推销荣媛兮还要诡异。

荣正师正兴致勃勃地讲道：“最近我那个小儿子荣俊熙的对冲基金公司也正踏中了风口……”

“不对吧。”

唐涉深放下茶杯，幽幽地开口打断：“荣伯，我怎么听说这家对冲基金公司正被调查呢？”

荣正师笑眯眯的，被人反将了一军也依然笑眯眯的。这就是一个江湖大佬该有的样子，无论输赢，都能将笑容固定在脸上，输赢都不能将脸上这张面具打落。

“这就取决于你了啊，唐侄。”

他倾身向前，将他今晚相邀的目的说了出来：“是，俊熙的公司正在被接受调查。但是如果你肯帮他，结果就大不一样了……”

喝了一小时茶，谈了一小时儿子，终于点题了。

唐涉深笑着摆手，大有担待不起的意思：“荣伯，您言重了。荣氏家大业大，就算有些小问题，又哪里需要借SEC之手。”

“家大业大也有大的不好啊。”

荣正师放下茶杯。

他近年来不喝酒了，连茶也喝得少。年轻时靠着酒量往前冲，和供应商喝，和客户喝，和政界人士喝，从镇喝到市，从市喝到省，喝成了现在家大业大的荣氏。代价是胃也喝垮了，全身上下没有几个零件是完好的。就像一台破旧的机器，稍微碰一碰，丁零哐啷地响，有随时倒塌的风险。

六十多岁的人了，也不说废话，求人有求人的姿态："俊熙的公司被人盯上了，也就代表着荣氏被人盯上了。我甚至有预感，是有人想利用俊熙的问题来找荣氏的麻烦。我帮他，就代表荣氏出了手。荣氏太大了，却又没有大到'大而不倒'的境界。我怕的是，我一帮他，就刚好中了旁人的计。"

唐涉深只听，没说话。

人情帮忙，说大不大，说小不小，他的态度关系到SEC的命运，不轻易表态从来都是唐涉深为人的作风。

"荣伯。"他客气了一声，"能帮这个忙的人很多，为什么找我？"

荣正师眯着眼睛，眼中满是精光："唐侄，你就别跟我客气了。SEC在金融和实体两方面解决问题的能力有多少，我人是老了，但看还是看得懂的。当年能和SEC并驾齐驱的只有华东地区朱荀鹭的复隆系，谁知他自作孽不可活，人疯了，女儿死了，复隆系也分崩离析，最后申请破产。复隆一倒，你SEC可谓是一家独大。"

"说到复隆，我倒想起一个人。"

唐涉深顺水推舟，把皮球踢出去："让复隆陷入后来那种地步的，唐辰睿的唐盛可谓是关键因素。唐盛是专心于金融帝国的，在这一块堪称工匠。如果荣俊熙的公司出了问题，找唐盛这样的专业人士，要比找SEC这样的外行好得多。SEC毕竟业务多，并没有深耕荣俊熙涉及的这一块。"

荣正师皮笑肉不笑："找唐辰睿？呵呵。"

唐涉深喝了一口茶。

虽然他跟唐辰睿并不认识，但看荣正师的反应，他也是挺好奇的。唐辰睿的风评得有多差劲，才能让六十多岁的荣正师都不置一词，只肯给个“呵呵”。

“玩金融的，我信不过。尤其是唐辰睿，简直碰不得。”荣正师是做实体出身，对“金融家”这三个字有本能的抵触情绪，对唐辰睿和唐盛的印象简直糟糕透顶。他倾身上前，还是坚持己见：“唐侄，你是我考虑的唯一人选。”

话说到这种地步，给他的余地也基本没有了。

唐涉深端着茶杯，手摩挲着。

帮还是不帮，这是个问题。

他当然不是那种热血上头的人，人家喊一声“大侄子”他就真把自己当成荣家人了。事实上，从荣正师第一声“唐侄”喊出口，他就已经警惕无比了。他天性冷静，是个别人热情他警惕的人，唯一的例外就是对程倚庭。程倚庭对他稍稍热情一点，他就毫无抵抗力，别说警惕，简直连魂都没了。

可是对荣正师就不一样了。

唐涉深当然知道，他既然找上了自己，就不会想被拒绝。他拒绝的下场无非两种：第一，和荣氏交恶，成为荣正师的敌人；第二，看着荣俊熙垮台，荣氏被拖累。无论哪一种，对唐涉深来说都将付出一定的代价。

另一方面，唐涉深不得不考虑的是，荣正师和父母的交情。他不是不知道在父母意外过世后，荣正师打过吞并SEC的主意。但打过主意是一回事，做没做又是另外一回事。事实证明，荣正师没有做。荣正师在唐涉深年岁尚小的艰苦岁月里押注在了他的身上，没有将他推入火坑，反而伸手拉了他一把。不要小看这拉一把的力量，没有荣正师这拉一拉、带一带，恐怕唐涉深今天的日子也不会太好过。

一报还一报，今天他将昔日的恩情还给他，也是在情理之中。做生意，这点信义还是要有的。否则只想着自己，下场就会像复隆的朱总那样，疯的疯，死的死。

当然，他还需要确定一件事："荣伯，据你所知，荣俊熙的公司究竟有没有违法行为？如果有，我不止不会帮，还会劝他自首，这是底线。"

荣正师拍着胸脯打包票："当然没有！他就是做人太高调，得罪了人，别人给他下套呢。"

唐涉深放下茶杯："好。荣伯，既然您开了口，这个忙，我帮。"

荣正师大喜："好，好。"

他又用上了口头禅，连连说"好"，并起身亲自招呼他吃菜："唐侄，有你这句话，我们俊熙就平安无事了……"

老板接下了活，做下属的就只有拼命做的份，但唱反调的也不是没有。

这一个下午，许久没有出现在总部的唐信稀奇地现身了。

唐涉深刚结束一场临时会议，步入办公室时见到他，感觉挺意外："稀客啊，什么时候来的？"

"半小时前。"唐信放下咖啡，指了指手表，"你的临时会议超时了，我多等了你半小时。"

"和一群上了年纪的人讲话要懂得迁就。"

唐涉深走去吧台，从冰桶里拿出一瓶纯净水。方才的会议十足是个苦活累活，为了说服一群老人，他讲了不下两小时，如今只觉得喉咙冒烟，怕是咽炎又要犯了。

他边喝水边问："你找我什么事？"

"来给你结果。"

唐信拿着一个文件袋，抽出一沓资料。资料不少，却条理清晰，这归功于唐信强大的整理能力。唐信整理起文件来仿佛一个虔诚的教徒，分门别类，非将文件整理得有条有理不可。唐涉深曾经评价他这个洁癖的毛病非常好，用在工作上非常顺手。

唐信将文件递给他："荣俊熙的对冲基金是有些问题，被盯上了。我看了一下，其他问题都不大，只有一条，涉嫌利润操纵比较麻烦。现在股民最痛恨的就是这一条，他算是撞到枪口上了。"

唐涉深接过文件，仰头喝了一口水："涉嫌？那就是还没定性。和法律意义上的利润操纵比起来，两码事。"

唐信听出他的弦外之音："你要帮他？"

唐涉深将文件"啪"的一声放在桌上，没回答。

唐信提醒他："如果你要帮这个忙，会给你惹来一些麻烦。"

他说着，从文件下面抽出一沓简报。唐信就是唐信，如今还有兴致买报纸、看报纸，不仅会买、会看，还会剪下来一一贴好做简报。唐信的简报做得非常整洁，就像一个小孩子，不是最漂亮的那一个，但一定是衣服洗得最干净的那一个。

他将简报递给唐涉深："媒体已经注意到这件事了。有媒体进来，事情就容易失控。尤其自媒体兴起后，为了点击量，简直是不择手段。最令人痛恨的是，很难控告一些自媒体颠倒黑白，因为他们玩文字游戏，给人以错误的暗示，却又没有亲口说出来，要走法律途径很难。荣俊熙这件事，媒体煽动了一定数量的人群，给他戴上了利润操纵的帽子，先入为主的主观印象最难改。"

说完，他还不怀好意地加了一句："程倚庭所在的那家媒体也已经跟进了。"

唐涉深终于停下动作，手里半瓶水晃出来一点。

他拿了纸巾，将手上的水擦掉。

唐信不禁佩服他："可以啊。在公事场合听到程倚庭的名字，端得出这个反应，看起来你对她的感情还没深到那种地步嘛。"

虽然是揶揄，但唐信不得不承认，如果可以选，他更倾向于选择眼前这个唐涉深。

太专情不是什么好事，会影响判断力。他常常担心唐涉深一不小心专情，会将SEC和他的人生都赔进去。感情应该是用来滋润人生的，而不是毁了人生，唐信始终这么认为。

下一秒，他就被人推了出去。

“哎哎，干什么？”

唐涉深面无表情地将他推出门，关上门的时候丝毫不掩饰对他的不爽：“你话太多，烦人。”

“你……”

“啪”的一声，办公室的门被无情地关上。

唐信站在门外，无语了半天。

他要收回方才的话，唐涉深不是专情，是走火入魔。

天一冷，夜晚就来得特别快。刚步入十二月，仿佛就有“三九”的气势。南方城市冷风一吹，将人冻得手脚都麻木了。

程倚庭站在一家咖啡馆门前，靠着街灯，抬头望向眼前的大楼，听见电话被接通的声音。她兴致起来：“猜猜我现在在哪里？”

唐涉深“嗯”了一声，很配合：“在家里等我？”

“猜错了，你要请我吃晚餐。”

“好吧。那么程小姐，你在哪里呢？”

“等你下来吧。”

电话那头沉默了一秒，反应速度相当快：“好。”

SEC总部大楼里很快走出一个人。程倚庭见他快步走过来，连大厅里有认识他的员工向他致意都没顾得上回应。她的心情忽然好起来，当唐涉深穿过马路抱起她时，她嘴里已经禁不住溢出了笑声。

他很意外：“你怎么会来？”

“这一阵子你回家都很晚，都是我睡了你才回来，我醒来时你已经走了。虽然每晚和你在一起，却也感觉好久没见到你了。所以，我想来看看你。”

她说着，伸手环住他的脖颈：“你有时间吃饭吗？如果没有，也不勉强，我只想过来看看你而已。”

唐涉深笑了：“你专程过来，我让你看一看就走了，哪有那么容易。想吃什么？我陪你。”

“嗯，要很贵的那种，很贵的……奖励。”

男人点点头：“这样。”

他出其不意地将她抱近。他将她抱得很高，一仰头就能吻到她，而他当然也这么做了。

“很贵的奖励，可以有。”

冬日长街，橘黄的街灯照出一对有情人细细亲吻的模样。地上的身影又长又细，终于重合在一起，仿佛两个人一体，再无力量可以将之分开。

程倚庭嘴上说着要吃顿贵的，事实上却不是这样。

在C城，最贵的料理当属西餐，可程倚庭不喜欢。西餐吃起来太麻烦，讲究的礼仪一大堆，对程倚庭来说无异于酷刑。尤其她不明白的是，在高级西餐厅用餐时，一旁一定会站着一个服务生。这形同监视的感觉让程倚庭永远也习惯不了，每次陪唐涉深吃完一顿西餐她都会虚脱好久，仿佛受刑。

这一晚，她拉着唐涉深去吃了湘菜。

说起湘菜，剁椒鱼头是一绝。程倚庭和这道菜结缘是有一次采访，回城时偶遇暴雨，她和搭档的摄影记者硬生生被暴雨堵在了采访区。所幸两个人运气不错，那一晚找到了肯收留他们的一家湖南农家。农家人客气，杀鱼款待，用的正是自家做的辣椒酱。程倚庭不是一个很能吃辣的人，但那一晚，在农家的炉灶锅边，她却一口气吃下了半个鱼头和两碗饭，最后拌着辣椒酱又多吃了半碗饭。她和这家热情好客的农家人聊天，戏称剁椒鱼头可能真是和文人有关的一道菜，相传正是出自清代文人黄宗宪的改良，而黄宗宪第一次吃剁椒鱼头也是在湖南的一户农家。那次从湖南回C城后，程倚庭在自己的公众号上写下了《文人与剁椒鱼头》的文章，从阅读量来看反响平平，刚过三万，但在剁椒鱼头的爱好者中着实引起了一阵评论转发。

成为唐太太以后，程倚庭就更喜欢拉着唐涉深一起吃了。原因说起来有些邪恶，那就是看唐涉深吃这道菜简直是一种可爱的享受。

唐涉深有胃病，他吃不了辣，也就谈不上喜欢与否，但他并不排斥。每次程倚庭同他一道吃，他都会要一份白米饭，将鱼肉在米饭上反复擦拭，将辣椒去除得干干净净，却又不影响鱼肉的口味。程倚庭觉得他可爱又可怜，同时抑制不住恶趣味，他越是吃得辛苦，她就越觉得他可爱。

这会儿他正专注着除去碗里一块鱼肉上的辣椒，随口问："你最近在忙什么？"

"嗯。"程倚庭吃得正欢，头也没抬地回答，"在跟一个财经事件，和一家对冲基金有关。"

"哦？"

唐涉深瞥了一眼过去："什么样的财经事件？"

"涉嫌利用金融行为影响实体制造企业进行利润操纵，以牟取暴利差价的一个财经事件。"

她吃得嘴里火辣辣的，端起杯子灌了一大口酸梅汤，这才有力气继续开口："据说，这家对冲基金背后有人。我们也是收到匿名举报，开会讨论后决定可以跟一下，最近才开始着手调查。不过据说监管层对这家公司也盯得很紧，如果监管层有意愿的话，我们是不会轻易发声影响监管层的决策的。"

唐涉深点点头："这种事涉及的利害关系太多，不容易查的。"

"是啊。"程倚庭同意，"不过在最后的结果出来前，我还是想尽量摸一摸它的底，看看这到底是个什么样的妖魔鬼怪。”

唐涉深看着她：“这么坚持。理由呢？”

“你不觉得这些既得利益的获得者太无视中小股东的血汗钱，也太藐视道德了吗？”

“这个问题太大了，真要谈起来，也许还需要分情况。所谓既得利益的获得者，他们也不是从一开始就能轻松获得的，也要冒风险，赌命运。在大部分情况下，承担的风险和悲剧要比普通人多得多。”

对面沉默了一会儿。

他抬头，看见程倚庭正拿着筷子静静地看着自己。

唐涉深笑道：“刚才是你说想要讨论的，我只说了一句，你就不想继续讨论了？”

程倚庭反悔了：“嗯。”

“程小姐真是任性啊。”

“是啊是啊，我就是任性。”

她拿出不讲理的一面，不再与他辩论这个话题。她真正隐瞒的是，她不想知道在这个问题上，他所展现出的同她截然相反的态度，是否就是精英阶层与草根阶层的巨大鸿沟。更确切地说，程倚庭不确定的是，唐涉深是否就是一个既得利益者，而她正是那个痛恨既得利益者的人。

唐涉深伸手过来摸了摸她的脸：“程倚庭，我的态度怎样都不会成为你继续做事的阻碍，这一点你可以放心。如果你认为你是对的，是值得的，那么你就去做。我只会帮你，不会阻碍你。”

程倚庭一愣，抬头看他。

唐涉深笑了笑：“太感动了吗？这么看着我。”

“对。”

她不知从哪儿来的勇气，忽然大胆承认：“因为，你好。”

没来由地，她的耳根泛起一阵灼热，让她低下了头，声音如春水般温柔："你对我，真的很好。"

这是程倚庭的温柔。

程倚庭的温柔是唐涉深的温柔乡。

而古往今来多少历史演义的古典小说里，温柔乡通常都带着点致命的味道。

周一，程倚庭发现自己出名了。确切地说，是她写的关于荣俊熙对冲基金的跟踪报道出名了。

一大早，刚走进办公室，早到的几位同事就兴奋不已地冲着她喊："大红人，你今天要火啊。"

程倚庭放下手里的咖啡，有些不明就里："火什么？"

同事刘记者脚下一蹬，坐在转椅上转到她面前，拿着笔记本电脑给她看："快看热搜，你上周写的那篇，周日晚上一经发布，今早就冲上热搜排行榜了。"

隔壁组的王记者也来凑热闹："程记者，快看留言区，热闹得不行。有人赞你是为中小股东发声，戳中了既得利益者的痛处。也有人骂你是捕风捉影，影响股价走势。估计这些人跟着买了荣俊熙买的股票，这会儿开盘正大跌呢。"

刘记者喝着豆浆，摇头晃脑道："管他们说什么呢，新闻评论哪会是一边倒的态势，从来都是有争议才有流量，孰对孰错都要辩一辩。"

王记者赞同，说："程记者，你这个专栏刚写了关于荣俊熙对冲基金的第一篇跟踪报道，舆论就已经这么火热，如果能持续写几篇，那还了得啊。"

程倚庭倒是挺淡定的。她经历得多，深知做媒体这一行没有流量就是个"死"字，流量太高也是个"死"字。如履薄冰，正是媒体人的日常状态。

她的担忧很快应验了。

总编辑亲自下楼，来到记者组办公室，指名道姓找她："程记者，现在有时间吗？临时开一个会，在第一会议室，你来参加一下。"

"好。"

程倚庭拿了笔记本电脑、会议记事本和钢笔，跟着总编辑一起乘电梯上楼。第一会议室在二十六层高层，风景独好，有一整面的落地窗。据说从心理学的角度来看，这是非常好的议事场合，给人一种激励感，有种站在云端做大事的感觉。

程倚庭进去，脚步停顿了一下。

好大的阵势。

总编辑、制作部总监、公关协调处负责人、风控中心资深人士，齐刷刷地到场。都是各部门主管，都是平日里一周见不到一次面的大人物。

程倚庭向各位主管颔首致意，然后坐下。

坐下后不久她就发现了，这次会议的争议焦点不在于她，而在于她正在跟的荣俊熙对冲基金的事。该不该继续跟热点，这是个问题。两派的阵容很快分开，制作部建议跟，毕竟连监管层都还没说什么，一旦监管层开口此事不能再继续，那么到时候停下来也来得及。

这种态度一出来，公关协调处立刻不干了。协调处不仅协调和政府的关系，还有和企业的关系。负责人一本账算得精明得很，将矛盾直指制作部："你们说为了流量要跟，行啊，你们获得了流量，但得罪的可是荣氏，以及荣俊熙投资的一干公司。如果跟到最后的结果是你们误报了，荣俊熙毫发无损，将来再想和企业做公关、搞交情，那就难了。每年广告费上的损失、媒体做东请不来企业，这些都是协调处的责任，这不是让我们协调处没饭吃吗？"

持中立态度的是风控中心。风控风控，最大的责任就在于控制风险，不误报不乱报，不能让公司面临被监管层"一锅端了"的风险。但制作部提出的放弃即无流量，也是个问题。在当今媒体群雄混战的局面下，我们不报，别人也会报。程倚庭已经引爆了这个流量，正是导入的绝好时机，一旦放弃，就等于将流量拱手他人。将来这个责任怪罪下来，风控中心可担当不起。

吵了一个小时，程倚庭总算听明白了各方的考量。她悄悄揉了揉太阳穴，只觉得头疼。

学生时代真是太天真了啊。

她情不自禁开小差，把思绪拉向了多年前。那时多么青葱的程倚庭啊，是一名大学生，朝气蓬勃的。大一她就进了大学新闻社社团，负责写稿，顺风顺水地过了四年，收获了一点奖项，得到了一点好风评。她以为所谓的媒体人就是这么回事了，毕业后进一个好平台，就能供她指点江山、挥斥方遒了。

真是，天真啊。

公司，多么沉重的两个字，恢宏又阴鸷，利益集团彼此博弈。公司就像一个庞然大物，总在向前，偶有后退，常常来不及。旁观者往往会在事态严重后轻描淡写地评论“怎么会这样呢，不应该啊，多简单的事都能办成这样”，那是因为旁观者不知道，当身处其中时，私利与公利的较量有多么可怕。

有人忽然点名：“程倚庭，稿子是你写的，你谈一下你的看法。”

程倚庭开小差还没回过神，下意识地愣了一下。

她不傻，这种场合，轮得到她说话吗？

倒是总编辑给她打了个圆场：“没关系，程记者，你就按自己的想法来。做不做，做什么样的决定，都不取决于你。”

话说到这份上，程倚庭也只能硬着头皮表达：“从这件新闻的意义上来说，我认为是值得做的。同时，从流量效益的角度看，也是值得做的。但如果有监管风险和企业风险，那么我认为不妨先做着，看到时候的博弈和冲突会到什么地步，又能不能化解，再决定停下来还是继续也不迟。”

一时间，无人说话。

换了以前，程倚庭一定认为自己是一个正义、公平、面对强权势力敢于坚持自己的人。但现在她越来越明白，她离这个目标会很远，永远不可能达成，能做到不离它太远已足够不易。

所谓正义、公平、坚持，要通关的关口太多了。若事事如此，她将没有一日安宁。

她又干巴巴地补充了一句："当然，作为下属，我全力支持和听从公司的安排。"

最后，总编辑一锤定音："就这么先办着吧，毕竟公司要以活下去为前提，不能别人还没有把我们'一锅端'了，我们自己先把自己'一锅端'了。"

会议结束，各位大佬陆续走出会议室。

协调处负责人对着程倚庭笑道："听说程记者和霍总监曾经是同一所大学的同学？关系确实不错，连工作后的观点都一致。"

他输了一仗，临走前自然要打个嘴炮过过瘾，让程倚庭心里不那么好过一点。

程倚庭确实不好过。但不是因为这个，而是无端端又被拉扯到了霍总监的阵营，她觉得憋得慌。

霍与驰走过来："晚上有空吗？"

程倚庭头也没抬："没有。"

霍与驰也不理她，自顾自地说下去："今晚约了荣俊熙。无论如何，这个报道要做下去的话，他若想表达，那他的态度也要听一听的，否则我们的报道就谈不上公正。上面要求你跟我一起去，你去吗？不去的话，我一个人也行。"

程倚庭顿了一下。为了工作，她只能妥协："好吧，六点，我在公司停车场等你。"

自从结婚后，程倚庭就不习惯坐其他已婚男人的副驾驶座。

她听过一种说法，已婚男人的副驾驶座是只能太太坐的。程倚庭虽然觉得这种说法无所谓，但唐涉深在这件事上表现出的专注，却是让她始料未及的。唐总不仅认为副驾驶座只能太太坐，连他经常开的那辆私人法拉利都只能让太太坐，其他人根本上不了他的车。程倚庭在最初常常打趣他“做事浮夸”，但日子久了，见他将一件小事都做得天长地久，心里的感觉忽然微妙起来，后来也不再打趣他了。

六点，霍与驰刚走到停车场，拿出车钥匙准备开车门，就听见一个声音对他喊道：“上车，我来开。”

霍与驰抬头，只见程倚庭已经开车行至他身边，并给他打开了车门：“我不坐你的车，我开车带你过去。”

霍与驰点点头，没在这个问题上坚持，很快就上了车。

下班高峰，迎来意料之中的堵车。

车里开着收音机，定位在财经频道，主持人夸夸其谈着这一轮全球经济危机，偶尔在休息途中播放一首歌。多么好的氛围，将堵车也堵成了同事关系，远比播放一张抒情CD来得安全。霍与驰从后视镜里看了一眼。她变厉害了，程倚庭。

他忽然问：“什么时候学会开车的？”

多么怀旧的话题。

他还记得，读大学时有暑假和寒假可以挥霍，他拉着她一同去学车，屡次被她拒绝，只说自己毫无方向感，对四个轮子的工业化产物没有驾驭的心思，就不学了。说到最后，她还会振振有词地加上一句——反正你会啊，你会了我开不开车又有什么关系。他想想也是，两个人早已融为一体，这种小事也无妨。

多年后，程倚庭却将车开得这样好。她边开车边告诉他：“婚后不久学的。婚前出了车祸，有心理阴影，心理医生说最好的克服办法就是直面它，从受害者的角度将自己移开。现在看来确实不错，多好的方法。”

霍与驰抬头看她：“你出了车祸？”

“啊，是的。怎么，你没听说过吗？多少人在背后羡慕我这场车祸。”

霍与驰凝神望着她。

程倚庭笑道：“是唐涉深撞的我，将我送去了医院。他认为这场事故的责任人是他，他全权负责，最后连同我的人生也负责进去了。你说这是不是福祸相依？否则，我哪里来的这样好的机会，认识得了SEC的首席执行官。人人都说我赚了。”

车内再度安静下来。

也不知过了多久，路口遇上红灯，程倚庭缓缓停下车，忽然听到身边的男人开口：“是你值得。”

程倚庭转头看他。

霍与驰淡淡地道：“是他在照顾你的时间里发现了你的好，决定要珍藏。所以，是你值得。”

幸好这个街口的红绿灯时间短，不必在静止的车内耗费太多时间。很快，程倚庭便发动了车子。

她的声音轻描淡写：“是啊。有人拼了命不要珍藏的好，有人一定要珍藏。霍总监可真是个明白人，经验一定很足吧？”

至此，两个人再无话。

和荣俊熙约的地点是在荣氏控股的一家会所。

时间还早，两个人去便利店买了两份盒饭，在车里吃完，这就算解决了晚饭。打听到荣俊熙正在会所见客，两个人决定先不进去，就在车里等着，看一看在这个风口浪尖上，值得荣俊熙亲自会见的客人是哪位，又会不会跟对冲基金的丑闻有关。

天色渐暗，七点半。

程倚庭有些怀疑：“荣俊熙该不会根本就没有客人，找了个理由整我们一下吧。”

话刚说完，人就出来了。

荣俊熙没有说谎，他确实是在宴客。会所大门被侍者拉开，荣俊熙率先走出来引路，一路笑着对身后的一个人说着什么，样子很是恭敬，既带着点晚辈对前辈的尊重，也带着点弱者对强者的服从。

荣俊熙的背后有荣氏撑腰，能让少东家如此尊重和服从的人，绝对不多。

程倚庭看着这场面，淡淡地道：“这宴请的客人来头不小啊。”

来头确实不小。

而且还和她很熟。

程倚庭听见荣俊熙用热络的声音对身后的人笑道：“深哥，这次麻烦你……”

话音未落，程倚庭就看见了穿一袭黑色大衣的唐涉深，正从荣氏会所缓缓走出来。

今晚，唐宅的男女主人回来的次序和平日里颠倒了一下。

十一点，唐涉深回到家。十二点，程倚庭回到家。

管家早早地被唐涉深打发去休息。

自从结婚以后，他就喜欢上了二人世界的感觉。如果回来得早，一定会留晚上的时间给自己和程倚庭两个人。管家是个聪明人，几次之后就明白了雇主的心思，每当见他回来，恭敬地对他说一声“晚上好、明天见”，就规矩地离开别墅。唐涉深离不开这位管家，确切地说，是离不开这么聪明的管家。彼此一个眼神，就能将心意读懂，这非数十年积累是不能成的。

程倚庭回到家时，唐涉深已经洗完澡了，穿着居家羊绒衫，整个人柔和了很多。

她进屋时他正在客厅，一边喝咖啡一边翻阅公司资料，手边的文件零零散散铺了一地。

“回来了？”

见她进来，他放下咖啡，起身走向她。

“嗯。”

程倚庭将单肩包放下，闻到客厅的咖啡味，劝道：“这么晚不要喝咖啡。本来胃就不好，还这么糟蹋。”

她一边嗔怪，一边脱下厚重的外套，而后面这个动作只来得及做到一半。男人迎上来，从后面将她圈在怀里，居高临下，轻轻松松握住她的两只手，令她动弹不得。

“这么晚才回来，工作很忙吗？”

“嗯，去跟了一个新闻，和当事人谈得有点晚。”

“和谁去的？”

程倚庭顿了一下，干巴巴地回答：“同事。”

她确实没说谎，今晚在她的整个心思里，她的关注点早已不是霍与驰。若不是唐涉深这会儿忽然提起来，她几乎都快把今晚和霍与驰搭档的事给忘了。

唐涉深点点头，似乎方才那些问题也只是夫妻之间没话找话的客气而已，问完了就算走完了流程。

他存心欺负她，居高临下地揉了揉她的头发：“上楼吧，去洗个澡。今天很晚了，你不习惯熬夜的，洗完澡早点睡。”

程倚庭却忽然拉住他：“唐涉深……”

“嗯，怎么了？”

她踌躇了。

一时间，她觉得方才伸出去的这只手特别碍眼，特别蠢。她什么都没有想好，怎么就已经伸出了手呢？现在好了，他的羊绒衫下摆被她抓在手里，明显是“有话要说”的表现。她的语言却还没有组织到位，两者之间留出了巨大的空白，她接不上了。

“那个……”她支吾着，“我还想吃一点夜宵，最好是甜品，不知道你会不会做？”

唐涉深慢悠悠地转过身：“晚饭吃的什么？没吃饱？”

他明明只是随意问了一句，问的内容也是很普通的，没有暗礁暗涌给她触。可是不知怎么的，也许是心虚作祟，程倚庭还是感受到一股压力。唐涉深做惯了领导，经年累月早已形成了一种调调。不哄人的时候这种调调就出来了，谈不上有多冷淡，但绝对不好惹，让人倍感压力。

话已经出口，程倚庭只能胡扯下去：“嗯，吃的盒饭，随便打发了一顿，现在有点饿了。”

说完，她也觉得在深夜十二点还要SEC首席执行官亲自给自己做夜宵，这要求未免有些恃宠而骄。于是她又给了自己一个台阶下：“当然，如果你累了的话，就不用了，我自己随便做一点就好了。”

唐涉深打量了她一会儿。

程倚庭顾左右而言他，目光都不知该往哪里放，将外套脱下拿在手里，作势要上楼。

经过他身边时，被他一把拉住了手。

唐涉深将程倚庭慢慢拖向自己，手圈住她的腰，抱住。

他的声音带着玩味：“程小姐第一次这么晚对我撒娇，我怎么能置之不理呢？”

他当真是好兴致，亲自下厨。

十二点半，他从厨房端出了两份甜品。

杏仁糊、红豆沙汤圆，分别盛放在两个甜品碗里，热腾腾的，好味道。

程倚庭原本心不在焉，说要吃甜品也只是托词而已。这会儿她闻到了香味，起身走过来，站在餐桌旁低头一看，也忍不住笑了：“好香啊，好好闻的味道。”

“程小姐，你有福了。”唐涉深将勺子放在碗旁边，扶着她的肩让她坐下，“我上次做这个，还是念书时。”

程倚庭坐下：“你念书不是在美国吗？在美国也会做这个？”

“我在香港做过一年的交换生，做甜品的手艺就是那个时候在香港学的。香港的甜品当真不错，能让人心情愉快。”

程倚庭“啊”了一声。

她尝了一口杏仁糊，既清甜又温暖。有那么一瞬间她几乎要开口反驳他，这岂止是让人心情愉快，简直是令人幸福。

她抬头看他：“你不吃吗？”

他笑了笑，将红豆沙汤圆也推向她：“都是你的，慢慢吃。”

“这么好的味道，你真的一点都不吃吗？”

他说得轻描淡写：“晚上跟人吃饭，现在还不饿。”

程倚庭手里的勺子顿了顿。

她不动声色，尽量将一个记者的提问变得家常、通俗，并带着人之常情：“嗯，你今晚同谁吃的饭？”

唐涉深仿佛全然没有听出她话里的弦外之音，回答得很快：“朋友。”

“什么样的朋友？我见过吗？”

“嗯，这个应该没有。不是太熟的朋友，平时没什么来往，偶尔生意上谈谈事，就不带你见了。”

“好。”

程倚庭吃了半碗杏仁糊，见他又喝上了咖啡，还是方才那一杯，手里的资料也没放下。

她舀了一个汤圆，缓缓地又问了一句：“你今晚和朋友谈什么事？”

唐涉深却没有再像方才那样迅速回答她。

他端起咖啡杯喝了一口咖啡，像是忽然来了兴致，看着她，幽幽地问：“我现在面对的是唐太太还是程记者？”

程倚庭手里的勺子“哐当”一下，掉了。刚舀的汤圆掉在了她的手上，烫了她一下。

“嘶……”

两个人都没想到这一幕会发生。

唐涉深放下咖啡杯，立刻走过来，拿了一块湿毛巾将她的手擦干净：“怎么忽然烫到了，疼不疼？”

程倚庭摇摇头，亡羊补牢似的跟他解释：“我问多了，你工作上的事，我不该多问的。”

“乱讲。”他出其不意地伸手捏了一下她的脸，“我刚才和你开玩笑的，谁想到你这么认真。好了好了，都是我不对，以后不吓你了。”

他低头替她把手擦拭干净，再将地上的勺子捡起来，去厨房换了一把，递给她时却被她一把抱住。

他“嗯”了一声。

程倚庭将头埋在他的脖颈间，声音很轻：“不想吃了，我想去卧室休息。”

她很少这样撒娇，偶尔用一回，在他听来全是委屈。女孩坚强起来喜欢被人当成大人，但更喜欢做了大人之后还能有机会做回小女孩。

“好，我们上楼休息。”

他抱起她，一辈子成全她一个人。

唐涉深开始变得很忙。

虽然他一向很忙，但程倚庭还是察觉出，他这段时间的忙和以往不一样。他不是在为SEC忙，而是有其他事忙。

有一晚，深夜两点半，他接到一个电话。

电话那头的声音压得很低，叫他“深哥”。程倚庭听见这两个字，当即就清醒了。

她有着记者出众的记忆力，一瞬间明白，给他打电话的人正是那晚在会所见过的荣俊熙。

她不动声色，闭着眼睛，听唐涉深对电话那头的人讲“你想无事，就照我说的去做，否则我也保不了你”。

接下来的谈话，他似乎有意连她都回避，掀开被子起身走了出去，并带上了房门，她再听不见一句话。

程倚庭心如擂鼓。

在荣俊熙的事件中，唐涉深入局了。

对这个事实的认知令程倚庭措手不及。她不知道在这所谓的“入局”中，他扮演了一个怎样的角色，深入到了哪种程度。她更没有办法知道的是，他的这种深入，是否与她已经对立。

她想起那一晚在荣氏会所和荣俊熙见面的场景。

荣俊熙很年轻，二十四岁，荣氏最得宠也最年幼的少东家，手里揣着两个英美百年高等学府的硕士毕业证。

面对记者，明知双方立场有对立的成分，荣俊熙也依然有掩饰不住的轻狂。

程倚庭看得出来，他已经尽量克制这种轻狂。很多时候他为他们亲自倒茶、解释、谈话，都用上了礼貌斯文的态度。但程倚庭还是在他坐下时不经意的笑声里，点烟时偏头一吐的姿势里，送客时起身的漫不经心里，读到了他内心的轻微嘲讽。

这是一种上对下的嘲讽，隐藏着荣俊熙的得意：记者？无妨，我有人撑着呢。

这个人是不是就是唐涉深？

程倚庭只觉手脚冰冷。

她想起当他们问起荣俊熙深陷利润操纵丑闻，无论问题是否关键，都引不起他的焦虑和恐惧。他讲了一句话，让程倚庭的印象格外深刻。

当时的荣俊熙点了一支烟，笑意很深地对他们说道：“我这么年轻就做出了一点事，又有荣氏的风光笼罩，看不过去的人自然有，所谓的脏水恶评自然也会跟着来。但只要我知道自己在做什么就可以了，我的朋友、家人知道我在做什么就可以了。”

程倚庭当即反问他：“是今晚你宴请的那位朋友吗？”

荣俊熙并不惊讶，反而笑得镇定：“程记者看见了？真不巧，我的朋友还有事，不然还可以介绍你们认识。”

他脸上的那种笃定，那种将王牌拿在手里亮一亮相的姿态，都让程倚庭明白：他是在示威。而他示威的底气，就是唐涉深。

程倚庭开始频频做噩梦。

头两天尚能控制，她还能自己醒过来，后来事态开始失控。梦里有枪战、丛林和医院。

她每晚都梦见一栋废弃的大楼，她被困其中，从大楼的顶楼跑向一楼，寻找一个出口。最后却发现，唯一的出口也被水泥封死了。她发现有一部电梯，她没有丝毫犹豫，迅速冲进去，想看看它还能通往哪里。电梯门关上后，她却发现，这部电梯是停不下来的一部电梯，她将永远被困其中，上上下下。

程倚庭惊叫着坐起身。

身旁一双手立刻搂她入怀。

唐涉深坐起来，搂着她的肩，摸到一身的冷汗。

她近来常常这样，以至于开始对睡眠产生恐惧，仿佛一掉入其中就会被吞噬，再无人能救她。

他拍着她的背，安抚她：“没事了，做噩梦而已，我在呢。”

他作势伸手开灯，却被她一把拉住。

“不要开灯，抱抱我。”

他作罢，将她重新搂入怀中。

他发现她有一种反常的主动，每每做噩梦后都会解开他的睡衣纽扣，贴着他的肌肤抱着他，仿佛刚出生不久的新生儿，不要任何东西的阻隔，要肌肤贴肌肤，温暖靠温暖才睡得着。

唐涉深的睡眠质量被严重影响了。

他本来就不是一个容易入睡的人，单身时每晚睡四五个小时是常态，婚后被程倚庭早睡早起的好习惯影响，他的睡眠质量提高了不少。如今程倚庭的睡眠质量一落千丈，唐涉深的睡眠状况就更糟糕了。

幸好他从来不是一个习惯多睡的人，很快就调整了作息。

比起他自己，他更担心怀里的人。程倚庭不是一个喜欢表达的人，有时甚至有点自闭，她身上那种由过度细腻带来的轻度忧郁，在很长一段时间里都非常吸引他。

可如今唐涉深却不这么想了，他发现她的这种轻度忧郁很可能会害死她。

他摸着她的长发，哄她："心里有事要对我讲，知道吗？无论大小都可以。"

她低低地"嗯"了一声，然后就没有下文了。

显然还是不想对他讲。

他当然也没抱什么"开个深夜恳谈会"的希望，只耐心地哄她，低头吻她的脸，听见她绵长的呼吸再次传来，他才稍稍放了心。

成年人被允许有自己的焦虑和秘密，唐涉深从不在这方面干涉程倚庭，对此他坚信不疑，从来没有想过他这样的不干涉也会出现问题。

第七章

古典悲剧演义

LAST

LOVER

情人间需要信任，

但问题是，究竟需要多少信任，才够用？

周末，晚上七点，高层公寓。

难得没工作，唐信在家宅了两天，宅得他通体舒畅。晚餐时间，他做了一份奶油培根意面，又好心情地煮了一碗南瓜浓汤。男人慢悠悠地做料理，将下厨当享受，开放式厨房里香气氤氲。“单身狗”的周末之夜，怎一个“爽”字形容。

一阵门铃声不合时宜地响起来，智能系统里传出电子声音：“先生，有一位小姐来访，请问是否让她上楼？”

唐信刚拿起勺子准备舀汤，动作一顿，连连拒绝：“就说我不在家。”管她是哪位小姐，反正他一没女朋友二没未婚妻，谁来了都不怕得罪。

智能系统继续一字一字道：“先生，小姐说，她知道你在家。”

竟然还是有备而来。

唐信放下勺子，走去玄关，往监控显示屏上看了一眼。这一看，可不得了，来的的确不是他的老婆，但那是别人的老婆。

唐信直到开门，心里的惊讶都没来得及散去。

当然，虚伪的绅士风度让他脸上的笑容及时地端了出来：“稀客。欢迎，程倚庭小姐。”

程倚庭进了屋，摆明了有事而来，连鞋子都没有换。关了门，她就站在玄关处，开门见山：“你好，我有些事想请教你，就不进去了，在这儿谈几句就好。”

看这架势，来者不善啊。

唐信拿出了“来者是客”的礼貌，也拿出了“老板的女人得罪不起”的自知之明，微笑着问：“说‘请教’未免太客气了，程小姐有话不妨直说。”

“唐涉深是不是在帮荣俊熙脱罪？”

唐信脑子里“嗡”的一声。

他顿时感到头疼。他刚才只是跟她客气一下，她怎么还真就有话直说了呢？连个心理缓冲的时间都不给。

唐信打起了“太极”：“程小姐，这个问题没头没尾的，我听不太懂。”

程倚庭不肯放过他：“不，你听得懂。你是SEC不可或缺的高管，是唐涉深的左膀右臂。他在做什么，即便你没有插手，也绝对不可能不清楚。”

唐信抓住了缺口，为自己辩驳：“程小姐，连你自己也说了，我也许并没有插手。既然没有插手，所有的听闻也就无从考量。如果只凭一些捕风捉影的东西对你直言，你不觉得有失公正吗？你是做记者的，那么我请问，程记者做事也会靠这些捕风捉影的消息吗？”

都说SEC的唐信有一绝，绝在口才上，程倚庭现在信了。

唐信话不多，但字字都在点子上，仿佛最精准的手术刀。他抓得住你最细微的漏洞，你却抓不住他的漏洞，于是你就输了。

两个人沉默了一阵。

程倚庭低着头，不知在想些什么，既不走，也不进去。

这种状态对唐信来说无疑是酷刑。老实讲，他和程倚庭不熟，除了婚礼上见过她外就是在SEC的一些宴会上，对话永远固定在

“你好”“再见”这两句上。这是一种非常舒服的交情，彼此知道有这么个人，但不用深交，维持一些必要的礼貌就可以，既不费力也不费脑。

唐信怎么也没料到这种关系会急转直下，火速进展成两个人私下在他的公寓里见面，并且还陷入了打不破的沉默这种磨人的局面之中。

程倚庭忽然开口：“我只想知道事实，我不会告诉他。”

她缓缓抬头，看着他：“我不会干涉他的事，我只是需要依靠这个事实，来为自己做出选择。”

有那么一瞬间，唐信几乎要坦白了。

他偶尔听唐涉深提起程倚庭身上有一种“脆弱感”，是他抵抗不了的。唐信当时听得牙酸，心想他是着了魔了。什么脆弱感，这不只是程倚庭有啊，唐信想，我自己也有啊，钱不够花的时候我就特别脆弱，怎么看不出唐涉深抵抗不了？

然而这一刻，唐信却明白了唐涉深说的那种感觉。

她真诚地望着他，将心都托了出来，一并将她的无力和钝痛展现在他面前，仿佛此刻他就是她的希望，他的一念之差就可以决定她的天堂地狱。对大多数男人来说，这都是一种甜蜜的诱惑。

可惜，除了唐信。

“程小姐，”他微微一笑，“你找错人了。”

程倚庭垂了垂眼，明白了。

谈话到此为止。

眼前这个男人才是真正的面善心硬，他硬起心肠来，任何人都撼动不了。也只有这样的力量，才当得起SEC的股肱之臣。

唐信送她出门，在她临走前对她讲：“你如果一定要问，可以直接去问他。唐涉深有很多缺点，但其中绝对不包括一条——对你撒谎。”

程倚庭淡淡地道：“如果事实讲出来太伤人，我倒希望他还是对我撒谎好。”

唐信听了，站在门口沉默不语。

这世间常常会发生这样的故事。两个人，都是长情之人，能不能幸福，却是一个大问题。如今他见了这样一个故事，该不该伸手帮一把，考验的是他的良心。

程倚庭站在电梯口等电梯，“嘀”的一声，电梯门打开，她走进去。关门的一刹那，她看见了唐信走过来的身影，对她讲了一句：“他有他的立场，希望你能体谅。”

话未说完，电梯门已经合上。

电梯缓缓下行，程倚庭心如擂鼓。

她听得懂唐信的弦外之音，她知道，唐信已经尽了他的诚意，对她讲了她想要的答案。

程倚庭开始通宵加班，彻夜不归。

通宵加班是假，彻夜不归是真。

唐涉深给她打电话她也不接，有时候在办公室一坐就坐到深夜，周围空无一人，笔记本电脑的屏幕上闪着刺眼的白光。她关上电脑，去员工休息室睡，就这样又对付一晚。

一周后，程倚庭做出了一个决定。

这个决定让她在公司内部成为风口浪尖的争议性人物。

连一起跑基层新闻的刘记都听到了风声，私下悄悄和几个相熟的同事聊：“听说程倚庭放弃了对荣俊熙对冲基金的新闻报道专栏，是真的吗？这么大的事，她怎么敢做到一半说不做了？”

连同组同事都议论纷纷，高层给予的压力可想而知。

连着三天，程倚庭都在狂轰滥炸的“审讯”会议中度过。说是会议，其实就是对她一个人的公开批评。作为记者，尤其是已经开了头对新闻进行专栏报道的记者，像这样做到一半撂挑子说不干，简直是天方夜谭。

总编辑发怒了，一定要她说出一个理由，说不出的话，将对她进行严肃处理。程倚庭没有解释。问多了，她也只有一句话回应：能力有限，做不到了。

总编辑说处理就处理，眼看就要停了她的职，在全公司通报批评，却被霍与驰拦下了。

制作部总监亲自出面，在会议上表态发言："我认为这件事不能以传统的新闻制作责任来看待。经过程记者的第一次和第二次连载报道，它已经有了深度报道的轮廓。而近几年，深度报道面临的后果，大家也是有目共睹的。进行过深度报道，引起了社会广泛关注的记者，付出了相当惨烈的代价。有一些，甚至是生命的代价。"

这话一出来，严肃处理的会议气氛顿时变了。先前怒气冲天的总编辑也放松了表情，一直紧握的拳头悄悄地松开了。

对于新闻人而言，"深度报道"是一个沉重的词。它最早代表的是理想主义，是所有人信仰的集合。然而在经历过数十年风雨博弈之后，它已经是一本带血的历史，翻一页就是满腔血泪。

霍与驰不疾不徐地将局面一点一点扭转："所以我认为，在这种局面下，如果新闻已经具备了这种要素，那么参与其中的记者的个人诉求也应该被一视同仁地对待。程记者今天提出这个要求，以她以往的作风，我相信这是她深思熟虑后的结果，我们同样应该尊重她的选择。毕竟作为公司来说，我们没有任何权利去要求记者为了公司流量和利益去牺牲自我、安全，甚至是生命。"

他讲完，向在座所有人颔首示意，然后礼貌地坐下了。

全场陷入沉默之中，与会的公司巨头们都需要一点时间考虑。

程倚庭看了他一会儿。

纵然有私人恩怨，她也不得不承认，霍与驰方才以制作部总监的身份说了那样一番话，确实替她解了围，而且解得恰到好处。她的前途、事业，都在他的一番说辞中，从失控边缘悄然被拉回了正轨。

程倚庭收回视线。

然而凭这个就想让她既往不咎？办不到。一码事归一码事，他替她解了围，她感谢他。而他当年带给她的痛苦，她同样继续恨着。

等她回神时，会议已经重新定调：公司同意了她放弃的请求，相对的，也要补上一项同等工作量的任务，要她将功赎罪。

总编辑对她指示道："目前来看，除了荣俊熙的新闻，就只有霍总监手上在做的山区学校捐款落实事件比较重要，也急需人手。你从今天起加入他们的制作团队。如果我没记错的话，这个新闻现在是由霍总监亲自负责在做。他们今晚的飞机飞往D城，然后辗转进入山区。程记者，你跟着一起去。"

程倚庭有点蒙。

她刚跳出了一个火坑，随即又被推入另一个火坑，她都不知该如何接招了。

倒是霍与驰替她接了招："总编，不用了。那里环境不太好，女孩去了危险。"

总编辑扔下笔："你不是昨天还在跟我抱怨缺人手吗？我现在派给你一个这么能干的，你还嫌弃了？什么女孩去了危险，你们团队就没有女记者了？好几个女记者都奋战在一线，程记者就不行了？"

这下子，连霍总监都不吭声了。

程倚庭直到临上飞机前，才给唐涉深发了一条短信，内容很简单：我出差，时间不定，就先这样。

短信刚发送成功，她就登机了。空姐微笑着提醒她关机，她求之不得，迅速将手机关了。仿佛这是照着空姐的要求去做的，而不是随她的心，这样她心里那点犹豫会消失得更快一点。

团队一行九人，霍与驰身为制作部总监，和另一位负责人坐在一起。按他们九人在公司的资历算，此行需要霍总监和程记者面对面单独交流的机会其实并不多，程倚庭对此很满意。飞机起飞后她就戴上了眼罩，屏蔽了一切干扰，闭上眼睡觉。

下了飞机，前来接应的汽车早已等候在机场外。一行人拿了行李连跑带走，恨不得能飞起来，赶在天气变坏前上了汽车。车子开了四个小时，一路开进山区，程倚庭这才想起手机。打开来看，山区无信号，她悄悄松了一口气，挺直了背，将手机重新关了。

一连半个月，任务很艰巨，每天都过得生不如死。

遭遇的第一个困难就是当地村民不配合。山区的人们带着野性未脱的朴实，对一切外来的新生事物抱有强烈的抵触情绪，尤其是对摄像机深恶痛绝。当听说这类机器可以将他们说过的话和做过的事永久保存之后，当地人几乎掀起了“这还了得”的反感，不仅连话都不说了，到后来索性看见拿着摄像机的人就躲。

村民不配合的后果很严重，他们不仅躲，还放狗严防记者。程倚庭不得不承认，山区的狗和城市小区的狗完全是两个概念，真打起来，他们几个人连条狗都打不过。

霍与驰没办法，找了学校校长当说客。谁知连校长都对这件事心有顾忌，生怕自己说错话会惹祸上身。最后还是霍与驰有办法，看着“家徒四壁”的山区学校，说了句：“捐款已经发放了，却没有到你们手里，你带着这个地方和那么多的学生，过着随时会没书读的日子，你也想让自己的孩子继续过这样的日子吗？”校长沉默了好一会儿，一个劲地抽闷烟，将整个屋子抽得像是着了火，最终才同意接受采访。

回去的路上，摄像记者对霍总监竖起大拇指：“总监，还是你有办法。”

霍与驰指了指山那边：“三天前我们去过校长家，听见小孩的哭声了吗？那天进屋时我就听到了一两声，是新生儿的哭声。所以我猜，他刚有孩子。哪个做父母的会不为孩子考虑？”

摄像记者“啧啧”称道。

程倚庭听着，看了霍与驰一眼。

从少年到青年，他变了很多。程倚庭不知道他是从什么时候起变得这样厉害的，仿佛突然有一天，他轻轻一步就迈过了天真，在成年人的世界里长驱直入了。

摄像记者想起什么：“听说霍总监有一个一岁多的女儿？真不愧是当了爸爸的人，对父母的心理就是抓得准。我们这些没结婚的单身狗哪能想到那些。”

在场的其余两个人，似乎谁也没想到他会提到这件事。程倚庭只觉心被针刺了一下，感觉生疼，仿佛一个旧伤口愈合了又溃烂，溃烂了又愈合，终究变不回原来的完好无缺了。

霍与驰抬头看她一眼，眼神很复杂，是千言万语汇不成一个句子的那种复杂。程倚庭很希望他能说些什么，又痛恨他真的说些什么。无论是解释、道歉、忏悔、心安理得，都是她痛恨的理由。她转移视线，脸色有些冷。

一周后，过了校长采访、村民家长采访两道关，没想到更大的阻力来了。当地的教育局得知有记者在做山区学校捐款专项新闻，连夜跑来阻止。双方都有顾虑，记者顾虑会受到不公正的阻挠，对方则顾虑会受到不公正的报道。

有顾虑就有误会，有误会就需要解决。这种时候，除了霍与驰亲自上阵，没有人可以上了。程倚庭不知道他是怎么跟人谈的，只知道他被“请”上了一辆车，三天后又被放了回来。程倚庭怀疑他受了点苦，当他下车后却发现没有。他不仅没有受苦，还和教育局的几位领导交上了朋友，互相之间很客气。程倚庭闻到他身上的烟味，明白了他这三天没少熬通宵。

霍与驰只有在熬通宵的时候才会靠抽烟来提神。

站在公事的立场上，她有些没原则地同情他。

“制作部总监”这个头衔人人垂涎，可真坐上去了，滋味却不见得好。这世上处处讲究守恒定律，得到的多了，失去的也就多。程倚庭想象着霍与驰从这个人交际到那个人，这一包烟抽到下一包烟，纵然和他有私仇，想到那画面心里也很不好受。

这一晚，主要采访结束，一行人分成三组，分别走访，天黑后就各自睡在了当地村民家里。

这个时候也顾不上男女有别之类的问题了，和程倚庭同屋的男编导不洗澡也不洗脚，累得直接躺倒，五分钟之后便呼噜声震天。程倚庭明白，浅眠的自己这一晚是没法睡了，索性穿了衣服出去走走。

不想有人和她一样，也正在屋外度过漫漫长夜。

山区空气清新，入夜之后有些冷，一切似乎更清幽了。一轮明月挂在高空，参天大树一棵挨着一棵。山与山不相逢，人与人总相逢。霍与驰面前生着一堆火，他不知从哪里搞来一点茶叶，正在火上烧热水泡茶。茶叶不是什么好茶叶，杯子也是一个掉了瓷的搪瓷杯，但在这样的深夜，这样的月光下，竟也喝出了点“君子独醒”的味道。

程倚庭冷笑：君子？他也配？

察觉到身后有人，霍与驰转身，看见是她，神色有些迟疑。

他公事公办地开口：“是我疏忽了，忘了小张晚上睡觉习惯不好，会吵着你。你去我房间睡吧，那里没人。”

程倚庭在原地站了一会儿，没说话。

静谧的山林有一种沉默的力量，能消散人心里很多的仇和怨。连她都觉得，在这样一个夜晚，这样一个山林，去恨一个人，未免太辜负一番风景了。她走过去，在火堆旁坐下，开口道：“那天在会议上，你为什么要帮我？”

霍与驰喝了一口茶，声音和茶叶一样淡：“你想听真话还是客套话？”

程倚庭扫他一眼：“客套话。”

霍与驰笑了。

在深夜，这样一个不大不小的玩笑，加上他一点清浅的笑意，反而将两个人之间的同事关系渲染得更逼真。仿佛这一刻他和她真的只是同事，再没有其他。

霍与驰看着眼前噼啪作响的火堆：“因为唐涉深也牵涉其中，是吧？那天在荣俊熙的会所，看见荣俊熙对唐涉深毕恭毕敬的样子，我就猜到了。所以你说你要放弃，我支持你。这世间人人都会讲‘正义’，年纪大了以后却会去想，到底什么才是正义。我们曾经以为的很多正义，其实不过只是一面之词而已。后来真相反转，也没有意义了，伤害已经造成了。放在经济领域也一样。我相信，如果唐涉深没有把握，他不会去搅和荣俊熙这件事。SEC的社会责任让唐涉深对法律与道德担负的责任要比普通大众多得多，让你用幸福做赌注，去求一个或许并不存在的所谓的‘正义’，不值得。”

程倚庭没料到他会说出这样一番话来。

他就像一个为下属考虑的主管，一个可以交往的知己，一个不会害你的朋友，一个懂得进退的伙伴，对她做了这样一件为她好的事。

程倚庭笑道：“真的多谢你了，如此懂得体谅下属。”

她似乎沾染上了一种病，从他抛弃她的那天就有了，无论何时何地，都拿得出对他独有的那一份含针带刺。她这种态度一出来，霍与驰就知道没什么可谈了。他总是会让着她，而如今他让着她的方式也只剩下唯一的一种——沉默。

覆水难收，两个人也确实没什么好谈的。

程倚庭站起来，转身进了屋。

霍与驰独自留在了外面。

她来过了一遭，又走了，身边留下一些她的味道。他放下了搪瓷杯，连茶也无心再喝。当年他一个人做了一个决定，一个人走到今天这种地步，自知除了走下去，再别无他法。他常常希望她过得好，即便这种好是另一个男人给她的。但真的那样想了，他又时常会有些落寞，忍不住去比较另一个男人是否比自己更值得。

而唐涉深，无疑让他感受到了压力。

半个月后。

程倚庭尚未做好面对唐涉深的准备，可现实已不容她再逃避。

回C城的航班稳稳地落地，一行人拿好行李箱走出机场。程倚庭拖着一个大箱子，又累又困，走在队伍的最后面。出了机场，人三三两两地散了，各自打车回家。霍与驰例行公事般地叫住走在最后的程倚庭，问她怎么回去，需不需要和同事一起打车。没等程倚庭开口回答，一个声音便突兀地响起——

“太太，辛苦了，等您多时了。”

程倚庭没想到会在机场见到管家，霍与驰显然也没想到。管家脸上挂着十年不变的浅笑，开口寥寥几个字，就将程倚庭“唐太太”的身份强调给了在场的每一个人听。

管家做了个“请”的手势：“太太，车就停在外面，先生亲自过来接您回家。”

程倚庭一时间愣住。

然而已有人不容她细想。

“程倚庭。”

一声叫唤，穿一袭黑色大衣的唐涉深由远及近，缓缓走过来。管家见到他，内心有些惊讶。连在车里等几分钟都等不及，要亲自过来接人？但下一秒，管家很好地将这份惊讶压了下去。他看得出来，在唐涉深的“等不及”里，还有很多别的什么。比方说，愠怒。

男人打量着眼前的一对男女。一对二，程倚庭站在霍与驰身后，正瞠目结舌地与他遥遥相对。

他脸上挂着浅笑，举步走过去，心里已毫无笑意。

这一对二的画面，真是让他相当讨厌。

虽然心里讨厌至极，唐涉深的那双手却是伸得很殷勤。他走上前，弯腰从程倚庭手里接过行李箱，再顺势将她的手牵在掌心。整个动作一气呵成，他还不忘在她的耳边问一句："脸色这么差，出差半个月太累了？"

程倚庭既尴尬又心慌，说了句"还好"，又问他："你怎么来了？"

唐涉深笑了笑，语气暧昧得很："有人来接不好吗？"

"不是，我的意思是，你是怎么查到我的航班的？"

"这个，我想知道太太的行踪，自然有办法。"

程倚庭一时无语。

唐涉深饶有兴味，微微侧身，朝霍与驰投过去一眼："这位就是霍总监吧？辛苦了。"

霍与驰自然只有接招："哪里，唐总客气。"

唐涉深嘴里客气，动作却是没有的，连手都没伸一下。霍与驰也不傻，既然对方连同他握手的意思都没有，他自然也不会自讨没趣。

面前这对夫妇宛如新婚，霍与驰再蠢也知道他此时在这里的电灯泡指数有多高。他咳了一声，对程倚庭道："你有人接就好了，我和其他同事一起走，回见。"

他一走，唐涉深就沉默下来。

程倚庭刚开始还没有察觉，同他一道走出去时还努力找话题，跟他讲这半个月在外采访遇到的事。渐渐地，她发现自己连步子都跟不上他的了。他走得很快，将她落在了身后。程倚庭看了他一会儿，追了上去。追上去之后，她也没有再开口。

两个人之间的沉默一路蔓延到家里。

吃晚饭，整理行李，上楼洗澡，睡觉。

这一晚，家里安静得吓人，几乎算是有些阴沉。管家察觉气氛不对，早早地收拾好便离开了是非之地。程倚庭几次三番想开口，试图恢复以往同他那种客气的亲密关系。他们之间常常这样，闹一点别扭，谁都认为自己占着理，但过一会儿，后退一步的那个人一定会是唐涉深。而程倚庭也会顺水推舟，让方才的别扭在后来的谈话中消弭。她一直觉得这样的方式很好，不用说破，双方都有情面，完全是属于成年人的解决之道。但今晚，她失败了。唐涉深非但不领情，反而每每在她试图开口说话的时候，冷冷地看她一眼。

程倚庭洗完澡，将行李箱里的衣服一件件拿起来整理。

背后忽然传来一声问话："和霍总监一起在外共事半个月的感觉怎么样？女为悦己者容，衣服带得够美吗？"

程倚庭的身子一僵。

她没有转身，只是猛地攥紧了衣服："你知道你在说什么吗？"

"我当然知道，应该是程记者你知道自己在做什么吗？"

唐涉深站在她背后，居高临下："你给我发了短信，说你要出差，没有说什么时候回来，也没有说要去哪里。我收到短信，第一时间给你回复，却被告知你已经关机，我的回复永远无法送达。你一走就是半个月，音信全无，我没有一次打通过你的电话。你关机的这段时间在干什么？还是说，在你和霍总监在一起的时间里，我连存在的一席之地都不可以有了？程倚庭，和你在一起后，我的世界任由你来去自如，可你的世界却对我设了关卡。通行证是什么？没有，你连一张通行证都从来没想过要给我。"

程倚庭的手心渐渐湿透了，那是冷汗的痕迹。被她攥在手里的衣服一角此刻已经面目全非，皱成一团，活活浪费了上好的衣料。

殊途、争吵、生厌、陌路，她对这个过程并不熟悉。当年她还是小女孩的时候，霍与驰直接从殊途跳到了陌路，省去了当中的所有过程。从此她抱憾不已，也惶恐不已，不晓得当再一次面临这样的局面时该怎样挽回，又还有没有挽回的余地。是否唐涉深一旦开始了殊途，也会注定她天长地久的痛苦?

程倚庭干巴巴地开口，选择了自认为最安全的那一条路："我不想跟你吵。"

然而，她所认为的安全，在唐涉深看来，却是最不能接受的。

他一步上前，将她整个人从地上拉起来。他的力道很重，"砰"的一声将她压到一旁的墙壁上。

程倚庭从来没有感受过他这么大的力道，与墙壁相撞时背部发出"咔咔"的声音，仿佛是身体在替她痛呼。在她面前，唐涉深向来是一个"不重"的人，说话不重，力道不重，甚至在床第间做夫妻间最亲密的事时，他也是个温柔至上主义者。有时她的腿被他的力道弄得过于弯曲了他都会第一时间察觉，随即将动作放柔并放轻。每到这个时候，她都有种被爱着的感觉。这种感觉太好了，有一次就沉迷一次，永远不嫌多。以至于她不知不觉地被他惯坏了，以为他永远可以给自己这种太好的感觉。

时至今日，她看见他森冷的表情，才明白，当他不想惯着一个人时，他完全可以是另外一个人。一个令她恐惧、陌生，要她疼就能让她疼得全身无力的男人。

"是不想跟我吵，还是根本没有理由吵?"

他的脸色阴沉，是极其少见的咄咄逼人："程倚庭，平日里你当记者，最会宣扬'责任感'了。那么你作为妻子，有过妻子的责任感吗?我说过，我可以等你，你慢一点没关系。你向我跑一点，又退后一点，也没关系。每个女孩长大都有一个过程，你没有天分，我可以给你时间，但绝对不包括这样的给法。你左右摇摆，向我跑一点，再向他跑一点。然后呢?你想要一个什么样的结果?嘴里对我说着他给你的痛苦，说完却向着给你痛苦的人跑去。玩这种游戏，你很乐在其中吗?"

程倚庭下意识想推开他，却徒劳无功。

她受了一席指控，脑子里只有两个字——荒唐。可话到嘴边，她却骂不出来。多么像古典悲剧小说的结尾，荒荒唐唐地结束了，可怜的女子投湖自尽或染病而死，总之都是为了情。糊里糊涂地来了一趟人世间，发现来错了，于是又走了。

她深吸一口气，看着他："不是这样的。"

肩膀被他按得生疼，他指尖掐进去的地方已经瘀青了一片。她尽量忽略身体的疼痛，跟他解释："这次出差是个意外，上面指派的，我拒绝过，他也拒绝过，可最后都被反驳了。这半个月的行程里，一共有九个人，几乎天天都在一起，并非我们两个人。我知道，当日的不告而别对你来说是一种不负责任，但我也是有理由的。"

唐涉深盯着她："好啊，把你的理由说出来。"

他笑道："怎么，不想说？还是说不出口？"

程倚庭觉得很累："你怎么想都可以。我想说的是，即便没有这一趟公事出差，当日我也想过要和你分开一段时间。也许是出去旅游，又也许是外出办其他公事。总之，是我想要一个人安安静静地独处几天。"

她自认为坦诚，却不料深深地刺伤了他。

他忽然觉得不甘心。

所有他做的、让的、容的，无非只是想程倚庭可以快乐。即使她不快乐，他也希望，最起码，她可以因为他而变得比较快乐，仅此而已。可是他忘了，感情中的"仅此而已"已经是一件十分困难的事。

感情本身就是拿不起放不下的，怎么会好容易就做到仅此而已？

当她否定了他的一切努力，给他的是"想分开一段时间"时，他彻底愤怒了。

"想和我分开一段时间？办不到。"

他压上她，将她揉进胸膛，几乎令她透不过气来。

她在一瞬间生出本能的恐惧："唐涉深你不可以这样。"

他笑了笑："我不可以？那谁可以？霍总监？"

程倚庭愤怒又屈辱，挥手就要打他一巴掌，却还在半道就被他拦下了。男女角逐最忌讳的就是染上暴力，对男人而言是亢奋的催化剂，对女人而言却是痛苦的开端。而这一对男女俨然已经弄丢了理智，走入了无常道。

这一晚，程倚庭的最后一点记忆是被人绑住了手，用的是一件男式衬衣。

她在昏昏沉沉之时还想了一个莫名其妙的问题：好端端的一件高级定制衬衣怎么能用来做这种事呢？他都不心疼吗？紧接着，她就感受到了疼痛。于是她明白了，他既不心疼衬衣，也不心疼自己。

临近年尾，C城迎来一个重磅级峰会——远东四国经济商贸峰会。与会人员以远东四国政要为主，以四国商务部首脑为核心，组成强大的峰会力量。

四国集团最显耀的跨国公司、独角兽公司纷纷派出董事长和创始人等首席领导角色，参与主峰会结束后的各大分论坛峰会。

年底时C城再一次因为这件盛事而成为国际焦点，安保升级，交通管制，整座城市在成为焦点的同时绷紧了一根弦。

在相关部门的领导下，准备工作有条不紊地进行。媒体也成为当中重要的一环，程倚庭所在公司早早地拿到了现场采访、直播的通行证。公司成立了峰会骨干小组，由制作部总监亲自上一线负责。程倚庭也被总编辑亲自点名，成了骨干小组的一员。

十天后，峰会开幕首日，程倚庭同四位同事在凌晨四点就到达了现场。安检，检查设备，确认提问稿，依次进场。进场时天已经微微亮，程倚庭看了一下手表，清晨六点。

同事刘记者去峰会内场的餐饮区领了早餐，然后分发给众人。刘记者一口气喝完一杯牛奶，这才看向程倚庭："程记者，你不吃吗？王记者那群饿死鬼他们可不会等你，手慢就没了。"

程倚庭指了指一旁的咖啡，说："我拿了一杯咖啡，其他的不用了，我不饿。"

刘记者看了一眼，是浓度甚高的黑咖啡。他又将视线在程倚庭脸上扫了一圈，程倚庭被他看得浑身不自在。

"看什么？"

"啧啧，年轻人，晚上体力好。"

"别乱说，整天想什么呢？"

"哪里是我乱说。程记者，你去照照镜子，你这都精神萎靡十几天了，要节制啊。"

听到他这么打趣，连王记者都忍不住伸过来一脚凑热闹："对啊，程记者，你这阵子确实精神不太好。放在平常还好，这阵子碰巧遇上了峰会这么大的事，你顶不顶得住啊？"

程倚庭有种被人戳穿的尴尬。

她及时找了个借口，将自己从这种尴尬中捞起来："知道我为什么精神不好吗？晚上熬夜拼的。抓住这次峰会露个脸，说不定被重要人物看上了会挖我呢，你们到时可别羡慕我啊。"

"哇！程记者，你这心思真精啊，怎么不通知我一声呢，我也想被人挖呀……"

几个人说说笑笑，短暂的早餐时光就愉快地过去了。

七点，红毯典礼仪式。八点，峰会主论坛开始。媒体记者们忙成一个个旋转的陀螺，没人抽打也转得停不下来。紧张的四个小时后，首脑们进行愉快的会餐。记者们可没有，他们要利用这段时间确定下午的环节、提问和摄像机机位等。都说媒体记者有一个铁打的胃，其实不然，都是忙出来的，有时连饭都忘了吃，谁还会记得胃。

下午一点，午餐休息快结束的时候，霍与驰忽然来了。

正在调机位的刘记者看见他，颇为惊讶：“霍总监，你怎么也亲自过来了？上头有啥新指示？”

霍与驰对他说了句“没事”，转身把程倚庭叫到了眼前。

他也不藏着掖着，当着其余三个人的面就质问了一句：“上午你做的直播有看过回放吗？”

程倚庭有点蒙：“没有啊，怎么了？”

霍与驰看着她，接下来的话有点重，但他尽量把话讲礼貌了：“从镜头里看起来，你根本不在状态。这是直播，没有你修改的余地。上午播出以后，公司就接到反映的电话了，说记者看起来不自然。这是市民打来的，你想想，如果市民看到的你的样子，和领导、企业家看到的你的样子是一致的，往大了说，就是影响C城媒体的形象了。所以我过来看一看，你有什么问题？”

周围进进出出忙碌的人很多，几乎没有人注意到这边。整个内场的气氛紧张又热烈，一切井然有序。然而程倚庭却分明感受到，在他们五个人站立的这个角落，气氛已降至冰点。

刘记者咳嗽了一声，打圆场：“这种大场面，又是做直播，记者难免紧张……”

霍与驰出声打断：“这么大的事，我要听她自己说！”

其他三个人都是识趣的，平日里也没少让程倚庭请下午茶，这会儿自然不能跟着看笑话，落井下石的事他们是不干的，于是纷纷找理由避开了。

程倚庭自知责任在自己，也没想着躲，不管能不能扛，都先扛了起来：“是，是我的问题。我最近状态不太好，影响了工作。”

她顿了顿，鼓起勇气，将手里的工作本交给霍与驰：“可以的话，换人做吧。我做不了了。要处分或者其他什么，我都可以。”

说完，她像是终于演够了戏，不想再演了，天塌下来也只想痛快地做一个失败者。她知道这种态度很不像话，换一个狠心一点的领导在这里，足够将她扫地出门，驱逐出新闻界了。但她没有办法，她的身心都被严重地毁坏了。

这半个月来，她常常觉得自己似一具行尸走肉，嘴里说的、脸上笑的、手里做的，都井井有条地发生着。只是她的脑子里一片空白，仿佛根本不知道自己在做什么。

她就这样任由自己毁坏了，从那一晚不被人珍惜开始。

霍与驰定定地看着她。

程倚庭不得不庆幸，在这一刻，是霍与驰面对了她棘手的问题。他再对不起她、对她有错，也不能否认，他仍是这个世上最了解她的人之一。凭着这份了解，他就会做出与旁人不同的选择。

“你不用回公司了，回家休息吧。”他接过她的工作本，批准了她的中途“罢工”，“我会找人接手你的工作，从今天下午就开始。”

程倚庭点点头：“多谢你。”

她没有再看他，放下工作设备，取下挂在脖颈上的证件，一个人直直地走了出去。

霍与驰看了她的背影良久，直到看不见她了，他还没有回过神。

过了好一会儿，他才收回视线。他低头，翻看程倚庭交给自己的工作本，密密麻麻全是笔记，用红、蓝、黑三种颜色的水笔将重点问题、关键内容分门别类列了出来。她写得一手秀气的字，笔记也做得格外漂亮。

霍与驰看着这个工作本，就明白这绝不单单是一本工作笔记而已，而是一个记者对新闻的虔诚、热爱、尊重和执着。

于是他更不明白了。

这么困难的前期准备工作她都一个人挺过来了，到了验收的这一天，她却放任自己放弃了。她是为什么呢?

接连半个月，唐涉深的办公室成了SEC上下所有人的禁地。

原因无他，因为这位老板忽然转了性，从喜怒不形于色变成日常暴怒的状态了。

连最摸得透他习惯的特助都遭了殃，在一次汇报中不知怎么的不合唐涉深的意，硬生生挨了一顿骂，然后被赶出了办公室。当然，付骏还不是最惨的，最惨的是那些不得不找唐涉深签字办事的高管，必须要直面老板的喜怒无常。

付骏有一晚去唐涉深的办公室，还没来得及抬手敲门，就听见里面传来雷霆般的怒喝："滚！都给我滚！"付骏刚抬起的手迅速放下，求生欲让付特助选择了三十六计先走为上，连工作都不汇报了，迅速溜了。

消息传得很快，连唐信都听到了一些风声。

平日里唐信不太信这些，他又是个懒人，信奉的是"闲事勿管"，每每听到什么风言风语也都是一笑置之。在他看来，唐涉深挺正常的。做老板的嘛，谁还没点脾气呢？正常。

可是某个晚上，当唐信突然在他搞副业开的酒吧看到唐涉深坐在吧台前喝酒的身影时，他的第一反应就是心里"咯噔"了一下，心想，这个"瘟神"怎么"瘟"到这里来了？

唐信站在他背后，隔了一段距离，看了他一会儿。

这会儿酒吧还没正式营业，唐涉深能进来靠的不仅是他那张迷人的脸，还有他在这里更迷人的股份。吧台放着轻音乐，萨克斯风吹得人心里痒痒的，如同温柔的前戏。调酒师单独为他一个人服务着，一杯一杯调出符合他口味的酒。

爱喝酒的人都知道，氛围这种东西往往比酒本身更重要。没有氛围，再好的酒也喝得不痛快；有了氛围，二锅头都能喝成贵州茅台。

唐信看着唐涉深一个人接连几杯烈酒见底的态势，就明白这家伙看来是有心事了，并且心事还挺严重，严重得让他在这种毫无气氛的地方都能喝这么多。

一杯加了冰块的威士忌被调酒师端到吧台，唐涉深刚要伸手去拿，却被人中途拦截了。

唐信将这杯威士忌拿得远了些，重新递给调酒师："换一杯清水。"

唐涉深伸手去抢："神经病，有钱都不赚？"

唐信神色未变，将威士忌拿开，振振有词："你这么有钱的主，当然要放长线钓大鱼了。一次性就把你灌倒了，以后你都不来了，我还怎么宰你？"

这话竟然还挺有道理。论嘴上功夫，唐信永远是一绝。

侍者不敢怠慢，端了一杯清水过来，又放上一堆柠檬片，解酒用。唐信将清水递给他："听说，你最近很变态？"

这话让人怎么接？连一旁的侍者都听得太阳穴一跳。

唐信站在一旁看他，神色自然："没关系，你是什么样的人，我早就知道。偶尔露一点本性出来，我也觉得正常。但其他人可就不这么想了，这年头做企业不容易，SEC好不容易做起来了，看在钱的面子上，你也得把本性的尾巴收一收，不好露出太多了，否则旁人会不喜欢。"

唐涉深叫了他一声："唐信。"

"嗯？"

"让你陪客聊天需要多少钱？"

"嗯，你的话呢，我给你一个友情价，十万块一个小时。"

"好，这里有二十万，买你闭嘴。"

唐信眯着眼睛看他。

刚才他说错了，何止是旁人不喜欢他，连自己都想打他。

他斟酌着开口："你和程倚庭吵架了？"

唐涉深手上的动作顿了顿，神色阴郁："你走！"

好吧，果然是吵架了。

唐信本来想说，很正常嘛，这有什么好不开心的，正常人都猜得到这对夫妻会有这么一天。但唐涉深这个样子还是让唐信的良心见了一点光，硬生生将这句话给吞了下去。

夫妻间的事本就是一本烂账，谁插手谁倒霉。

唐信举步欲走，听到唐涉深忽然说了一句：“她一声不吭就避开我，要我怎么理解她？”

唐信心里再次“咯噔”一下。

不好，唐涉深理解不了程倚庭，唐信却是一秒就理解了，这说出来还得了！

他站在那里，走也不是，留也不是，内心十分惆怅，思想上进行着激烈的斗争。

摸着良心讲，唐信不是什么正义之士，日常爱好除了赚点钱就没有其他的了。他不碰烟酒，也不碰女色，他从很久以前起就看透了人生苦短这件事。他不想快活，也不想太苦，平平淡淡才是最好。这些年他虽不是佛教徒，却比僧人过得更心如止水。

所以在程倚庭的这件事上，唐信的为人准则和生活模式都经受着激烈的考验。帮，就会让他也陷进麻烦里；不帮，好像良心上又确实有点那个……

最后，男人长叹一声，脚步一旋折回吧台。

他站定，踌躇着开口：“有件事，我想跟你说一下。程倚庭来找过我……”

话还没说完，唐涉深已经从醉酒的状态里迅速回过神，再猛地抬头，眼神很凶。

唐信感觉头皮发麻：“你不要紧张，我就这么一说而已。她那天忽然私下来我的公寓找我……哎，说了你不要紧张，你这么看着我干什么……我只让她进了玄关，连屋里都没让她进，我清白得很……”

唐涉深的声音阴冷：“她找你做什么？”

“她过来问我，你是不是和荣俊熙被调查的事有关。”

唐信摊了摊手：“虽然我不知道她为什么会问这个，但她所在的公司在跟荣俊熙的新闻，这个我也是知道的。如果你问程倚庭为什么会避开你，具体的我不清楚，但我猜也许和荣俊熙的新闻分不开……”

唐涉深霍然起身：“这么大的事你竟敢瞒我？”

唐信也是蒙了。

兄弟，这件事你觉得大，可我觉得不大啊。并不是所有人都会把程倚庭的事当成世界头等大事来对待的好吗？

他正有一堆槽点想要吐，唐涉深的手机忽然开始振动。

一个陌生号码，打了又打。

唐涉深目光阴森地盯了一眼唐信以示警告，意思是“你别想跑，老子还有账要跟你算”。

他接起电话，不等他问一声，电话那头已经传来一个急促的声音：“是程倚庭小姐的家人吗？这里是仁心医院急救室，程小姐出车祸刚刚被送到我们这里了。我们找到了她手机的紧急联系人号码，请问您能马上过来一趟吗？”

唐涉深是在赶去医院的途中得知事情的严重性的。

他今晚喝了酒，接了电话拿了车钥匙就往外走时被唐信一把拦下。唐信虽然经常腹诽他，但在关键问题上从不让步，更不会眼睁睁看着他做错事。他将唐涉深手里的车钥匙一把夺过去，又让唐涉深在门口等着，他开车去送。

唐信知道唐涉深的酒量没那么差，却也知道一个人在喝了酒且受了刺激的情况下很难不出事。

唐信把车开到一百四十迈，已是最高限速。唐涉深坐在后座也没闲着，短时间内做了很多事：联系医院问情况，让付骏去查车祸具体情况，动用私人关系找医生过去。

他连着打完几个电话，又一个电话打进来。他接起来一听，是程倚庭的父亲。

程父很少打电话给他，这会儿显然也顾不得其他了，声音听上去都颤巍巍的，直问女儿出了什么事。唐涉深这才知道，这次车祸已经上了新闻，程父正是从新闻里看到了程倚庭被人救出的场面，心情可想而知，更是受了不小的冲击。程父心急如焚："我想立刻赶过去，但她妈妈没办法一个人在家，我急啊……"

唐涉深连忙安慰程父不要紧张，更不要情绪激动，他有心脏病和高血压，不可以受太大的刺激。他向程父保证，自己已经第一时间赶到了程倚庭身边，情况一切都好。最后，唐涉深又向电话那头的程父保证："爸爸，您放心，只要有我在，倚庭绝不会有半点差池。"

唐信听见了，在心里腹诽：嘴上说得漂亮，也不知心里有没有后悔。然而当他从后视镜里看了后座的男人一眼后，心里的那点腹诽也不好意思再有了。

唐信从来没有见过唐涉深会为一个人、一件事慌成不像"唐涉深"的样子，然而现在，他是了。

医院。

距离车祸发生已有半小时，警察、医生挤满了整个急救室。

唐涉深没有见到程倚庭，医生告诉他程小姐已经被推入了手术室。暂时没什么大碍，但她的双腿在车祸中受了伤，目前还不知情况如何。

唐涉深没有见到想见的人，却见到了不想见的人。

霍与驰被医生从急救室送出来，手臂包了厚厚一圈绷带，绷带的一头吊在脖子上，样子看上去有点滑稽，和平日里稳重的霍总监相去甚远。等在一旁的警察上前，问他是否能做笔录，他毫不犹豫地说可以。

唐涉深听了一会儿，听明白了全过程。

这次车祸由一个年轻的男性司机醉酒驾驶引发。他驾驶着一辆黑色轿车，红灯时以九十度的直角角度直直地撞上绿灯通行方向的程倚庭。

万幸的是，霍与驰当时就开车跟在程倚庭后面，他迅速判断出那辆撞来的车不怀好意，在千钧一发之际开车将那辆黑色轿车撞开，这才让这场车祸有了回旋的余地，也减轻了不少撞到程倚庭的力道。相对的，霍与驰也受了伤，幸好命大，只是左手手臂有轻微骨折而已。

警察做完笔录就走了，留下两个男人彼此面对。

这种时候，自然不能当看不见对方，何况霍与驰刚刚还救了程倚庭。虽然在唐涉深看来，霍与驰救不救都挺给他添堵的。救了，他欠了对方一份情；不救，程倚庭就有危险。

唐涉深长这么大，很少在一个人、一件事上持续被添堵，直到遇上程倚庭以后，她的这位前男友可以说是在唐涉深的人生里留下了持续不断的添堵纪录。

唐涉深还是有涵养的，即使心里再添堵，也迈得出走过去慰问的脚步：“霍总监，手臂要紧吗？”

“多谢唐总关心，不碍事。”

两个男人站着寒暄了几句，说着场面话。

霍与驰看得出来，唐涉深对他没兴趣，嘴里说着客套话“好好休养，这次多谢你”，脸上的表情却冷淡得很。不知怎么的，霍与驰想到了程倚庭。她是一个性子内敛的人，最害怕拿出一份真心，却遇人冷淡。霍与驰忽然明白为什么这阵子程倚庭会精神恍惚到这种地步，原来她是被人冷暴力了。唐涉深的风评他听过一些，以成年男性的角度去评判，霍与驰完全相信，这样一个男人，当他存心对人使用冷暴力时，是可以将人连同自尊一起击溃的。他将程倚庭的自尊击溃了，然后放任自流。

有医院高层到场，是唐涉深请来的。院方高层朝他招呼着走过来，甚是热情。唐涉深举步欲走，却被霍与驰叫住。

“唐总。”

“霍总监还有事？”

“我们谈两句。”

“方才我们谈的已不止两句。”

唐涉深的冷淡全写在了脸上。他一旦不给人机会，旁人是一点办法也没有的。霍与驰没办法，直白地告诉他：“唐总，有件事我想跟你讲。这次车祸，我认为不单单是醉酒驾驶这么简单。”

唐涉深脚步一停，转身，眼神没有了之前的散漫，牢牢地盯紧他：“什么意思？”

霍与驰看着他，压低声音：“我没有证据，只是出于一个媒体人的直觉。因为当时我就在场。我认为那辆车子撞上程倚庭的角度、力道和决心，都不像是一个醉酒驾驶的人会做的事，像是故意的。”

唐涉深脸色一变：“故意的？那就是故意伤人，甚至是故意杀人了。”

霍与驰还是一贯的不轻易下判断：“这个就劳烦唐总查清楚了。有件事唐总大概还不知道，我们公司一直在跟荣俊熙被调查的那个新闻。之前，负责调查和主笔的人都是程倚庭，但从一个月前起，就已经换了人。总编出于工作的考虑，换了人写，却没有换笔名，所以用的还是程倚庭的笔名。外界不知道换人不换名这件事，如果有人想动手，也只会冲着程倚庭来。”

话音未落，唐涉深的脸色“唰”的一下变了：“你的意思是，你怀疑是荣俊熙下的手？”

“我没有怀疑什么，更没有想要误导你的意思，我只是在向你阐述我的直觉。”霍与驰看着他，告诉他，“恐怕有件事唐总还不清楚。一个月前，程倚庭主动向公司提出放弃做这个新闻，差点被停职通报批评。她放弃的理由只有一个，就是她已经知道你牵涉其中。”

第八章

时机不对

LAST

LOVER

面对真相之所以艰难，
是因为说不说都会伤害到爱人。

“脑震荡、左腿骨折。万幸的是，都没有伤到不可治愈的地步。需要注意的是，她的左腿需要好好恢复。她还年轻，将来要孩子的话，下肢会要承受重量。健康女孩一旦怀孕尚且有下肢水肿的可能，她受过这样的伤，怕是将来要孩子的时候会吃更多的苦。唐总，你们家属可要好好照顾了。”

医生翻看着病历，一口气交代完后续注意事项。

程倚庭做完手术被推入病房，已是下半夜。护士有条不紊地替她接上各种仪器，监测心跳等功能，又是好一阵忙碌。

唐涉深转向医生：“好的，多谢你。”

“不客气，应该的。”

医生做完手术已是累极了，看在和唐涉深的交情上，又不厌其烦地交代了后续多项注意点。

这会儿已是凌晨四点，医生交代完后就走了。

病房里安静下来，只有监测仪器时不时发出“嘀”的一声。

唐涉深脱下外套，坐在病床前，握住她的手。

这是一双劫后余生的手，手背和手臂上布满大大小小的蹭伤。医生做了处理，大伤口上包着绷带，小伤口上涂了药膏，令这双手显得有点滑稽。唐涉深忽然心就痛了，普通人尚且不能接受这样一双手，程倚庭更不能。她是记者，用手握笔杆是她的命，可如今坏了，可怎么得了。

比手更难看的是她的腿。

她的双腿都受了伤，左腿比较严重，打了石膏，被绷带吊着。这样一双腿，在一些时日内不能跑也不能跳，该多么寂寞。

身为记者，有了这样一双腿，等于在一定时间内断送了前途。她醒来会哭吗？她会哭就好了。以他对她的了解，也许她连哭都不会。大悲无泪，大喜落泪，这才是程倚庭。自从和他结婚起，她无泪的时日多，落泪的时日少。旁人见了，只当她幸福，浑然不知她的内心已千疮百孔。

“对不起，我不知道你避开我是为了……”

人人都说致歉只会迟来，不会缺席，似乎做到这样就已经很好了。从来也没有人想过，当致歉来时，那个接受道歉的人已是伤痕累累，那这样的致歉又有何意义？

他又想到了她很久以前说的那句话，她说：“唐涉深，我不知道为什么，我们俩总是时机不对。”多么聪明的女孩，那么敏感，一句话就参透了她将来的人生。他自以为是，听不到她心里的恐惧与慌张，终至将她推向如今这张病床。

他伸手抚摸她的脸。她穿着病号服，他低一低头，就能看见她右边锁骨的伤痕。连医生都看出来了，这不是车祸造成的，这是只有他才能造成的。

医生方才顾及着和他的交情，没有当面点出来。走出去时对他压低了声音，用只有他们两个人才听得到的声音对他讲：“你看看她身上还有些咬痕，明显有几天了，还没消下去，你下手也太重了。”

他终于想起来了，那天在盛怒之下，他对她是怎样的不负责任。那天他没有留下，欺负完她了起身就走，连绑在她手上的衬衣都没有给她解开。一场婚姻，她尝到了自尊全无的滋味，如同一个废弃的玩具，从此世上多了一具行尸走肉。

婚姻中的失败，力量原来如此大。

从前她不知，恍惚以对，终酿惨剧。这里面的责任，她一半，他一半，谁都不是清白之身。

他低下头，靠着她的手，一整晚都唤着她："程倚庭……"

程倚庭醒来已是两天后。

她说的第一句话就是："你走。"

当时的场面不可谓不尴尬，医生、护士，甚至连付骏都在场。

这两个字一出来，所有人直直地去看唐涉深。尴尬是尴尬了一点，但这样的大八卦也是每个人都不想错过的。

付骏不愧是唐涉深的首席特助，不仅为老板的钱袋服务，还为老板的脸面服务，面对这么高难度的场面，竟然都圆回来了。他立刻接下程倚庭的话："是，程小姐，我找唐总汇报公司的事，打扰到您休息了，这就离开。"

程倚庭这个人有个优点，无论和唐涉深之间有怎样的深仇大恨，都不会牵连到旁人。

这会儿付骏主动领了这个锅，她也不好意思不接着，于是也就没有再纠正。

付骏说完就退了出去，唐涉深看了他一眼，决定明天立刻给自己这个特助涨工资！

医生照程序做了检查，对唐涉深道："万幸，最重要的脑部没什么事，脑震荡也只是轻微的。不过说起来，我检查的时候发现她的病历记录，以前就脑震荡过一次了，铁打的身体也经不住这么来回折腾啊。唐总，你说是不是？"

"是，麻烦你了，是我没有照顾好她。"

“哪里，还请今后多注意。”

做完检查，虽然都想看八卦，但到底没勇气赖在这间VIP病房不走，一屋子人陆陆续续地出去了。

唐涉深走过去，还没坐下，程倚庭就转过了头。

“我不想看见你。”

“好，那就不看。”

下一秒，她便落入一片黑暗。仔细辨了辨，才发现是他伸手遮住了她的双眼。程倚庭几乎是下意识地推开他：“不要碰我，走开，我不认识你。”

“对不起。我不该那样对你，更不该丢下你不管。”话音落下，他手心下的那对睫毛扇了扇，紧接着闭上，再没有动静。

他缓缓开口：“我自认为可以站在你的立场看问题，不会让情绪有失控的可能。但很抱歉，我还是让它失控了一回。那天我去接你，看见你和他一起从接机口走出来，我对你的判断就失准了。那天你没有解释，事实上，也对，无论你解释什么，我也不见得听得进去。这两天我想了很多事，想得最多的还是你当初说的那句话。你说我们两个总是时机不对。以前我不认为这是什么大问题，反正我会等你。可现在我才明白，你是对的。两个人在一起，没有谁等谁的说法，必须要步调一致才可以。”

他握起她的手，对她说：“程倚庭，我不再等你了，你也不用再追着我跑。我们从今天起，试试步调一致的滋味，好不好？”

他说完，四周寂静得不像话。

谁也没有开口，一秒钟仿佛一辈子那么长。

等待审判的滋味原来是这样的。他默默地算有几分把握能让程倚庭对自己宽大处理。

然而他没有等来想要的宽大处理，等来的是她的泪水。

覆在她眼睛上的手迅速被眼泪打湿。他心一紧，立刻收回手，就看见了一张满溢悲伤的脸。

他伸出手指替她拭去泪水，然后听到她问："你们男人是不是都是这个样子？做再多的错事，说一声'对不起'就要女人负责翻篇，重新开始？"

"不要说'你们'，说'你'。"

他告诉她："我宁愿做你心里唯一一个最坏的人，也不想和谁并列，成为你心里一类人的代号。"

他的道歉没有让她受过的伤好一点，倒是这句话让她安静了下来。唐涉深很少对人说这种话，即便是对她也没有。这种话讲出来，也太不像他了。患得患失，落寞失败，仿佛从不被重视，而他也知道自身是从未被重视的个体，将心里那点防御都除去了，荣耀与伤口都摊开了给她看。

这样一个唐涉深被她见到了，她不是没有感觉的。

她伸手抹去脸上的泪水，沙哑着声音问："我还可以……和你谈信任吗？"

他对她还有信任吗？同样的，在她这里，她还能信任他吗？

古往今来多少男女，哭一地，苦一身，归根究底不过就是这句话——我没法信他了。当今多少婚姻专家过不好自己的婚姻，还要骗人家信自己的婚姻理论：要有钱、有房、有性、有爱……什么都要有，唯独没有信任，不知坑害了多少天真少女。男女成了夫妻，万万不可没有的就是信任。它抽象、缥缈，仿佛永远只是一个概念，远不如金钱和房子握在手中实在。但大难临头，能让一男一女握紧双手共同迎敌的，恰恰就是它。

唐涉深坐在她身边，动作很慢，温柔如水，搂她入怀。

多么聪明的女孩，全然不似无知少女，要爱、要心、要诺言，她只要最必需的那一个——信任。

"可以。"他在她耳边说，"你永远拥有对我质疑的权利，但我保证不会让你有机会生出这个念头。”

这一阵子，荣俊熙急得团团转。

原因很简单——唐涉深忽然对他撒手不管了！

这可怎么得了。

荣俊熙就像是靠山倒了，不惜去问荣正师是怎么回事，深哥怎么能不管他呢？

令他万万没想到的是，荣正师非但不帮他，反而瞪了他一眼，就差没打他，只叫他滚，安分点待着去，没事别再给荣家惹祸了。荣俊熙挨了一顿骂，想了半天才明白。虽然不知道为什么唐涉深忽然就不管他了，但唐涉深应该跟荣正师打过了招呼也讲过了理由，所以这事连荣正师都不想管了。

荣俊熙心里“咯噔”一下，心想：这不行，深哥只有一个，这条大腿我还是得抱的。

这小子的消息也是灵通，很快便得知唐涉深这阵子都在医院，听说是太太病了，他在陪着。荣俊熙一听就笑咧了嘴，多好的机会，探视病人拍马屁抱大腿，简直是他的强项啊！荣俊熙立刻着手安排人买礼物，下午就抱着一堆花花绿绿的礼盒开着跑车去了医院。

跑车很吸睛，开跑车的人更吸睛。

荣俊熙是个做什么事都力求轰动效果的浮夸少爷，一路跑到病房，脸还没露，一大束花就先进了病房。

“深哥！我来看嫂子啦！”

病房里的一对夫妻脑中皆是一串省略号。

程倚庭看着从一大束花后面探出头来的那个虎头虎脑的人，从一开始的蒙到后来的清醒，最后程倚庭简直是有点震惊了。

她实在很难把眼前这个青年和当初在荣氏会所见到的荣氏少东家联系在一起。她试探着问了一句：“荣俊熙先生？”

“呃。”

当看清病床上的人是谁时，荣少爷也有点蒙。

“程记者？”他瞪大了眼睛，眼珠子在眼前的两个人身上滴溜溜地来回转。

最后他像是发现了什么不得了的大秘密，指着床上的人，一脸的不敢相信：“你是深哥的女人?！”

程倚庭无语得很，一时间都不知该怎么回复。倒是一旁的唐涉深已经站了起来，直直地朝着荣俊熙走过去。

一脸热情的荣俊熙猝不及防地迎来唐涉深的一个巴掌。

这个巴掌打得很狠，声音十分响亮。程倚庭坐在病床上离了一些距离，都被他冷不防的一巴掌吓了一大跳。程倚庭都被吓了一跳，荣俊熙就更不用说了。唐涉深走过去时连脚步都没停，距离他好几步远时忽然伸手就给了他一巴掌。

荣俊熙那张还有点婴儿肥的脸瞬间红了起来，从震惊到害怕，最后简直委屈死了：“深哥，你打我……”

唐涉深森冷地盯着他：“本来看在你爸爸的脸上，你做过什么，我都不追究。现在你自己上门来了，可就不要怪我教训你了。”

荣俊熙瞪大眼睛：“我做什么了？”

程倚庭看着这一幕，明明是个痛快的场面，不知为何却感到有点滑稽。荣俊熙和她想象中的那个荣氏少东家应有的模样相去甚远，就像一个半大不小的孩子，屁颠屁颠地一直跟着哥哥混。有一天哥哥忽然不带他玩了，还打了他一巴掌，他那张小圆脸上的委屈简直能从眼睛里挤出一盆眼泪来。

事实上，程倚庭的感觉八九不离十。荣俊熙二十四岁，“荣氏最受宠少东家”的名号很响亮，可事实上，实力发挥很不稳定。脑子正常的时候搞过几次大生意，脑子抽风的时候也给自己惹过一堆麻烦。亏得他嘴巴甜、年纪小，在三个儿子中最讨荣正师的欢心。因此这些年他在外“年轻精英”的人设一直没倒，其实内里就是一团棉花。

荣俊熙对唐涉深有点特殊情结，生物学上称为“印刻效应”。唐涉深比他大七岁，看在荣正师的面子上给他解决过一些麻烦。论学历还在同一所大学念过书，名义上荣俊熙还能死不要脸地喊一声“学长”。荣俊熙和荣家两个亲哥哥不太亲，跟唐涉深却很亲。原因说起来有点诡异，因为唐涉深不太搭理他。荣俊熙怀疑自己有点被虐倾向，他越是不搭理他，他就越是起劲。

今天是唐涉深第一次打他，长兄如父，荣俊熙感觉这一巴掌比他爸打的都重。

唐涉深对他很不客气：“我结婚那日你在国外没赶得及回来，所以没见过程倚庭，这不算什么大事。但你为了自己的利益，竟然去对记者动手，你像话吗？就算今天被你下手遭遇车祸的人不是程倚庭，你认为你有几个胆子去公然挑战法律？”

荣俊熙一开始还没听明白，最后凭着他那个聪明的脑袋瓜一下就听懂了。听懂后他几乎要跳起来，连连否认：“深哥，你说程记者的车祸是我找人做的？我没有，我不是，我冤枉啊！”

唐涉深冷笑道：“是不是你做的警方已经在查了，你自求多福吧。”

荣俊熙涨红了一张脸，不是方才被打的，而是急的。

他像是想到了什么，跳起来走去一旁打电话。

程倚庭听不懂他的这通电话，只知道他在骂人：“喂喂？找小宋来，哪个小宋？你说哪个小宋？最会拍老子马屁的那个！小宋你听好了，你是不是去找记者报复了？你上次在我面前说给我一个惊喜，指的就是这个？！惊喜个屁，你等着坐牢吧！你动记者你还有理了？老子跟你讲，你动的不仅是记者，你动的还是我哥的女人！我哥这么多年就一个女人，你竟然去动！你……”

程倚庭听得简直脑壳疼。

唐涉深指了指他：“你觉得就他这种水平，能做出利润操纵这么高级的罪案来？”

程倚庭客观地评价：“确实不行。”主要是脑子不行。

唐涉深笑了笑：“如果我知道你在查他，一定介绍他给你认识。他是我看着长大的，身上就这么几斤几两肉，半桶水的水平。他人不坏，就是傻，容易被人下圈套，这次也是。”

程倚庭明白了。

明白归明白，她还是受不了聒噪，指了指那个少爷：“能不能把他关到门外去？他真的太吵了。”

下一秒，荣俊熙同学就被唐涉深踢出了门外，连同他送来的那束超级无敌浮夸的鲜花一起。

“公司批准你休假一个月。”

出院那天，程倚庭收到了霍与驰发来的一条短信。她看了一遍，然后把短信删除了。出院时，她深吸一口气，仿佛闻到了自由的味道。是啊，身心自由，无上的殊荣。

程倚庭的左腿尚未恢复，行动不便。管家曾提议找一个阿姨过来贴身照顾，毕竟管家是男人，没办法将太太照顾得很周全。无奈程倚庭不肯，她有些洁癖，还有些社交恐惧症，同人熟悉起来需要一段时间，否则就像被人监视，精神总有些高度紧张。

“我一个人可以的。”

她对谁都做出以上保证。

管家不信，唐涉深更不信。他向她交代：“有我在，你放心，我不会让任何令你不舒服的人靠近你。”

唐涉深情话说得快，行动力更是惊人，程倚庭很快就体验到了和SEC执行人活成连体婴是种什么感觉。

两个人若是在家倒还好，家里地方大，观众少，他再折腾也不怕被人看了丢脸。可是唐总兴致高昂，不仅要在家折腾，还要在公司折腾，这就让程倚庭很惆怅了。唐涉深在家旷工了一周，有一天他的一部工作用的手机硬是被打到没电了。公司群龙无首，总不能一直丢着。这样过了几天后，某个清晨，唐涉深二话不说抱起程倚庭就塞到了私家车的副驾驶座上。

程倚庭还在做最后的抵抗："我不去。"

唐涉深按着她的手，将安全带扣在她身上，又摸了摸她的脸："你乖。"他说这两个字的语气实在太温柔，又有耐心，像是将她当成一个小女孩在宠，程倚庭忽然连抵抗都忘了该怎么做。

从小没怎么被人宠过的女孩就会有这样的后遗症，被亲近的人一哄、一抱，就会心软，会想用这一刻的心软去换他下一次再多一次的宠爱。

程父当过兵，从小就以军营中士兵的要求对她。程倚庭从小连裙装都很少，白T恤和牛仔裤贯穿她整个童年和青春期。

程母出身农家，一生本分，除了重视温饱外别无精神上的需求。她对自己尚且是这样，对程倚庭就更是了。在程倚庭的记忆里，母亲的关怀两句话就可以概括——"吃饱了吗""冷吗"。除此之外，她并不觉得对女儿有所亏欠。后来程母得了阿尔兹海默病，就更做不到关心女儿了。

程倚庭一直明白，唐涉深给了她一份无与伦比的感情。他给的这份感情甚至和霍与驰曾经给过的不同，霍与驰身上永远带着一份含蓄，似乎将"爱"这个字说出口是一件很不容易的事。唐涉深却不同，他爱她以及撩她几乎是同一个意思。情话说得快，恶趣味就更快，常常让她应接不暇。程倚庭原本以为他这是恶趣味，征服女人的一种恶趣味。后来她渐渐明白，这不是恶趣味，这是一种自信，来自他对自身感情的笃定。他就这样认定她了，绝不后悔。

程倚庭心一软，就给了唐总得寸进尺的机会。

SEC近一个月来每天都会上演一番固定的"撒狗粮"节目：唐总有时推着轮椅带太太上班；有时扶着太太尝试着一起走入电梯上班；有

时就过分了，他会直接抱起太太在众目睽睽之下来上班。

公司除了看八卦的观众多，其他方面确实比家里更方便。紧挨唐涉深办公室的是他专属的私人休息室，比五星级酒店套房更舒适。唐涉深在SEC办公时，程倚庭就在他的休息室做事。

这段时间她能做的事太多了，看一直以来想看的书，写许久没有写的公众号。还有之前上小语种课程时学的德语，程倚庭也抽空将它捡了起来，重新复习了一遍。

这天下午，程倚庭午睡了一会儿，隐约听到办公室里有动静。

是有客人到了。

一位年轻、漂亮、优雅的女性。

她刚从机场过来，面子很大，唐涉深派了付骏亲自去接。一小时后，她出现在了唐涉深办公室的门口。唐涉深扔下手里的钢笔，转椅转了半圈："稀客啊。"

她显然对这间办公室并不陌生，调侃的话从薄唇中悠悠地飘出来："哪里是什么稀客？是你想打发我回家，结果没打发成功呢。"

唐涉深笑了，眼睛里却没半点笑意，扫了一眼后面的付骏。

付骏被这一眼盯得头皮发麻，挤出一个苦笑后解释："在机场接到苏言小姐，她直接开车过来了，我被苏小姐指挥去了副驾驶座。"

无所顾忌，很符合苏小姐的作风。

唐涉深没说什么，打发了特助出去。来者是客，总不能晾着人家。他站起来，走去吧台给她接风："想喝点什么？"

苏言的手指绕着长发发梢："什么都可以。"

"好，那就喝水吧。"

"真过分啊。"

她走过去，按住他从冰桶里抽出纯净水的手，在他身旁叮嘱："一年未见，我想和你喝一杯。"

唐涉深不动声色地推开她靠过来的身体："工作时间我不沾

这个。”

“哦？那私人时间就可以了？我等你。”

“我没有私人时间。”

“你现在连说谎都不肯好好说了吗？”

唐涉深倒了一杯水递给她，将残酷的回应表达得十分礼貌：“我的私人时间就是夫妻时间，不适合外人参与。”

苏言脸上的表情终于僵了一下。她极其不自然，勉强虚应了一下：“是吗？”

一年了，距离他突然宣布结婚过去一年了。她原以为他只不过是跟那个女生玩玩而已，玩腻了也就算了。她万万没有想到，他比一年前更投入了，一点可乘之机都没有。

到底风度仍在，不能对他逼得太紧了。更何况唐涉深也不是一个容人逼得太紧的人。苏言从手袋里掏出一张名片，头衔很靓丽，“世界某协会”“首席”“心理学家”……几个词就构成了她今非昔比的身价。

她将名片轻轻塞入他的西服口袋里：“有心理问题欢迎随时来找我，我给你打八折。不要小看婚姻，时间那么长，婚姻中的男人心理问题可不少。”说完，她修长的手指隔着西服口袋轻轻触了触，指甲上艳丽的红色与他的黑色西服相映，似挑逗的诱惑。

关门声传来，苏小姐曼妙的背影消失在办公室门外。

唐涉深从口袋里拿出那张名片，扫了一眼，然后丢进了垃圾桶。

世间妖魔鬼怪见得多了，他早就习以为常。

这点诱惑，远不在他眼里。

他走去休息室。

已是下午四点，往常这个时间，程倚庭午睡该醒了。

这一天她却是好睡，裹着被子留了一个背影给他，脸埋在松软的枕头里，一点转醒的迹象都没有。

唐涉深在床边坐下，猝不及防地低头一吻，不怀好意地撬开了她的牙关。

“你走开。”

“呵。”

他似早有准备，不仅没有放开，反而扶住了她的后脑勺，显得意犹未尽：“程小姐，装睡的本事太差了啊。”

她眼中毫无刚醒来的惺忪，也不在他面前掩饰了，十分清醒：“我装睡不好吗？出去打扰到你和贵客，是谁比较尴尬呢？”

“我不会尴尬，”他大言不惭，“你也不用尴尬。我们有法律规定的关系，名正言顺。”

程倚庭像是没料到他一脚踢开别人的本事有这么好，半点犹豫都没有，一时无语。

在男女关系上，唐涉深的心大得很，别人都不在他眼里。纵然有无知少女在他这里前赴后继地受伤，他也没什么愧疚感，反而有种受害者的心态：你还怪我伤害你，我还没怪你骚扰我呢。

他理直气壮得很，将外套给她拿过来，照顾她起床。

程倚庭没动，半张脸埋在被窝里，忽然对他说：“她喜欢你呢。”

“嗯。还有什么问题？”

他在这方面一向很有数，也不藏着：“不止苏言，喜欢我的人不少。比如还有程小姐你呀……”

一撩，又撩上了她。

程倚庭推开他：“你走你走。”

唐涉深笑得更深了。

他没想瞒她，言简意赅：“苏言的父亲曾经是SEC元老级高层，跟着我父亲做事。我父母乘航班发生意外，她的父亲也在同一班航班上，一同去了。真要追究起来，当日他父亲本来是不用陪我父母一同去的，他是太有责任心，坚持一起去，结果把自己也搭进去了。所以这些年，苏言做什么我都很少追究。除非她做得太过分了。”

又是一桩陈年旧事，捡起来说一说都是一层阴霾。仿佛旧书上的灰尘，轻轻一吹都会迷了自己的眼睛，未看内容就已经先被灰尘给刺得流泪了。

程倚庭低声道：“你不用跟我解释这个。”

唐涉深一把将她抱起来。

“女人说不要解释，那就是要。”

程倚庭笑话他：“你这方面经验很足啊。”

他照单全收：“我被你气了这么多次，有经验也都是你给的。”

程倚庭不想理他了，推开他穿衣服：“讨厌，你出去。”

唐涉深意外乖巧，没再打扰她。

倒是在她穿好衣服以后，他忽然从身后一把搂住她，出其不意地将她圈在了胸前。

程倚庭推他：“干什么？放开……”

他附在她耳边道：“程倚庭，你不需要介意任何人，你只需要拿住我就可以了。”

她愣了一下，随即又自嘲：“拿住你？难度太高了，我不想拿不住的时候一脚踏空摔得太惨。”

“我给你拿。”

“什么？”

他在她耳边重复了一遍：“我把自己拿给你，你接着就好。”

周五的晚上，程倚庭的公司举行年会。

今年公司业绩不错，尤其在传统媒体江河日下的态势之下，公司业绩竟然逆市上扬，这不得不归功于集团多元化的策略。不仅做国内市场，还站稳了海外市场的一席之地。尤其在海外市场上，不仅做传统纸媒，更是把手伸进了电视台领域。这是一般传媒公司所不具备的战略和手段，俨然已经有了国际化发展的雏形。

公司业绩好，底下的人自然也跟着受益。高层很慷慨，拿出了巨额奖金作为年终奖发放。程倚庭收到银行的短信通知，告诉她银行卡里多了一笔钱。她一看，好些零，正是她的年终奖。饶是她这种平日里对金钱没什么感觉的人，这会儿感觉也好得不得了。

“钱”这个东西真是太可爱了，尤其是自己干干净净挣来的，辛苦一年有了回报，真是太好了。如果说人生的价值就在这堆钱里体现，无疑有些市侩。但人生的价值能有这堆钱来体现，还是比没有更让人愉快。

年会过后，年夜饭以酒店自助晚宴的形式进行。公司鼓励员工带家属一同参与，邀请员工家属也一同体会公司文化。程倚庭早就想问唐涉深那天有没有空，有空的话就一起去。然而唐涉深在年底电话就没断过，有时她都要怀疑，他会不会被那么多的工作电话给搞疯掉。

最后，程倚庭索性在周五的清晨通知他：“晚上我们公司年会，可以带家属一起去。你有空的话就直接过来，到了酒店打我电话，我来接你。”

唐涉深刚醒，脑子还不太清醒，正在“起床”和“不起床”之间做最后的挣扎。听到她这句话，“嗯”了一声，也不知道听没听进去。

程倚庭想了想，俯下身对他道：“能来的话就来吧，带你看看我们记者的有趣的年会。”说完，她在他的脸颊上轻轻地亲了一下。

去！没有时间创造时间也要去！

唐涉深当即这么决定。

年会是要开的，工作也是要做的。对于媒体人来说，“地球不爆炸，我们不放假”，这是铁律，比自然规律还要无法违背。当程倚庭忙完当天的工作，和几位同事一起赶去酒店时，已经是晚上七点。他们错过了年会的领导致辞，正好赶上晚宴开始。

刘记者一见程倚庭入场，就给她递来一杯橙汁："程记者，还是你会挑时间，专挑领导发言完毕开始吃饭的时间来，哈哈。"

程倚庭接过橙汁，笑眯眯地道："那下次你和我换换，下午的工作你来做？"

刘记者连连摆手："我错了，当我没说。"

两个熟悉的老同事一同走去餐饮区。都是实在人，领导的漂亮话说得再好听，也比不上眼前这顿自助餐来得打动人心。

刘记者端着餐盘站在一堆三文鱼前，悄声对程倚庭道："刚才你没来，可没看见霍总监今晚风光得很啊。"

"哦？"程倚庭头也没抬，专心致志地让厨师切了一份北极贝给自己，"他又不是总编辑，怎么好抢大领导的风头？"

"这你就不懂了吧，人家是从美国回来的，少壮派海归领导层，这个头衔在这个时间段就很不一样啦。"刘记者朝她眨眨眼，继续道，"今年集团总收益中有很大一部分是来自海外市场。这里面听说霍总监厥功至伟，穿针引线的事都有他一份功。据说美国总部那边还想着过几年把他给调回美国去。看不出来霍总监年纪轻轻，在美国的那两年却没白待，人脉积累得很可以啊。"

"是吗？"

程倚庭笑了，很敷衍，应声时甚至还没忘记拿起一旁的日式酱油，往一个小碟子里倒了点，放在了自己的餐盘里。

今年同样三十岁的刘记者站在一旁可是惆怅了起来。大家都是而立之年，人家霍总监已经功成名就，他却还只是一个区区的调查记者，担着这样那样的风险，赚着卖白菜的钱……

"哎，"刘记者的八卦心上来，戳了戳一旁的程倚庭，"你知道霍总监当年是为了什么去美国的吗？"

"不知道啊。"

"听说，是为了给他太太治病……"

正说着，对面的自助吧台传来一个温柔的男性的声音："要吃这个？不行呢。你还小，不能吃生食。爸爸抱你去拿一杯橙汁好不好？"

回答他的是一阵奶声奶气的"嗯嗯"声。

程倚庭抬头，正好对上对方恰好也看过来的目光。

霍与驰手里抱着一个小女孩，与她遥遥相望。

程倚庭手里的叉子直直地掉落。

刘记者眼明手快，探身一把握住掉落的叉子。他这门功夫很厉害，程倚庭这会儿对他万分感激。

她低声道："谢谢，我刚才……手滑。"

刘记者看了她一眼，又看了一眼对面的霍总监，仿佛猜到了一点什么。

他什么也没说，对着程倚庭微微笑了笑："做记者的，什么场面没见过，这点年会小场面还能把程记者给愣着了？走，面对领导，大大方方打个招呼，来年年终奖翻一番，哈哈。"

程倚庭从来没有想过，这一晚她可以站得这样稳。

她走过去，高跟鞋踩在大理石地面上，声音动听又悦耳。她连脸上的表情都没有变过，笑容牢牢地挂着，几乎像是用刀刻在了脸上。多少年的痛苦和悲伤，才练得如今这样纹丝不动的笑容?

她开口，微笑动人："你女儿？"

不自然的是被问的人。

霍与驰当然想过这一晚会遇见她。但他没想过的是，他以为会有的从容没有了，他以为能做到的心无旁骛做不到了。

"嗯。"

他干巴巴地回答，短暂地丧失了语言能力，半晌才想起来传统中国父母该有的一些礼节，抱着怀里的小女孩简单地介绍道：“Stella，两岁多了。”

真好。

有这么好的父亲，当年不惜用毁掉另一个女孩的方式，也要带着Stella的母亲去美国，然后结婚，生子，定居。这个孩子多幸运，无忧无虑。她让一个家庭幸福又完整，浑然不用承担属于上一代人的恩怨。所有大崩溃式的痛苦从头到尾都只剩下程倚庭一个人来承受。

恨一个小孩，她做不到，但恨这个小孩的父亲，她也许会恨足一生。多么悲哀的一件事，她也想解脱，她也不想去恨一个人恨这么久。恨多久就会记多久，她到底还是最大的输家。

“很漂亮的小女孩，像她母亲。难怪当年令霍总监情难自禁。”她笑了笑，笑容有些惨痛，“不过也对，当年霍总监还未婚，算不上出轨。霍总监当真是懂得算计的男人，知道一旦结了婚，要出轨可就难了，所以赶在婚前体验一次，滋味好得很。”

被质问的人犹如终生被钉在了耻辱柱上。想开口，却不知能说什么；想辩驳，也不知从何说起。

程倚庭恨透了眼前这张丧尽天良还沉默的脸。

她冷冷地道：“霍总监尽享天伦之乐，我就不打扰了。”她转身，高跟鞋悦耳的声音重新响起，渐渐走远。

程倚庭在休息室的洗漱台洗了一把脸。

顶级酒店，水温自动调节，永远舒适恒温。程倚庭却觉得不过瘾，拿起一旁的一瓶矿泉水，拧开了盖子，将一瓶冰水倒在脸上洗了一把。

水冰冷，令她从滔天的痛苦中得了一秒钟解脱。

“放下”这回事，比“放不下”更难。往往嘴上说放下了，心里却不然，只等下一个机会再一次发作。

她看着镜子里的自己，告诉自己不妨卑鄙一点，想想如今手里有的。有疼她的丈夫，有体面的工作，有两肋插刀的朋友，有光鲜亮丽的人生。这些都是拜霍与驰抛弃她所赐。他抛弃了她，令她阴差阳错得到了这么多。多好的巧合啊，天意如此。

她一动不动，脸上的水一点点流下去，这张脸上的神情也跟着一点点垮下去。她真的太不争气了。天生的没有用，做不了坏人。有些事，尤其是感情里的事，千万人撑她也没有用，到头来还是要看她自己是否争气。

程倚庭定了定神，瞳孔渐渐收缩。

镜子里出现了霍与驰的身影。

他站在她的身后，不知何时进来的，也不知看了她多久。这会儿他就这样站着，隔着一点距离，全然没有了平日里精明的模样，像一个同样受良心折磨多年的犯人，跟她致歉："对不起，我不该……让你看见的。"

他的声音很低，是自知亏欠于她的表现："雅正的身体不太好，近年来一直养着。今晚这种场合，人多，她现在很怕去人多的地方，所以没办法带她过来。她的情绪又不太稳定，保姆年底告假回去了，Stella没办法让她母亲一个人带，所以我只能将她带来会场了。"

他抬头，目光浑浊，眼里布满血丝："我想过你看见这个孩子会怎么样，但我没想过的是，当我看见你怎么样的时候我会怎么样。刚才看见你那样，我非常非常难过。"

程倚庭冷笑："你难过？你是觉得对我抱歉，良心不安？还是对我还有一点感情，想做情圣？你难过，就能放下女儿偷偷跑来这里，跟前女友诉衷情。就像当年你对关雅正难过，就能放下未婚妻偷偷跑去她那里，与她珠胎暗结。霍与驰，这些年你卑鄙无耻的本性真是一点都没变，是我程倚庭当年小看了你。"

如此难听的话从她嘴里说出来，更似千刀万剐。

天下没有比程倚庭更讲礼貌的人，"换位思考"几乎已经成了她的本能。就是这样一个讲礼貌的人，此时待他极不礼貌。

霍与驰知道，她做了如此颠覆价值观的事，在让他痛苦之前已经先让她痛苦了。

他上前一步，似乎想解释："我……"

话刚说了一个字，门就被人风风火火地推开。一个侍者模样的人上气不接下气地道："霍总监，可找到你了！"

"有什么事吗？"

"你的女儿，Stella小姐，方才打碎了一把汤勺，被碎片割伤了手，血流不止。酒店已经叫了120救护车……"

霍与驰脸色一变："你说什么?！"

救护车一路从酒店驶向医院。

Stella哭得撕心裂肺，霍与驰紧紧地抱着她。最后，小女孩哭累了，睡着了。霍与驰握着她的手，寸步不离熟睡中的小宝贝。

程倚庭坐在救护车的另一边，木着一张脸，看着眼前这对父女情深。她实在是后悔一起上了这辆救护车。

二十分钟前，在酒店，她任凭良心主宰了理智，跟霍与驰一起出去时，看到眼前的境况，立刻说了句"我来"就上前急救。急救手法是唐涉深曾经教过她的，唐涉深做任何事都讲究未雨绸缪，急救这件事就更是了。程倚庭和他在一起一年，学会了不少偏门的生存知识。到了这会儿她才发现，唐涉深的偏门正是旁人最容易有的疏忽。程倚庭忽然明白了，为什么这些年唐涉深做任何事的概率都是成功大于失败，因为他努力，暗中付出的永远比旁人多。

救护车到时，医护人员说了句"参与急救的这位小姐一同去医院吧"。程倚庭根本没时间多想，脚步一跨就跟着上了车。

Stella醒醒睡睡，在被推去医院急诊室的路上哭成了一个小可怜。医生告诉他们，也许会有破伤风的风险，要做验血等一系列检查，他们一个去办交费手续，一个留下来陪患者。医生又补充一句，考虑到患者的年龄太小，离开了信任的人，医生的工作会很难进行。

Stella根本不肯放开霍与驰，程倚庭无语了一会儿，明白眼下只有自己可以去做那个“办交费手续”的人。

她点点头，送佛送上西：“我去交费。”

“真的麻烦你了。”

霍与驰来不及踌躇，就被医生催着一同进了急救室。程倚庭再一次无语：说是去交费，他好歹也先把银行卡给她啊……

晚上十点，交费手续全部办好。

医院急诊部空荡荡的，程倚庭拿着交费单，靠在交费窗口站了一会儿。

这一晚，她怀疑自己有被虐倾向，不仅和抛弃自己的前男友一起送他现在的女儿来医院，更花了大把的钱支付了前男友女儿的医药费……

“可能这就是圣母吧。”

程倚庭这样自嘲。

一个急诊部护士走过来，指示她：“是Stella的家属吧？去拿一下验血报告单，送去医生办公室。”

虽然她不是家属，但又有什么关系呢？是或不是，这跑腿的活都得她来干。程倚庭嘴里一边说着“好”，心里一边纳闷，关雅正怎么还没来，女儿出了这么大的事，用飞的也该到医院了啊？

验血报告单已经出来了，程倚庭接过来，视线无意中一扫。

就这样定格在了血型一栏上。

霍与驰的血型她很清楚，是O型。关雅正曾经是警察，被打伤时来医院输血的次数也不少，当年程倚庭还来看过她，因此无意中得知了关雅正的血型也是O型。

所以，问题来了。

两个O型血父母的孩子，Stella的血型怎么会是A型呢?

程倚庭几乎是下意识地将验血报告单塞了回去：“医生，你们这个血型检验错了啊。”

医生在深夜值班，虽然很困，却也尽力释疑：“不会的，我们检查用的是最先进的仪器。”

程倚庭还想说些什么：“但是……”

一个念头如同晴天霹雳，忽然闪过她的心，令她呆若木鸡。

她再没有把话说下去。

一直等不到程倚庭的霍与驰匆匆赶来拿验血报告单。他远远地看见程倚庭伫立在窗口的身影，一动不动。他抬头看见“验血窗口”四个字，心一紧，像是预感到了什么。他当即神经质地大步上前，一把抢过程倚庭手里的验血单，连声音都粗鲁了起来：“给我！”

察言观色一向是记者的本能。

程倚庭震惊地看着他。她震惊的不是他的粗鲁，而是这种粗鲁背后想要掩盖的真相。

霍与驰转身就走，只听见身后传来一声问话：“Stella不是你的孩子？”

深夜，医院里飘散着消毒水的味道。走廊寂静，让人生出对生死的敬畏。

走廊上的一对男女遥遥相望，有足足一刻钟的时间，彼此陷入死寂般的沉默之中。

程倚庭看着眼前这个男人。她对他的信任，阔别多年，一夜回来了。她凭着这份信任，洞悉了一个滔天的惊悚真相：“Stella不是你的孩子，而你……也一直都知道。”

她没有用反问句，而是用了陈述句。这也就意味着，她不需要他再否认什么、坚持什么了。霍与驰像是等待宣判的死刑犯，等了这么多年，终于迎来了最后的宣判。她对他说是死刑，并且不得上诉，他也丝毫不觉得痛苦，反而松了一口气，仿佛终于可以从审判席上走下来了。

“对。”他简单又有力地给了她回应，“你说得对。”

程倚庭捂住嘴：“为什么？”

他却不肯再说半分：“程倚庭，你可以知道的就是这些了。剩下的，是我、关雅正、Stella，我们一家三口的事，还希望你见谅。”

他话音未落，就已经看见了她弯下去的眉毛。

那是她的悲伤。

从前他见一次就舍不得一次，除了想办法抚平这弯下去的眉毛，别无他法。而如今他做不到了，他站在她面前，眼睁睁看着她陷入那么大的悲伤里却束手无策。

“今天多谢你了。”短短几分钟，他又恢复了“霍总监”的模样，似乎将谁都可以轻易牺牲，“时间不早了，你先回去吧。我还要照顾Stella，就不送你了。”

他转身走了几步，脚步却停住了。

“雅正……”

程倚庭缓缓抬头。

走廊尽头正站着一个人。

她显然已经站在那里好一会儿了，似乎觉得很累，身体承受不住重量，用手扶住了墙壁，微微靠着。

“雅正！”

霍与驰快步走向她。他脸上的焦虑与担心，程倚庭从未见过。

关雅正迎面朝他走来。

一对男女，双手一握，彼此用力。程倚庭忽然就明白了，这是一对真正的夫妻，共患过难，同吃过苦，两双手一握，就能握出旁人握不出的那种生死相依。

关雅正的声音很轻："我来说。"

霍与驰的脸色一变："雅正！不需要……"

"不，需要。"

她抬头望向他，眼中丝毫没有赢了一个男人的自豪感。她眼中的情绪太复杂，痛苦、恨意、懊悔、惭愧，程倚庭读不懂。

她望向程倚庭，十分坚定地道："对，程小姐，是我们两个人共同欠下她的。所以，要还。"

第九章

挽留未曾及

LAST

LOVER

感情这件事，永远没有句号，

它会是一个破折号

——未爱够你，一切待续。

唐涉深今晚是在离医院不远的马路的人行道上接到程倚庭的。

确切地说，他接到的，是一个失魂落魄的程倚庭。

路口是红灯，可她的脚步丝毫没有慢下来，不知在看什么，也不知在看哪里，就这么直直地往前走。一辆黑色跑车发出刺耳的刹车声，紧急制动停下，终于惊醒了她。她转头看去，好熟悉的车，好似一场最好的巧合。

唐涉深下车，一把拉过她的手，不由分说地将她塞到车里。后面被堵着的车辆已经集体按响喇叭，男人上车，迅速驶离。

“过马路开小差，程倚庭，你胆子这么大，拿命开玩笑？”

他的声调不高，态度却表现无疑，七分担心，三分阴郁。更令他阴郁的是，程倚庭全程不在状态的态度。

“是你……你怎么来了？”

唐涉深开着车，从后视镜里看了她一眼。

他对她的不在状态不置一词，声音平静地回答她：“晚上我去了你们开年会的酒店，被告知你来了医院，所以我就过来了，然后就在刚才的路口看见了你。”

他将今晚几段耗费时间的行程高度浓缩，轻描淡写几句话就概括了大意，仿佛当中耗费的数小时只有短短几分钟而已。这是唐涉深的温柔，可惜此时的程倚庭已无心再领会。

她应了一声：“哦。”

她的这种态度，理解成明白了、无所谓、不在听，都可以。

唐涉深握住方向盘的手紧了紧，片刻后又松开，从头到尾他都没有再开口。一旁的街灯一盏又一盏，投下的光晕在他的脸上飞速闪过，映照出他的表情。如古井，即便投石进去，也迅速沉没无声。

很多日子以后的程倚庭回想起两个人之间分崩离析的大结局时，总会从这条马路开始。那时的她才明白，感情的事她欺得了天下人，也欺不了枕边人。退一步讲，即便欺得了一次，也欺不了一世。

说真的，他真的给过她机会。不止一次，是很多次。甚至是连这一晚到家时，他都在努力给她机会。

下车，到家，她好累，脱下外套时外套掉到了地上。有那么一瞬间，她连捡起外套的力气都没有了。

身后的一个人替她完成了这个动作。

“谢……”

两个“谢”字尚未说完，一盒精致的巧克力慕斯蛋糕冷不防出现在她面前。她微微抬头，就看见唐涉深的身影正从她身后不疾不徐地闪出来。

“你今晚这个样子，想来想去也只有这个理由了。”他幽幽地道，“你没有吃饱。”

她勾了勾嘴角，努力被逗笑，却失败了。她败得相当明显，不仅笑容难看，还缺了心。

程倚庭欲上楼：“我去放洗澡水。”

男人忽然伸手，截住了她的去路。

她默不作声，他也不开口，像是明白彼此的底牌，谁都不愿先掀开它。这场游戏没有胜负，只有双赢，或者双输。

"吃一点，嗯？女孩还是胖一点好。"

他将蛋糕放在她手上，摸了摸她的脸，竭力哄她："肉肉的、圆滚滚的，我越来越喜欢这样的了。"

程倚庭有些心不在焉："你怎么不去养一只大熊猫？"

他居然也对答如流："太贵了，我养养你就好。"

"好吧。那么唐总，你养的程家大熊猫累了一天了，现在想痛快地洗个澡，你可以给个机会吗？"

唐涉深漫不经心地笑了笑，拦腰一把将她抱起，几乎有些蛮横："好啊，一起。"

一个成年男性抱着一个成年女性，踏上旋转楼梯的脚步声显得比平时更沉重。就像电影到尾声，原以为会是一部爱情剧，却越来越像悬疑剧，不到最后一秒都猜不到结局。时刻反转，悲喜无常，多么像他们两个人的婚姻。

谁也没有看见，方才那盒精致的蛋糕已被打翻了，满地狼藉。

程倚庭觉得头好痛。

当唐涉深将她从浴池抱出来，接下来的一切都顺理成章地发生时，她觉得头好痛。当他在这一晚理所当然地与她缠绵时，她的痛感从头蔓延至全身，痛到令她都忍不住蜷曲了起来。

数小时前，关雅正和她之间进行的那一场对话在她的脑中循环播放，再也没有人可以为她按下结束键。

"PTSD（创伤后应激障碍），这三年来，我得的病。"

说这话时，关雅正站在她面前，声音十分平静。那是一种死过以后的人才会有的历劫后的平静。

"这三年来，我和霍与驰没有把这件事告诉过任何人。即使是霍与驰在对你悔婚、将你抛弃、被你痛恨的时候，他也没有告诉过任何人。我跟他讲过，如果有一天，我有勇气开口，那么这件事该由我来说才好。今天，我想我可以了。程倚庭，我想告诉你，从三年前开始，我就身患重症。PTSD，就是我得的病。”

人类究竟何谓善，何谓恶？

就像霍与驰对程倚庭，一恶到底。而对关雅正而言，却是有着赋予新生命之恩。

这份恩情牺牲的是一段感情。

这些年，关雅正看着霍与驰，这个男人就在她身边，像是十分清醒，又如影子般模糊。她的身形较之他无疑是要矮小许多的，但每每与他对视时她又分明觉得，这三年中他自身所扛的全部重量已经压垮了他，都压在了他的肩头，令他无所遁形地低头再低头，再也直不起自身的背脊，甚至都寻不到一个机会可以令他放下长久以来的负重。他太累了，她看着他不曾低一低头的样子就知道，他真的太累了。真男人不哭泣，而他竟累到眼底有点湿润。

深夜的医院，空旷的长廊，程倚庭听见自己缥缈的声音：“这些事是怎么发生的？”

关雅正微微一笑，多少痛苦都在这一笑中从开始到结束。

“当警察的，什么情况都可能会遇到。不过是在一次执行任务时不小心中了招，被下了药而已。被救出来时我就知道，我失去了女人最珍视的一些东西。我对自己说，没关系，现代女性有没有它都没关系，我是警察，我不可以倒在这种困住女人的苦难面前。但一个月后，医生却对我说我有了孩子，就是那一次有的……我不知道孩子的父亲是谁，也想过打掉这个孩子。但医生告诉我，以我的身体状况，如果打掉的话，我将来很难再有孩子了。”

关雅正轻声说着，以一个女人的身份，对另一个女人说着。

这一刻，关雅正觉得世间事是如此微妙。她原以为将痛苦化解的唯一方法是有一个男人可以接受它并化解它，她万万没有想到的是，当她将这一切告诉一个女人时，得到的解脱却更满足，仿佛漫长的旅途终于有了一个终点。最懂女人的永远是女人，而程倚庭这个女人，不仅懂，还愿意懂，这就是关雅正的幸运了。

程倚庭捂住了胸口。

她觉得心脏难受，捂了好一会儿，才像是终于从一个丑恶的故事中活了过来。她深吸一口气，却发现脸上一阵冰冷，抬手一摸，自己原来已经掉了泪。

关雅正笑了："你和霍与驰的反应真是一模一样。"

"你……"

能言善辩的程记者失去语言能力，上天怎么忍心让一个好女孩经受那些痛、难且脏的事?

"你不需要为我难过。"关雅正看着她，缓缓开口，"我失去了清白，失去了再生育的能力，但我也得到了另外的一些，不是吗？说到底，我也不是全然无辜的。"

程倚庭点点头："我明白，霍与驰……他现在，很爱你。"

"是呀。"

关雅正抬头望天，好似漫天星辰都落入她的眼里："霍与驰是一个做了决定就绝不回头的人。他为了照顾我而抛弃了你，从当年我们飞往美国治疗的那天起，他就对我说过，一个男人一生只能对一个女人负责，他的选择是我，就不可能再是程倚庭。"

程倚庭笑了，笑容越多，眼泪也越多。

她被抛弃了，但这个抛弃的理由比她被抛弃本身更值得落泪。有一瞬间，程倚庭几乎有了向命运跪下且臣服的心。她认输了，她斗不过天意。这世间有一些事，人人都有理由，人人都不想作恶，然而一眼望到结局的时候，却赫然发现人人手里都拿着刀，让他人变成了受害者。

关雅正的声音渐渐沙哑："刚开始治疗的那些日子，我真的找不到理由对自己说没关系，也反复为自己不值，为何没有活在一个快意恩仇、以血还血的痛快时代，是霍与驰一点一点将我拉回来。现在的我，连医生都说我恢复得很好。所以，我觉得是时候将这一切告诉你了。”

她微微一笑，是愧疚的：“我和霍与驰都明白，我们这一生将永远对你有亏欠。”

比感情更痛的痛，是命运。人再坚强，也不过肉身一副，来世间一趟，敌不过“命运弄人”四个字。

程倚庭抬手拭去眼中的泪花：“这些年来我一直相信，霍与驰当年会那样做，是有理由的。现在我终于知道了，很好，很好。”

明明是在擦眼泪，掉下来的却更多。

程倚庭知道，如果现在霍与驰站在她面前，她一定会扇他一巴掌，狠狠地扇。扇过以后，她会对他说“谢谢”。扇他，是为了她被迫承受的痛苦；谢他，是为了他当年瞒着她，替她做了这样的决定，令她不必遭遇善恶的折磨，不必无从选择做一个好人还是坏人。

关雅正也渐渐湿了眼眶。

她走过去，不敢走得太快。她知道，从某种意义上来讲，自己是一个胜利者。但她其实并不想要这样的胜利。她也不知道为什么，事情就这样发生了。她已经胜利了，而她也并不推拒。于是她知道了，从今往后自己都将是一个恶人，在程倚庭面前。

“你幸福吗？或者说，你可以……令自己幸福起来吗？”

程倚庭抬头看着她。

关雅正压低声音，像是请求：“我真的对你很抱歉。我也明白我们除了抱歉，甚至都给不了你补偿。所以我希望，你可以幸福。”

“我明白。”

程倚庭点点头。她不是不知道，关雅正是自私的，但她可以理解，甚至可以原谅她的自私。

一个女孩在受过那么大的苦之后，有权利自私。而程倚庭，不幸地、心甘情愿地成了这份自私的牺牲品。

他一用力，将程倚庭从游离的情绪里拉回。

两两相视，她眼前的男人像是存心用磨人的动作逼出了她的一声轻喘。程倚庭的视线从仰头的动作中垂落，望向他的脸，看见他额头上的一层薄汗。

她能清楚地感受到，他正在和她纵情，她忽然可耻地、自知非常可耻地却又完全无法控制地想起了今晚关雅正对她说的话："所以我希望，你可以幸福。"

就是这样一个鬼使神差。

就是这样一瞬心魔未泯。

程倚庭脱口而出一句酿成日后大祸的伤人的话："唐涉深，我们也要一个孩子吧。"

她不是在说"我们要一个孩子吧"，她是在说"也"。

一个字，千差万别。

他几乎是立刻停下了动作。

换了从前，若是在这样的时间和地点，她跟他提起孩子的话题，恐怕他会开心至极。虽然他的人生不是以"孩子"为中心，对另一半的期待也绝不包括这个，但他仍然是一个相当传统的男人。他幻想过如果太太主动提起，那意味着她将为自己做出多大的牺牲，这将是一个男人最值得感恩的时刻。比事业、权力、成就、世界，更令他值得感恩。

可他万万没有想到的是，他第一次从妻子口中听到这个话题，会与"幸福"全然无关。

一头成年的野兽，即使再放纵，也有理智。

程倚庭不该轻视他的。

唐涉深居高临下，声音很平静："你刚才说，也想要一个孩子？

怎么，谁先有了孩子吗？”

她后背一凉，一层冷汗疾速冒出。她不该忘记的，SEC年轻的执行人岂会在这种事上任人为所欲为。即使是她，也不行。

她张了张嘴：“我……”

不行，喉咙火烧火燎的，一句完整的话也说不好。

他看着她，似乎并不恼，慢慢替她说完她未敢说完，却已经在心里想了无数遍的话：“因为得知心爱的男人当年抛弃自己事出有因，如今一家三口其乐融融，所以你就想，不妨用一个唐涉深让你的霍总监负罪感不必那么深，嗯？”

程倚庭颤抖起来。

“我刚才是……”

她撑着手想起来，却被他一把按了回去。

他收回手，坐到一旁，不再同她交缠。

程倚庭从来没有见过在同她缠绵的时候，忽然抽身离开，且如此决绝的唐涉深。他一向是恋着她的，平时如此，在卧室里更是。他是纵着她、溺着她的，每次只有她这样那样地拒绝他，从来没有他对她冷落的时候。因为明白她的坚强是有限度的，内里包裹的永远是一颗青涩微酸的少女心，所以他向来惯着她，周全又可靠。

直到这一刻，他忽然觉得特没意思。

惯着一个心里惯着别人的人，时间久了，他觉得索然无味。

男人捡起一旁的睡衣，慢慢穿好它。他将腰间的缎带系好后，不紧不慢地问了一句：“程倚庭，刚才在我怀里时，你想的不是我，看见的也不是我吧？”

一番话，似剖析，将两个人都伤到了。而他说着说着，都把自己给说笑了：“免费玩唐涉深的感觉怎么样？玩了这么久，玩上瘾了？”

程倚庭的脸色在一瞬间变得煞白。

他从不对她说重话，因为舍不得。一旦舍得，以唐涉深今时今日的阅历和手段，说出口的就不只是重话了，更是羞辱。

程倚庭想撑着手坐起来，却发现连这个动作都没力气做了。

“你……”

一日夫妻百日恩。

她看着他：“你知道自己在说什么吗？”

“程倚庭。”

他冷了脸，寒了心，一字一字道：“应该是你知道自己刚才在说什么吗？”

他像是连追究的欲望都懒得拿出来，没有再说下去。

他穿好睡衣，下了床，背影精壮。他走去一旁拿水喝，喉结上下滚动，沉默中好似有力量蓄势待发。这样的一个男人被她亲手推开，也不知他心里伤了多少。

放下水杯，他在一旁的沙发上坐下，点了一支烟。他吸了一口，力道很大，像是把爱与恨都吸了进去。

一支烟抽完，谁也没有说话。

他又点了一支，忽然生出讲故事的欲望：“程倚庭，我和你在一起快三年了。不过我猜，你大概是不会知道我们在一起的具体日子的。三年，随口一说的大概数字而已，算得上什么？”

唐涉深没有想过，有生之年，他会走到这一步，喜怒哀乐全被一个女人操纵在手里。

花开，雪落，树枯，雨降，风起，云灭。程倚庭对待唐涉深，就如同四季对待万物，没有悲悯，没有哀怜。她不带感情地走进他的人生，有时同情，有时兴起。她将他的感情搅乱，而自己袖手旁观，并不打算负责任。

“记不记得结婚以后，你一再对我摆明的态度？你说你暂时不想要孩子，你说你尚未做好当母亲的心理准备，你说你希望我再给你多一点的时间……你还说将来如果我们有了孩子，一定会让他成为全世界最快乐的小朋友。”

早就知道这并非她的真心，充其量只是托词。但托词也好，他不介意，托词总比谎言来得强。后来他终于明白了，并非真心的东西都一样，托词和谎言谁也不比谁更高贵。

“我不介意你的托词，甚至是你的谎言。但我没有想过，有一天你会连这些都不顾了。就像杀人，你只想着动手，连辩解都不要了。”

他顿了一下，仿佛要积聚些力气，才好继续往下说。

“你以为我不会知道你心里在想什么吗？但就是这么巧，我知道了。今晚，事实上，我也在医院。我是为了你特地去医院的。很不幸，也算是天意，我听见了你和关雅正的那一番对话。连关雅正都看出来了你不爱我，你却和我在一起。当时我想，没关系，你爱不爱我都没关系，反正你不爱我这件事我早就知道。说真的，这些年，你给过我的挫败感我也不是没有承受过。有时候我承受着承受着，你笑着闹一场，婚姻里不该承受的一些难过的事也就过去了。两个人在一起，磕磕碰碰，零零碎碎，总是要有一个人先退一步的。不是你，就只能是我。如果你珍惜，你可以拿住我一辈子，因为我对你，心软已经成了习惯。”

“然而程倚庭，今晚，你却执意要毁掉我对你的最后一点期待。”他满眼失望，是对她，也是对他自己，“程倚庭，我从来都不知道你是这么大方的人，为了让过去的情人不对你内疚，甚至为了让过去的情人想要保护的女人不对你内疚，你竟然舍得牺牲现在陪在你身边的人。好，退一步讲，你牺牲我没关系，但你怎么可以，你又怎么忍心连孩子都拿来牺牲？”

说完这句话，他像是再无话可说，也没有欲望再和她说些什么。

他没有开灯，月光映衬着夜色，是低沉的灰色。

程倚庭望过去，第一次看不清楚他。他同灰色融为一体，不再分明，也不再向往光明。

程倚庭忽然起身。

她一向是冷静自持的，这一刻却连站都站不稳。她走到他面前，伸手想去抚摸他的脸。

“关雅正她曾经……她曾经经历过那些事，她害怕我会因她而终生不快乐，我不忍心看她那样。” 她是无心的，不知怎么的就无心成这样了，“对，我承认我被她的悲剧震撼了。我甚至庆幸霍与驰当年抛弃了我选择了她，让我在道德的高点始终占据着上风，不至于亏欠任何人。但对你，我也不是玩的……”

唐涉深没有被感动。他已经没有办法在程倚庭说出那样的话后再被这个女孩所感动了。

因为他渐渐发现，他已经找不到理由说服自己相信，好好去疼这样一个人是值得的。

是女人，就该明白一件事，像唐涉深这样的男人不怕他不爱，只怕他不疼惜。不爱了，他还会念旧。而不疼惜，就意味着他不会再对她好。“非谁不可”太累了，他累了这么久，不想再累了。

唐涉深熄灭手里的烟，扶她起来，又迅速放开，不再留恋。

他坐在她对面的沙发上，与她平视。这样一个波澜不惊的唐涉深，做出这样一个同人谈判而非同情人低语的姿势，令程倚庭陡然明白：来不及了，她就要失去他了。

他唤她的名字：“倚庭。”

他很少这样唤她，他向来喜欢连名带姓地一起叫她，戏谑般、逗弄般，有他对情人独有的宠爱方式在里面。

从今晚开始，再也没有了。

他开口，七情六欲一夜耗尽：“我喜欢你，不止三年了。”

好重的一句情话。

唐涉深很少说这样的情话，说出口的都是极致，带着柔情，也带着绝望。

他看见她眼中的惊愕，反而如释重负。他对着她微微笑了笑：“我见过你。记不清是哪一天、哪一晚了，但那当真就是……”

当真就是，呵，惊鸿一瞥。

从此他就开始“卿为他人我为卿”。

细细算来，已经是很久以前的事了，久到连他自己都以为忘记了，却原来一切都还在记忆里。说到底，根本是他没打算忘记。谁说时间、光阴和岁月是记忆的杀手，殊不知世间终有人，从一开始就打算好了，要同这些强敌一战到底。

虽然结局还是他输了，不是输在时间的手上，而是输在了“不后悔”这三个字上。

数年前，SEC深陷危机，四面楚歌。媒体给他的评价——“猎犬终须山上丧，将军难免阵前亡”，标题黑体加粗，对他赶尽杀绝。在你死我亡的修罗场上，他没得选择。不是他不想活下去、狠下去、杀下去，而是他必须想办法活、想办法狠、想办法杀。否则，死的不只是他一个，将会有无数人为他的失败一同陪葬。

人一累，就会想要释放。凌晨，午夜场，酒后三巡，声色犬马。他坐在吧台喝酒，为SEC的困境头疼不止。就在他最撑不下去的时候，上天让他遇见了她。

说真的，她第一次出现在他面前的样子不太好。

长发凌乱，衣服的领口被人撕破了一道口子，嘴角也隐隐透着一丝血。唯有一双眼睛亮得很，清丽出尘。

唐涉深看到她面前坐着几个男人，位高权重，正在对她进行规劝：“程记者，你是个聪明人，该写什么，不该写什么，只要你心里有数，我们绝不为难你。”

末了，一个稍微年长的男人慈祥地对她道：“我很惜才，以程记者的本事，将来在新闻界必定前途无量。我不想为难程记者，也希望程记者会惜命。”

这是威胁。

她是人，还是个新人。只要是人，就会有自保的本能。

世人往往对“贪生怕死”这四个字鄙夷到底，但其实有谁不是呢？只是有些人想要做的事，比生死更有吸引力，所以她才不贪生、不怕死。因为说到底，她贪更想要的，怕更不想要的。

“多可惜，我不是一个惜命之人。”

她开口，简简单单几个字，却被不远处的唐涉深全数听见：“生死而已，不过输赢。怕什么，十年汉晋十年唐。”

唐涉深顿时就笑了。

多奇妙，在这个午夜时分的声色场合，孤立无援，竟然还有女孩敢那样云淡风轻地说出那样的志向。只有看见了那一晚的程倚庭，你才会知道，一个人潇洒起来是什么样子的。无关性别，也无关任何旁的别的，她是什么样的人，就有什么样的潇洒。

他一朝心动，从此向君行。

“我说过，你的潇洒和你的骄傲，就是我喜欢你的全部理由。”

时至今日，他把内心那么多的喜欢全告诉她，就像终于说出了一个藏在心底好久的秘密，如释重负。

“所以当后来有一晚，你在雨中闯红灯不小心撞上我的车，昏迷中仍止不住眼泪，说连他都不要你的时候，你知道我心里是什么感觉吗？”

他看着她，眼底满是柔情。

太多了，就过了。

“我真的心疼得要命。我当时就想，那么好的一个程倚庭，却被一个男人伤成这样，这怎么可以。从此以后，我对你始终只有一种感觉，那就是程倚庭这么好，是值得被人好好疼惜的。鼓励你做任何你想做的事，甚至放任你藏一个人在心底，我也觉得值得。我说过了，我会等你。即便后来你说要同我一起往前走，我嘴里说好，心里却明白，我仍然是会等你的。”

程倚庭的脸上一阵冰冷。

他像是不忍，倾身向前，递给她一块手帕。

她这才发现，自己哭了。

而如今连她哭了，也得不到他的一搂一抱。最多最多，只能得到他顺手递来的一块手帕。

见她没有接，他也不强求，将手帕放在她面前：“程倚庭，在你今晚对我说出也想要一个孩子，却不是真心想和我有孩子的时候，你想让我再用什么样的态度来面对你？”

她伸手，想去碰他的手：“我不是……”

他轻轻一躲，避开了和她的接触。

一男一女，一段姻缘，隔着稀薄的空气，擦肩而过落了空。

“就这样吧。”

他起身，扶她起来。一如往常，又不如往常。他还是会扶她，只是不会再守她。

他的声音平静，告诉她：“对你，我没有遗憾了。”

程倚庭闭上眼。

她终于失去他了。

冥冥中早就知道会是这样的结局，可当结局发生时，她还是伤心不已。当她看见他摘下左手无名指上的结婚戒指放在桌上，打开门离开的背影，她像是瞬间被撕裂，痛彻心扉。

很快，庭院里传来跑车发动的声音。

一声轰鸣，车和人都离开她了。

程倚庭坐了很久，足足一整晚。天蒙蒙亮的时候，她忽然自言自语：“两年八个月零十三天。”

这是她和他在一起的时间，精准到连他都不知道的地步。

她抬手捂住脸，眼泪从指缝间流出来。

记得那么清楚，可还是太晚了。

温柔从此尽，挽留未曾及。

那一晚过后，在外人看来，唐涉深并无异样。工作、应酬、合作，展现在世人面前的唐涉深依然好战，绝不手软。

情伤这回事，自己知道就可以了。

有太多的事等着他去做，身不由己，连伤感的时间都没有。所以你看，有时候，为情所困这种事也是要有资格才可以的。偶尔唐涉深在深夜结束电话会议，回到办公室，望着落地窗外的一城夜景，也会想起这些年的一些晚上，会有一个叫程倚庭的女孩揉着眼睛从卧室走出来，推门进入他的书房，柔声问："还不睡？对身体不好。"

爱是软禁，很痛苦的。

尤其是他心里爱着一个心里爱着别人的人。碰上这样的感情，最艰难。毕竟一个再心狠的男人，真正用心去疼过一个女人之后，就再也心狠不起来了。

唐信是在应付客户的时候，见到许久未见的唐涉深的。

这一晚，唐信应付客户的地点不在自己开的酒吧。这个客户的本性唐信吃得很准，好酒又好色，难缠得很。唐信做的是正经生意，对自己的副业有一点洁癖。洁癖的意思是如果酒吧有不干净的风险，他就会把这点风险全部消灭。所以当今晚应付难缠客户的公事摆在他面前，他当即决定去"白楼"。

"白楼"当然不是指一栋白色的楼，它是坊间取的一个外号，意思是"最干净的地方"。只有在最干净的地方，才会有最干净的酒、最干净的姑娘。

唐信这晚只喝了一点，他不是一个爱喝酒的人，三杯之后内心的那点不愉快就上来了。唐信不愉快，就会让别人也不愉快。他四两拨千斤，和几个漂亮姑娘一起，将那个烦人的客户给灌倒了。然后他叫来经理，吩咐给客户开个房间，把人搬进房间让他自个儿睡去。

唐信去洗手间洗了手，再掏出手帕擦干净。酒味太浓郁，连手帕都给弄脏了。

他心下不爽，擦干净手后把用了多年的手帕也一并给扔了。这个世上没什么是舍不得的，只看你想不想舍得，这就是唐信的理念。

从二楼走下去，在楼梯转角处，唐信停了一下脚步。当他看清吧台边的人是谁时，下楼的脚步就变换了方向，直直地朝着吧台走去。

唐涉深手里松松地端着一杯白兰地，周围绕着两三个娇俏的姑娘。

“白楼”里的姑娘都是有野心也有手段的。

一个姑娘娇笑着，柔软的身子往他身边一靠，靠在他的腿边。他松一松腿，她顺势就坐在他的腿上。

唐信站在背后看了一会儿。

这种时候，这种地点，男女间能讲的话，大多数是五色带荤。

姑娘娇笑道：“哎呀，我不能再喝了。今晚陪唐总喝了这么多，连唐总你的脸都看不清楚了。”

唐涉深顺势看了一眼，眼神和语气一样带着挑逗：“看不清楚？嗯，那怎么办？摸一摸呢？”

唐信：真是看不下去啊。

他踏着沉稳的脚步走过去。

几个姑娘都看见了他。一见这个迎面走来的男人那张“生人勿近”的脸，姑娘们各自打了个寒战，心知这种人不好惹。

唐信开口，简简单单一个字：“走。”

有识趣的姑娘有好眼色，自知惹不起，立刻听话地走了。那个坐在唐涉深腿上的姑娘却还想试一试：“唐总，有人打扰咱们呢。”

唐信一把捏住她光裸的肩膀，往旁边的地上一丢：“走！”他是练过的，拿捏人也是武生的气势，完全没把她当女子，只当她是对手。他加了点力道，姑娘跌倒在地，发出“砰”的一声。

她不敢再造次，立刻退缩着下去了。

唐信才懒得管什么姑娘小伙，他只看了一眼仍坐在吧台前的唐涉深。短短一会儿工夫，就在他赶人的时候，唐涉深又是三杯烈酒见了底。

他不珍惜他人的命，也不珍惜自己的命，这岂止不像唐涉深，简直是不像话。

唐信一把将他手里的酒杯抢走："你是不是脑子进水了？结婚了还来这种地方。"

说实话，这对夫妻幸不幸福、想不想得开，唐信没半点兴趣知道。但自从程倚庭那次来找过他后，唐信不知怎么的，脑子里就有种"我是被她信任着的"信号。这种信号很不好，会影响他的判断力，让他多管闲事。这会儿，当唐信开车将唐涉深拎回自己公寓的时候，他就确定自己已经被影响了，莫名其妙管了一桩闲事。

想到这些，唐信就有点头疼。

他在心里骂了几句，手上的动作倒是没有停下，娴熟地泡了一杯醒酒茶，再走去客厅。

今晚月色很好，客厅的落地窗前，唐涉深静坐着。他也不坐沙发，就这么席地而坐，毫无礼数章法，外套被他脱了丢在一旁，身上只剩一件衬衫。他喝了酒，大概是热，衬衫的领口也被他扯掉了扣子，此刻正风光无限地大敞着。

男人看着远方，也不知高楼林立他能看见什么，视线的焦点落不到一处。

唐信走过去，将醒酒茶递给他。

唐涉深看了一眼，然后接过，语气很平淡："你今晚威风啊。"

唐信礼貌地表示了一下"我知道，但并不打算改"的意思："逼不得已，不好意思。"

"呵。"

唐涉深收回视线，一杯茶端在手里，却没有喝。他声音平静地接下他的挑衅："没有关系，反正也没有人会在意。"

唐信看他一眼。

原来是情伤，难怪。

唐信靠在他身后的沙发上，斜斜地站着，少见地出声规劝："'白楼'还是少去的好，那里面的姑娘可不好惹。若是沾上了，甩都甩不掉。"

他看了唐涉深一眼，继续指名道姓："程倚庭会伤心的。女人是用来疼的，不是用来伤的。"

唐涉深笑笑。

他的笑容很浅，让人看了却不禁有惊痛之感。

"没有关系。她心里的人，不是我。"

多奇怪，很久以前他就明白这个事实，偏偏不死心，要以肉身去试。结局如何，其实早就由天定，不怪她。

"有资格去疼她是一种福气，可惜我没有这个福气。"

话音落下，连唐信都一时间失语。

客厅里有幽兰，暗香浮动。此刻连这香气似乎也静下来，怕惊扰了这个悲伤的故事。

唐信抚了抚额，有点惆怅。

已经是深夜两点了，这个时间点对他来说早已是睡眠时间。他没有熬夜的习惯，实在很想去睡觉。但唐涉深这个样子，显然是不能不管的。

唐信此刻有种"超出了老子能力范围"的惆怅。唐涉深是动真格的了，所有的感情都是真的，在这样的唐涉深面前，唐信觉得跟他开"想开点，女人多的是"的玩笑都是亵渎。

最后，他说："想不想听我的真话？"

"你说。"

"程倚庭挺可怜的。"

唐涉深转头去看他。

唐信摊了摊手："别这么看我。都说了是真话，肯定不好听。"

唐涉深讥讽地笑笑："你不是一向不看好她吗？"

"我是不看好她，但我看好你啊。"

唐信居高临下，朝他挑了挑眉："我看好你，在她犹豫不决的时候就坐实了夫妻名分；我看好你，在她未经男女之事的时候就软硬兼施地占有了她；我看好你，从头到尾都在道德的高点占据上风，令她对你愧疚到底。唐涉深，在我面前就不用瞒了，你喜欢一个人也不会太纯粹，不用点手段占点便宜，不是你的风格。我猜，当初你把程倚庭搞上手，没有花多少时间吧？你够可以的，程倚庭跟了姓霍的那么久，始终清清白白的。被你遇上……你还真是会占人家的便宜。"

一席话连讽带刺，却是事实。

唐涉深似乎被说中了，弯曲着的腿慢慢放松下来。这是他卸下防御的姿态。

长裤口袋里，一部私人手机顺势掉了出来。

唐信看了一眼，大跌眼镜，很是佩服。

"双卡双待山寨机？品味可以啊，好样的。"

说完，他还不忘用脚踢踢那一部山寨机。

唐涉深一把从他的脚边拿走手机，语气不善："我的东西，不要乱动。"

唐信看他一眼，懂了。

能让唐涉深紧张的东西，不以贵重论，而是以人论。

"程倚庭送的，嗯？"

唐涉深的声音冷淡："不关你的事。"

唐信两手一摊，给了他一句善意的提醒："你脑子清楚一点，嗯？喜欢人家就去追，吃个亏，哄两句，男人嘛。不要再抱着你这部破手机看了，你就是把它看得长出一个苹果来，程倚庭也不会出现在你面前。”

即便是最迟钝的人也发现了，程倚庭最近对工作卖力得有点过分。通宵达旦，仿佛想借工作把命挥霍没。

霍与驰是最先发现她反常的人。

趁着一个在茶水间泡咖啡的机会，他犹豫再三，上前开了口：“你是不是遇到了什么事？”

程倚庭正往咖啡里倒牛奶，连眼皮也没掀：“怎么？”

霍与驰端着咖啡杯看她：“我的意思是，工作自然要认真，但不值得你连命都不要。”

程倚庭笑了笑，拿出手机，按下录音键：“霍总监，你可以把你方才那句话再说一遍。”

程倚庭气定神闲：“等我哪日工作中被上层抓住纰漏的时候，你的这句话就是我最好的保命符。”

说完，她端着咖啡杯走出去：“霍总监，我奉劝你一句，公事场合还是说话谨慎点好。你这个位子，很多人都想要，包括我在内。”

霍与驰莫名地中了她一招，一时间竟不知该作何表情。

他反复想，是自己太多虑吗？程倚庭也已经是一个为了上位搏命的人了吗？

男人反复思量，最后放弃了。他承认自己已看不透程倚庭。本该如此，他们之间，早已视同陌路。

深夜两点，跑完夜间新闻的刘记者扛着摄像机回到公司，冷不防见到办公室内还亮着一盏台灯。饶是刘记者这样的老油条也被吓了一跳，下意识地想起“深夜两点的办公室，惊闻一声凄厉的鬼叫……”之类的办公室鬼故事。

是鬼当然吓人，是人就更吓人了。

刘记者走近一看，太阳穴直跳：“程倚庭，你还没回家呢？”

正埋头专心写稿的程倚庭被打断思路，抬头看了一眼来人，又低下头继续写：“是你啊。”

刘记者放下摄影器材，然后走了过去。

程倚庭的桌子上凌乱地摊开着一沓纸，有稿子、资料，还有笔记。刘记者看了一眼就觉得，这可以是一个记者的桌面，却绝不应该是程倚庭的桌面。程倚庭做事向来讲究条理，写稿时手边物品的摆放也讲究一个顺序。咖啡、资料、纸笔，摆放得井井有条。各物各安其位，在她这位总调度负责人的指挥下，再小的空间也呈现出一种愉悦又严肃的秩序感。

换言之，没有秩序的空间，她是办不成任何事的。

刘记者皱眉：“你怎么了？”

共事了这么长时间，他对她多少有些了解。既是同事间那种尊重般的了解，也是朋友间那种惺惺相惜的了解。

程倚庭是为数不多的还会用笔写稿的人，如同她讲过的，笔尖滑过纸张发出的声音，不知悦耳过电脑打字声多少倍。那时，她的这番话，刘记者欣赏之余，又不太赞同。他欣赏的是，在如今钢筋水泥的城市里，还有一个程倚庭在坚守情怀，不容易。他不赞同的是，一个人太坚持总不会是好事。这样的人一旦受伤，也还是会坚持，不会流泪，只会流血。

刘记者目光一扫，看见她的手边不远处正放着一本八卦杂志。封面上，加粗的黑体标题挑逗着神经：惊爆！SEC最年轻的首席执行官携神秘女友出入顶级拍卖会现场。

刘记者瞪大双眼，随即了然。

情伤，难怪。

最要命的一种受伤方式，伤筋动骨，无药解痛。

“这种没营养的杂志，看它干什么？”刘记者随手拿起那本杂志，丢进了脚边的垃圾桶，“你也是搞新闻的，应该知道娱乐记者有多么能瞎扯。”

程倚庭却觉得不尽然，低下头，重新把那本杂志从垃圾桶里捡起来，擦了擦沾上的灰。她指尖擦拭过的页面，唐涉深性感的侧脸正对着身边的神秘女友。

这个人她认得，正是当初在SEC执行人办公室自由出入的苏小姐。

程倚庭不知道这样的新闻和这样的照片意味着什么，当她发觉去探究背后的真相已经徒劳无功时，她唯一能确定的就是自己的痛苦开始了。

刘记者开口，声音很低：“你和唐涉深？”

程倚庭截住他的话：“无风不起浪。是假的，真不了；是真的，也没有办法。”

刘记者顿时明白她这段时间的反常究竟所为何事。

她是在用自我放逐去对抗已正面袭来的痛苦。

刘记者比她年长几岁，劝她：“夫妻之间不应该是这样的。夫妻间吵架很正常，不正常的是用错误的方式去对待它。寻常夫妻哪一对不吵？但大多数夫妻都会有属于夫妻间的大智慧，将坏事变好，将无路可走变成柳暗花明。”

程倚庭笑了笑：“对，大多数夫妻确实是这样。只可惜我和他不是大多数意义上的那种夫妻关系。”

“什么意思？”

刘记者瞪大了眼。

刘记者虽然年纪大了，但浪漫主义者的人生理念是一点也没退化：“难道你们是……契约情人？到时间自动离婚的那种？”他脑海里华丽地展开一部虐恋情深的狗血剧。

程倚庭难得被逗笑：“刘记者，你还真是……宝刀未老。”难怪至今单身，年轻时肯定有过刻骨铭心的风花雪月吧。

刘记者老脸一红：“程倚庭，现在是我在说你的事，不准扯到无关话题啊。”

“好啊，我不说了。”她也没有兴趣开任何人的玩笑，“稿子我还没写完，今晚打算写完它。”

刘记者看在眼里，不是滋味。

“别写了。”

他强行拔掉了她的电脑电源，不容置疑地道：“听我的，回家去。好好睡一觉，明天又是新的一天。”

程倚庭坐着没动。

气氛有些尴尬。

刘记者有些迟疑。方才他拔电源的气势很惊人，连他自己都觉得真像个爷们儿。可这会儿他却在心里打起鼓来，万一她的稿子没保存可咋办？

程倚庭的声音忽然响起来：“我可不可以耽误你一点时间，问你一个问题？”

“可以啊。”开导年轻人，他的强项啊。

“当一个男人对一个女人说，说他对她没有遗憾了，是不是就意味着他已经放弃她了？”

那一晚，就是这一句话，将她所有的挽留都堵在了喉咙里，发不出声音。唐涉深讲出这句话的时候，脸上是怎样的心灰意冷，她全看在眼里。紧接着她就明白了，她没有资格了。

伤了他，又不准他死，她是多么卑鄙的人啊。

刘记者沉吟：“我这么说吧，这里面有一个问题，是只能由你自己去想明白的。”

“嗯。”

“我看得出来，你是一个重感情的人。连同事间有事你都能帮就帮，能扶就扶，那么你有没有想过，为什么单单对唐涉深，你从来都不肯用心呢？是因为你有一种自信，自信他绝不会丢下你不管，对吧？”

“我……”

“我理解，这种自信也许连你自己都不自知，你只是自然而然地那样做了，从来也没有想过为什么你唯独敢对他那样。”

刘记者对她道：“男人这种生物呢，事实上并没有你想象中那么坚强，有时他们反而会更脆弱。比如面对感情的时候，你经常会见到女人受到情伤大哭、大闹、疯狂地购物，发泄以后她们就好了，但你很少会看见男人这样。男人面对情伤通常都没什么发泄渠道，只能自己忍受着。等到忍久了、受够了，他们也会崩溃。”

得不到回应的感情，放在哪个人身上都是悲伤的。

若非唐涉深一次又一次有心放她一马，单凭她那无关痛痒的歉意，怎么可能欺骗得了他的真心。说服自己去包容实在不易，可他做了那么久。

刘记者说得对，唐涉深的平静和不好战并非真的是那样，只是他在忍受而已。

程倚庭的眼里有难过：“我有努力去做他的妻子，可是……我不敢。”

“为什么？”

“因为……我不够格。”

她抬头看着刘记者，告诉他：“除他以外，我还爱过另一个人。我喜欢了那个人很多年。如果只是因为另一个人出现了，且对我好我就可以换一个人来爱，那么我这样的感情又算什么呢？到头来连我自己都会轻贱自己。”

刘记者笑了。

“我有一点点理解为什么唐涉深会喜欢你了。因为你负责任。在对一个男人动心之前，首先愿意对这个男人负责，这样的女孩并不多。如果你对之前的那段感情忘记得很快，如果你转而迅速喜欢上唐涉深，恐怕唐涉深也不会喜欢这样的你。‘因为见到了一个长情的程倚庭是什么模样，所以比起强迫程倚庭喜欢自己我更愿意去守着她。’我想唐涉深内心的真实想法应该是这样的。”

刘记者鼓励她道：“他不是要放弃你，他只是累了。他停了下来，走不动了，但你可以走过去啊。你要记得，任何人都是外人，只有他不是。不是外人的意思就是，那些听上去害羞甚至是惭愧的话不可以对别人讲，但都可以对他讲。这是你的权利，也是他的义务。这样的权利你都不好好用一下，不觉得太可惜了吗？”

程倚庭静默良久。

她抬头：“四天后，SEC会有一场业绩发布会，我去。”

刘记者像是没想到，她前一秒还在伤感，后一秒就已经抢了自己的饭碗。

“喂喂，那可是我的差事！SEC业绩发布会的伴手礼，论红包就是分量极重的……”

程倚庭笑：“刘记者，刚才是你说要我勇敢地走向他的。”

刘记者挠了挠头，看来今晚是他逞强了。

“行行行，我让给你，你可一定要好好表现。要有下一次，我可不会再让了啊。”

第十章

你若无心我不留

LAST
LOVER

眷恋岁月眷恋你又如何？
你若无心我不留。

四天后，程倚庭起得很早。

清晨四点，她醒了一次，看了看床头的液晶闹钟，还早。她睡不着，又不敢起，明天顶着两个黑眼圈可如何是好，于是又说服自己再睡一会儿。这样时睡时醒到了五点半，程倚庭又在床上清醒地望了半小时天花板。在天刚蒙蒙亮的六点，她像终于得到特赦，下床就走进浴室洗澡。

洗完澡，她吹干头发，又拿了卷发棒打理长发。不久前她剪了一次长发，这会儿还只到肩膀。拿卷发棒一卷，发梢处卷出一个弧度，显得更温柔了。打理好长发，她又耐心地化了一个淡妆，好似一个初恋少女，专程赴一场心爱之人的舞会。

平时程倚庭有一边梳妆一边听新闻的习惯，今天却没有。

她按下播放键，放了一张CD。一曲轻柔的抒情曲，一个略带沙哑的男性嗓音低低地在唱“one,you are like a dream come true（一，你像一个被实现的梦）”。

这首曲子出自程倚庭非常喜欢的一部老电影，其中有一个片段，在一家西餐厅里，男主角问女主角，你对他还有未尽的事吗？如果有，那你就去做，我等你就是了。说完这句话，那首悲伤的曲子就缓缓响起，分不清是音乐成就了电影，还是电影成就了音乐。它就这样在年少时期的程倚庭心里投下剧烈的回声。十几年后，每当听到这一副蓝调旧嗓音，程倚庭都能想起那种久违的温柔。

下楼吃早餐时她差点扭了脚，被管家一把扶住。

她太紧张了。工作中，她也常常跟人讲，她不介意紧张，甚至享受紧张，因为紧张可以让她有动力。但放在感情里，她一点也不习惯，更谈何享受。

管家看出了她的紧张，给她端来一杯橙汁的时候，特意与她多聊了几句："今日的早餐如何？明日想吃些什么？"管家离开后，程倚庭有些感激他。人与人的交流多一点，紧张感就会不知不觉散掉一点。看穿了，却不说，这是管家的温柔。

吃完早餐，与管家一同收拾餐桌时，程倚庭郑重地道："很抱歉，因为我的关系，他已经好久没有回过这个家了。家里少了男主人，不知道会不会也给您带来困扰。"

管家年过五旬，在人世间身经百战，纵然心里有讶异，也能很好地控制住，绝不外露一分。他反而劝她宽心："太太，您言重了。您和先生是夫妻，是夫妻就会要磨合。在这个过程中，对我们而言，尽力扶着你们才是责任。其他的，您都不必有顾虑。"

程倚庭十分感激他："多谢您体谅。我知道，唐涉深他……一般不是这个样子，是我让这个家多了一些风波。"

"没有的事。"管家对她道，"没有哪个人会一辈子都没有脾气，先生他也是。但以我照顾先生二十多年的经验来看，先生他对太太您发脾气，大多都不是他的本意。太太您哄一哄，他也就没事了。"

SEC新年第一财季业绩说明会，向来是财经界、媒体界的盛事。再加上今年这一财季中，SEC的年轻执行人一反常态，在开年就完成了两个大手笔的商业项目，更是让外界对其在业绩上的成果充满期待。

今天的这场业绩说明会，正是各方疑问得到公开回应的最好机会。各家媒体都派出了精英记者，媒体入场区排起了长队，审核十分严格。程倚庭来得早，还有很多人比她更早。她脑中闪过一排省略号，同时反省自己对SEC如此不了解，无论是作为记者还是作为他的妻子，都太不应该了。这种错误，她犯下了，不可饶恕。

今天以后一定改，程倚庭这样想着。

她一边想着心事，一边安静地排队，没有打电话给那个人要求特权放行。公事就要按公事的规矩来办，否则今天她特地来这一趟就没有意义了。

四十五分钟后，终于轮到了她。

接受安检、检查证件后，程倚庭却被拦下了。

SEC公关部现场工作人员看了一下电脑里的登记信息，和她的证件再三对比，拒绝了她的入场要求："程记者，不好意思，今日的媒体邀请名单里没有你的名字。"

程倚庭忙解释："不，我是替本公司的刘记者来的，您不相信的话，我可以现在就打电话给他确认。"

工作人员摇头："不好意思，程记者。我们今日的说明会严格按照人员名单，不接受临时调换人员，如果名单里没有你的名字，就算刘记者亲自来解释，我也没办法放你进去。"

程倚庭当然不肯无功而返，两个人争执起来。工作人员忙得很，显然无意与她纠缠，叫来保安请她出去。两个身高一米九的保安立刻走过来，人高马大，一左一右挟住程倚庭的肩，只当她是扰乱秩序的不良分子，就要丢她出去。拉扯之际，程倚庭脚底一滑，闷哼了一声，朝地上摔去。

一双手及时拦腰扶住了她。

名刀遇见了春水，连刀锋都收鞘，软化在一汪温柔里。

她甚至不必回头，单单嗅一嗅这气息，就已经拼凑出了他的模样。她今日才知，他之于她的意义，是深入骨髓，连气息都一并不得忘。

众目睽睽之下，她没有勇气与他亲近。站稳后立刻与他保持安全距离，并跟他解释：“我来参加SEC的业绩说明会，发生了一点误会，让我进去就好。”

唐涉深刚刚对她出现在此的惊喜还未来得及体验多一点时间，就被她一句公事公办的解释弄得兴致全无。

他看得出来，众目睽睽之下，她并不习惯与他亲近。且她并非因冷战而不习惯，而是她从未习惯过。这令他心灰意冷。他也不强人所难，同样拿出公事公办的态度，对一旁的公关部负责人道：“程小姐没有问题，让她进场。”

负责人连连点头：“是，是。”

公众场合，两个人的确也没什么好谈的。

唐涉深抬脚就走，他还有正经事要忙：“财务部负责人来了没有？让他直接到会议室等，还有……”

程倚庭抬头看着他的背影，一副“拒人于千里之外”的样子。

心尖一记钝刀，仿佛有滴血之痛。当她连工作都是为了想见他，这是否意味着她已经输了？也好，输就输吧。能痛快地认输也是一种勇气啊。

程倚庭这样想着，抬脚欲走。下一秒，一阵钻心的疼痛就从左脚脚踝处传来，她几乎站不稳。公关部负责人亲自扶住她，问：“程小姐，你还好吧？”

做公关，眼神犀利是必要条件。能当上负责人，更是八面玲珑的好手。眼前这个女孩，可是唐涉深亲自交代放入场的人。纵然不知这两个人之间有何种私人关系，但唐涉深为一个记者开口，本就是表了态——他和她，关系非比寻常。

程倚庭皱紧了眉，不说话。

早晨在楼梯上扭了脚，现在又扭了一下，怕是要糟糕。大庭广众之下除了忍，也没有其他办法。

她已经无人疼了，除了自己站稳一点，再无出路。

她不知，其实她的出路一直未曾离开。

电梯里，付骏出声提醒“唐总小心”，却也已经来不及了。电梯门合上的一瞬间，唐涉深下意识地伸手，以手挡住了缓缓合上的门。

电梯门外不远处，程倚庭因为脚疼不能走路而闭眼忍受的画面尽落他的眼底。

公关部负责人招呼人过来帮忙：“你们几个扶程记者去休息室休息，快一点。”

程倚庭正拒绝“不用，不麻烦”，身后已有人将她拦腰抱起。

她甚至不必回头，也认得出这个怀抱。她对这个怀抱如此熟悉，她曾经很多次在这方小天地里放肆、撒娇、生气、被人哄。她一直以为，不过就是一个男人的胸膛而已，他给得了一回，那她就放肆一回，天经地义。后来她才明白，这种游戏是不能随便玩的。一玩就会上瘾，不知不觉就将整个人生给陷进去了。

他在她的耳边沉声道：“抱紧我。”

第一次，她下意识地听话，抬手搂住了他的脖颈。

曾经无牵无挂的女孩，自以为可以荡决情场怒逢敌，谁承想一朝得人疼爱，心就软了，烽火硝烟里也没有了突围的勇气。她忘记了，女孩有的，总是柔情比豪情多。

她忽然用力抱紧了他，整张脸埋进他的胸膛。

而他也再一次地没有辜负她，搂在她腰间的手的力道陡然加大，做出无声的回应。

唐涉深办公室。

一杯热巧克力被唐涉深握着，放入了程倚庭的手里。

两个人默契地谁也没有提起那一晚的分崩离析，像一对分别数日的寻常夫妻，纵有暗涌翻滚，也只放在心底，不让它现在眉目。

唐涉深单膝跪下，抬起她的脚，脱下她的鞋袜，问：“刚才扭到哪里了？”

程倚庭被他这个动作弄得尚未回神。

多么像求婚那日的场景，他单膝跪下，从此她也有了情人。

唐涉深抬头看了她一眼：“怎么了？”

“没事。”她匆忙回过神，“脚踝扭到了。不过还好，休息一会儿就好了。”

他低头，握着她的左脚脚踝，小心翼翼地揉捏。

程倚庭有一双十分漂亮的脚，光滑，白皙。平日里也不见她有刻意保养，无奈上天眷顾，不刻意也可得到一些旁人刻意也求不来的好。他的手掌覆上她的脚踝，包裹住，有一种含情脉脉的温情在里面。有那么一瞬间，他心里想，算了吧，无论过去发生过什么，都算了。做夫妻，还是要朝前看。

他缓缓问她：“你今天过来，是为了业绩说明会？”

不是的。

程倚庭心里的答案是——我是为了你才来的。

但她下意识地点了一下头：“嗯。”

唐涉深没有怀疑。事实上，他自认也没什么资本去怀疑。程记者如此看得起SEC，是他的荣幸，他还怀疑什么呢?

他轻描淡写地给她放水：“有什么问题想问，你可以直接去找付骏。你告诉他是我的意思，他不会为难你的。”

开后门的感觉，真的挺好……

被他如此对待，令她也有了一点勇气：“那晚的事，我……”

唐涉深打断她：“有什么事等会儿再说。我暂时没有时间可以给你，希望你能理解。”

其实，他撒了谎。

他不是没有时间，而是他明白，再说下去就会被她分了心。而今天这种场合，他肩扛重担，是不能分心的。

他忽然道："让我抱一抱你。"

话音未落，他已轻轻将她搂入怀中。

习惯拿深情待人的人，遇到这样的劫难，爱欲难收，情人辜负，最要命。

有人悲伤，有人发疯，有人从此收回深情，有人从此以恨替爱。他却不，他只要轻轻抱一抱她就好了，所有她对他的辜负，他都可以一笔勾销。

五分钟拥抱后，他放开她。

程倚庭在他的胸前彻底沦陷，她十分留恋这个人。

"唐……"

她抬手拉住他的衬衫袖口，一腔感情亟待出口。

却不料千钧一发之际，有人搅局。

私人休息室的平移门推开。一个慵懒的女性声音，伴随着一丝沙哑的性感，打断了两个人的谈话："嗯，你来了？昨晚和你聊到半夜，就睡在你这儿了，还想着等你回来。你后来去哪儿了呀？"

程倚庭的手僵在半空中。

苏小姐好大的威风，唐涉深的私人地界，想睡就睡，想起就起。比程倚庭这位唐太太更放肆。

唐涉深却给她面子，只轻描淡写对她交代："我今天有事，你自便。"

"好。"

苏小姐也不纠缠，心理医生比任何人都懂进退。开局的棋，她已摆好了最佳方位。她有预感，眼前二位合力都不是她的对手。

简单地洗漱完毕，再出来时，她已是精致丽人。

她声东击西，言语挑衅："对了，昨晚借了你休息室的睡衣来穿，还请不要介意。尺寸大了点，但胜在质地好，不错。”

苏小姐手拎一个精致的手包，大衣搭在手上，对唐涉深说了声再见，拉开办公室的门就走了出去。

高跟鞋的声音渐渐远离，从头至尾，两个人之间毫无程倚庭半点空隙。

她作为唐太太的地位何在?

她作为女人的尊严何在?

程倚庭觉得被冒犯了，更觉得恶心。

她讥诮出声：“呵，好地方，这些年容下了多少女孩睡一晚？”

她前一秒还在挽留，后一秒已觉水火不容。唐涉深感觉莫名其妙。他最恨的就是这一点，她的爱和恨仿佛都不用衔接。阴晴不定，又谈何真心?

他冷了脸:“上次你早就见过她。你还会认为我和她是什么关系?”

“见过吗？不记得了。”

她一笑，以语言为刀，回敬他：“名少风流。唐总身边来来往往过客这么多，若对你追根究底，哪个唐太太受得了。”

一句话令唐涉深怒火中烧。

“哪个唐太太？你还想有多少个唐太太？这个位子你就坐得那么不耐烦，想拱手让人是吗？”

这一场感情，一路行来，唐涉深最恨的就是程倚庭的“与我何干”。无数次深夜，他应酬完毕，薄醉而归，迎接他的都是程倚庭的“理解”。她“理解”他，不管多晚都会等他；她“理解”他，不管多累都会为他泡醒酒茶，放洗澡水。有时他喝得头疼，趁着醉意起了兴致，将她按在床上欺负，她也会好好接受，有时甚至还会好好配合他。他有这样一个妻子，简直令全天下男人羡慕，是不是?

可是他却一直怒着。

因为，他看不见她的真心。

就像她看见他衬衫领口不知何时沾上的暧昧的唇印，笑一笑就放下了，好似什么都没有看见。

有一回，还是他先开口问她："你没有什么要问我的吗？"

她反问："你有做亏心事需要我过问吗？没有，我自然不会问。"

作为唐太太，她够大方。但作为霍与驰的前女友，她是截然相反的面貌。

她记恨霍与驰记恨了整整数年。做到绝时，她甚至为他放弃了自己，仿佛余生随便过、怎样过，都可以。直到最终知道真相后，她不再记恨，也依然记挂，记挂到可以为了霍与驰和他的家庭，牺牲她如今拥有的。

唐涉深理智全无，放任了怒意。

他出手扣住她的肩，用力一推，"砰"的一声将她禁锢在了冰冷的墙边。

柔软的女性身体和坚硬的大理石墙壁碰撞发出巨大的撞击声，程倚庭猝不及防，几乎被撞晕。他丝毫不觉得心疼，反而更用力地将她的挣扎一并压下。

他眼神阴郁，字字都在控诉："程倚庭，你没有良心。"

程倚庭大怒。

"唐涉深，请注意一点措辞，嗯？"她冷笑着反问，"我没有良心？是谁的女人睡在了谁的床上，我没有良心？是谁的女人陪在了谁身边，出入顶级拍卖会现场，是我没有良心？又是谁的女人和谁在一起聊到深夜还不睡，是我没有良心？"

无端端被扣了一个罪名，他越发失去理智："程倚庭，你是想颠倒黑白，做一回情圣，来洗脱你的不忠不实吗？"

"住口！我不忠不实？诋毁中伤可是要负法律责任的。唐总，你已经想和我走到这一步了吗？"

"哦？是吗？跟我玩法律，好，那我们就玩大一点。程倚庭，我坦白告诉你，我没有那么大方，我容忍你和你的霍总监已经很久了。现在我不想再忍了，我真的很想很想将你的霍总监除之而后快。听说他回国后在新闻界风光得很啊，我很想看一看，像他这种人，一旦从高处坠下，一无所有时会有什么样的表情……”

“唐涉深，你！”

“怎么？说中你的心事你舍不得了？”

“唐涉深，你一向是个有风度的人，如今竟也学会做这种卑鄙的事！”

“指控别人之前，麻烦你先看一下自己。程倚庭，我在认识你以后才懂得了一句话：仗义每从屠狗辈，负心皆是读书人。”

程倚庭什么话都说不出来了。

她原本就不会吵架，都没有来得及告诉他，这是她第一次和人吵架，还是在一个如此不堪的局面下。

原是“我爱看天你来陪”的情分，却一夜陌路还不止，这种难过你经历过吗?

“放开我。”

她终于受够了。

眼眶渐热，好似一种信号，她要输了。

她输得这么惨，好啊，那就口不择言一回吧。

“唐涉深，我最大的失败，就是认识你！”

很多日子以后，程倚庭才明白，这一句话，她不该说，也不能说的。说了，就真正伤透了他的心。

明月夜。

碧波心。

人心是伤不得的，抽刀断水水更流，再大气的人也抵不过这种被慢慢杀死的折磨。

在唐涉深的生命里，很少有觉得人生是不美好的时候。他参与人生，不惧人生，也享受人生。所以很多时候他都认为，固然人生不是全然美好的，但生命中总还有一些是可以美、可以好的。

在过去那么多的日子里，程倚庭就是唐涉深生命中如花胜雪的美和温良潜藏的好。

他为她情肠牵，情怀震。

直到今天。

唐涉深陡然收手，放开了她。

他分明觉得，生命中最重要的一些什么，已经没有了。

“终于听到你这么说，程倚庭……”

他笑了笑，似乎并不是太意外，只是低头的一刹那，眼底那一抹寂灭的委屈瞒过了所有人，却瞒不过他自己。

“我明白，和一个不喜欢的人在一起是一种委屈。你忍到现在才说，是我让你辛苦了。”

明明那天晚上，就在她连孩子都可以拿来牺牲的时候，他就已经对她失望透顶。偏偏还是不死心，见到她就方寸大乱，莫名其妙地还是愿意给她机会，再伤他一次。

时至今日，唐涉深终于懂了，“程倚庭”这个名字的存在，无非是为了向他证明一件事：人生有时实在是一件很没有意思的事。骄傲如他，也不得不俯首认输。

“也许我们之间唯一庆幸的，只有没有孩子这件事……”

他看着她，看见了她早已泛红的眼眶，她同样也看见了他渐渐泛起水光的眼睛。两个人同时看到了彼此都回不去的结局。

“程倚庭，我和你在一起快三年了。”他心一狠，亲手将未来都不要了，“我对你的感情，终于可以到今天，为止了。”

一句话，天翻地覆。

所有的感情，都有一个共同的名字：the ending（结束）。

受命在身，即将以SEC高管身份出席业绩发布会的唐信正准备敲门，唐涉深办公室的门忽然被人从里面用力拉开，随即飞快地跑出来一个人，两个人差点迎面撞到。

唐信吓了一跳，下意识地后退一步，往左避让。

他看清楚了那个人的背影，正是程倚庭。

她跑得很快，满脸泪水，脚步凌乱，直接跑进了电梯，连脖颈上的长围巾掉落在地也忘了捡起。电梯迅速下降，围巾被留在地上，它的主人抛弃了它。

唐信看了一眼那条灰色围巾，一眼认出那正是去年唐涉深送给她的冬季礼物。上面还有程倚庭名字的拼音缩写，每个字母的尾梢镶嵌着一颗精致的粉钻，只因为程倚庭很喜欢他之前送的那枚粉钻戒指，无意间说了句“下雪天再有一条同款厚围巾来相配就好了”。言者无心，听者有意。但有意无意又有什么用？还不是走到了今天的地步。

唐信收回视线，往办公室里看了一眼，就看见唐涉深的背影。后者正站着，一动不动，握紧的手背上青筋突起。

唐信淡淡地开口：“今天的发布会我会替你出席。场面上的事，你放心，交给我。”

那个人无动于衷。

换了平时，唐信一定不会放过这么好的机会揶揄他几句。但今天，明眼人一看就知是真出事了。唐信没让他无动于衷太久，开口提醒：“还不快去追？她哭成那个样子。”

唐涉深嘴里飙出两个字：“出去！”

唐信点点头，不再多言，替他关上办公室的门。

多情的后遗症就是偏执。感情的事，旁人讲再多，也不如局中人悟一次。对一个人用情，无疑是一件令人称赞的佳事，可是当付出的感情收不回来也止不住的时候，就完全是另外一回事了。

唐信去按电梯的时候，走廊尽头一个身影一晃，被他的眼角余光扫到。翻着卷儿的精致发尾，被一只手幽幽地钩着，好一个都市白领丽人。

两个人有点交情，这会儿这层楼都没有别人，说话不用太顾忌。唐信幽幽地开口：“你有本事啊。”

苏言笑盈盈：“哦，怎么？”

唐信站着，负手看她：“心理系的高才生，玩弄起人性的弱点来果然是高手。你知道程倚庭误会你，你不解释，反而三言两语令她更深地误会下去。程倚庭不知道你是心理医生，也不知道唐涉深和你聊到深夜只是为了接受失眠的心理治疗。你利用她的盲点误导她，又利用唐涉深对你父亲的敬重，在他们夫妻之间制造隔阂。呵，了不起。”

闻言，苏言笑容全无，声调冷下来：“怎么，素来不管闲事的唐信也要为了程倚庭，下场和我作对了？”

“你太高估自己了，我还不至于有兴趣跟你过不去。”唐信耸耸肩，“事关唐涉深，我才瞧一瞧。”

苏言冷笑：“哦？你这瞧一瞧，可瞧出了我的该死？”

他笑道：“我随口一说而已，你不喜欢听的话，忘掉它就行了。”

电梯来了，他踱步进去，关上电梯门，临走前给了她一句忠告：“苏医生，不要对自己太自信。你以为你伤得了程倚庭，不见得。倒是唐涉深的下场会因你变得很惨，等着看吧。”

程倚庭不知道自己跑了多久。她只有一个念头，离那个地方远一点，离有他在的地方再远一点。

今日她是来求和的。

为了今日的求和，她化了精致的妆，穿了很少穿的高跟鞋，甚至出门前还特意返回卧室，在发尾处细心地喷了一些香水。她把自己收拾得小心翼翼，她想，这是值得的，“求和”本就是一件小心翼翼的事。她没有想过，自己的小心翼翼，到头来都成了屈辱。

历史书上，多少页记载的都是这样的故事。“求和”本就是两生欢喜得少，屈辱得多。

一个踉跄，她摔倒在路边。

程倚庭很少大笑，更很少痛哭。“世间大爱，伤筋动骨”，她敬畏这个理，不要也罢。是他一手毁了她的坚持，拉她堕入红尘。

她记得从前的深刻教训，无数次告诫自己，不要再去爱一个人，到喜欢的程度就可以了。实在不喜欢也不要紧，总比爱要好。然而当她听见唐涉深说那些话，说对她的感情到此为止，她的眼泪忽然就掉下来了。

她这才知道，原来她从来没有给自己真正留过后路，她一直是慢慢地、好好地爱着他。这份慢和这份好，几乎把她自己都给骗过去了。

她把头低下来，捂住脸，放声大哭。

夫妻之道走上绝路，大部分女人都会选择委曲求全，有时候甚至委曲了也不能求全。程倚庭不会如此，她宁愿受委屈，也不肯求全，连跪下来好好哭一场也绝不肯被他看见。

一阵恶心的干呕忽然从胃部传来。突如其来，那么猛烈，似乎一个坚定的悲剧，得寸进尺，要把她击倒。

程倚庭捂住腹部，只觉得痛。

终于有过路的行人发现了她的异样，一对好心的青年恋人急匆匆地招来出租车，抱起她上了车，再将她送去医院。

昏沉中，她一遍遍想起他讲的话：也许他们之间唯一庆幸的，只有没有孩子这件事。

程倚庭了悟。

他不要她了，他和她的孩子，他也不要了。

程倚庭再次回家，是在两日后。

管家从厨房忙完出来，冷不防见到她，又担心又惊讶：“太太？”

她化了妆，妥帖的腮红恰到好处地掩饰住她的病态。她手里拿着一个常用的工作单肩包，仿佛这两日只是出去了一趟又回来了。管家曾打电话给唐涉深，告诉他太太两日没有回家，电话那头听了，什么也没说就挂断了。管家只是一个下属，分内之事做到位了，其他的，也不宜再多问。

令管家心惊的是一双手。

程倚庭的一双手。

一双手上有明显的扎针的痕迹，那是挂水的迹象。程倚庭的皮肤薄，血管细，一旦遇上抽血、挂水之类的事，往往会一片瘀青。管家眼神老辣，一眼看见要害，忍不住问：“太太，您去医院了？”

程倚庭微微一笑，摇头：“没有，您看错了，这是不小心磕磕碰碰弄的，没事。”

说着，她把手揣进了大衣口袋里。

她走上楼梯，一边上楼一边对管家道：“对了，我要出差一阵子，上去收拾一下行李。”顿了顿，她又补充道，“不必打电话知会先生了，他已经知道了。”

前后逻辑都那么有条理，管家不信都不行。他垂手点头：“好的，太太。您上去忙吧，吃晚饭时我来叫您。”

推门，进屋。

她确实是来收拾行李的，但不是为了出差。

说是收拾，其实也没有多少东西要收拾。该从哪里收拾起呢？要把哪些收拾好呢？这都是问题。她现在能力有限，精神和体力都不太好，想不了的问题，那就不想。

她一眼就看见床头柜上两个人的合影。

相框精致，将一张两个人为数不多的合影框在四方小天地里。程倚庭弯腰拿起它，抬手缓缓抚摸一遍。

屋子每日都有人打扫，连相框也不例外，一丝灰尘也无。唐涉深有轻微洁癖，连手指沾灰的感觉都忍不了。程倚庭想起这些，还是会不禁莞尔，笑容却有些惨淡夕阳的味道。照片再干净又如何，心上蒙了尘，一样是陌路。

照片是路人抓拍的。

有一年寒冬，C城降了罕见的大暴雪。她跑新闻受了冻，把身体给冻坏了，手脚总是冰冷，晚上睡觉永远抱着暖手袋。他说这样不行，她嫌他小题大做，想抽回手，赶他赶紧去睡。结果手抽不回，他也不睡，最后她只能随他去。

后来他抽了空，带她去国外海岛度假。行程不算长，飞机中途转机，五个小时后到达目的地。碧蓝的大海，一望无际，淡黄色的鸡蛋花遍布整座岛。酒店套房自带无边泳池，与海平面无缝对接。阳光、沙滩、海风，还有，程倚庭的好心情。

她对度假也无野心，晒足日光浴即可。每日的早餐是她最期待的项目，她爱极了在清晨一边看阳光升起一边喝橙汁的心情。

一阵海风吹过，一朵鸡蛋花遥遥坠落，恰恰好落在餐桌上。他拾起来，笑称那是大自然的馈赠，不能不珍惜。说着，他伸手将花戴在了她的左耳后。将长发拢下来，她比花更美。

酒店侍者就是在这一刻抓拍下两个人的合照的。

照片中，两个人对视，温柔了时光。

照片外，他的情话也厉害——

“程倚庭，将你带在身边，有时我会想，这很好，也很坏。”

“哦？好在哪里？又坏在哪里？”

“好在眼中时时有风景，顾盼沉迷；坏在我不知怎样才拴得住你一颗心，只供我一人拥有。”

彼时她想，幸好她对感情不再泥足深陷，情话至此，也尚能撑得住。谁想，她高估了自己。

她从来只知设防和警惕，自觉刀枪不入，不晓得这个世上还有一种男人，从不动刀动枪，只擅长一种本事，叫融化。

程倚庭放下相框。

已经定格在过去的旧事，过去了，也消失了，忘了也罢。

衣物总是要收拾的。

日常便服，收拾起来容易多了。她只挑自己买的那些，他送的，她原封不动留下。人有了标准，做起事来就方便多了。她只带几件日常服，以后可以再买，少带些也无妨。

收拾了“衣”，还有“物”。

她将视线落在床头柜的抽屉上。

一旦失去了做事的标准，她的动作陡然变得缓慢。拉开抽屉，一个一个地看，无非是些珠宝首饰，应有尽有。他在这方面从来都是一个好情人，从不曾亏待她。但贪心也好，较真也罢，女人岂是用这些就能被判断亏待与否的？

一条珍珠项链，令程倚庭的目光停留了片刻。

再好的做工也掩饰不了它曾被人毁坏的事实，而毁坏它的是她。有一日家里来客，客人带了小孩，她随手拆了这条珍珠项链陪小孩打弹珠玩。他进屋，撞见这一幕，表情复杂。他心疼了，心疼的不是他送给她的礼物，而是礼物中的心意。客人走后，她自知理亏，去向他求和——

“好了好了，我再用线穿好它就是了，我手艺很好的。”

“程倚庭，你的信用破产了。”

“那，你想怎样？”

“补偿我。”

“如何补偿？”

“嗯，你陪小孩玩‘打弹珠’游戏，晚上就陪我玩‘打针’的游戏，怎么样？”

“神经病。”

她意会过来，又遭他调戏了。她理亏的感觉不翼而飞，立刻推他出门，关门落锁。

今日，程倚庭拿着项链，只觉物是人非，不过如此。

珍珠圆润的手感甚好，经时光雕琢，更胜从前。她抚摸片刻，像是舍不得。但舍不得也要舍。

他说得对，心意不对了，留着它，也无用。

程倚庭放下项链，关上了抽屉。

小小一个行李箱，放几样日常衣物和用品，就满了。

如果人心也像这样，那有多好。放一点就满，不必整日空空荡荡。醒时睡时，都空落落的。

她环顾四周，看见一件居家服，眼眶忽地就红了。

这是她送他的居家服。

羊绒质感，很软，很温暖。他在家常常穿着它，迎接她的投怀送抱。她很少送他礼物，除了这一件。日子久了，有时她都分不清，是喜欢他的气息，还是喜欢衣服上的气息。又似乎两样都好。人穿衣，衣衬人，她相当喜欢他穿着它时对自己展开的温暖怀抱。

程倚庭握着这件居家服，收紧了手指，将衣服都掐出了褶皱。

腹中小生命仿佛有天性，知她痛苦，传出一阵微痛，提醒她不可伤心。她迅速清醒，及时擦掉了快要掉落的眼泪。她还记得昨日在医院，医生反复告诫她，不可伤心，不可动怒。怀孕一个月，她已黄体酮低，如果HCG（人绒毛膜促进性腺激素）不翻倍，这一胎能不能保住还不知道，情况十分凶险。日后一切，只能靠天意，以及她自己了。

程倚庭抬手捂住脸，笑着哭起来。

说真的，她真的好高兴。

从来母性都是一件没有道理好讲的事，她曾经也不懂。直到昨日真切地听到医生的话，她才明白，那种一瞬间幸福到落泪的感觉，原来就叫母爱。她几乎立刻想到了唐涉深，想到将来会有一个小朋友叫他爸爸而他立刻抱起他的画面，她只觉这一生想要的美好，不过就是这些了。

然而现在，她也只能想一想了。

他已经不会相信她对拥有一个孩子的那份真心。这里面的责任，她有一半，他有一半。说到底，谁都不是无辜的。与其两生厌，不如看开一点，各自珍重。

长街落尽了风雪，连屋檐也挂满了冰霜。一弯冷月高挂，再不见归巢的燕。

你经受了时光的怠慢，连昔日情分也寻不回。陌路一遭，再暖不了我的手。

程倚庭离开这栋别墅的时候，没有回头再看一眼。

间或有过路的行人擦身而过，听见这个女孩单手护着还未隆起的腹部，对自己，也是对腹中的小生命道："没事的，不要难过。爸爸不喜欢你，还有妈妈疼你。"

唐涉深接到霍与驰的电话，是在一个毫无心理准备的情况下。

他的态度不算好："霍与驰霍总监，稀客，有事吗？"

霍与驰的声音在电话那头听上去很平静，毫无挑衅的意味："唐总，能给一点时间吗？我想和你聊一聊。"

开门见山，霍与驰好大的面子。唐涉深的时间，岂是说给就给的。他肯，付骏都不会肯。这会打乱行程表上的多少事，又会得罪向后排队的多少人。霍总监金口一开，要的就是精英阶层最值钱的一样东西：时间。

还没等唐涉深回答，霍与驰已落子将军："唐总，这么快接起我的电话，又在我全无开口的情况下直呼我的名字，可见唐总早已把我调查得一清二楚，电话本上也有了我的号码。实不相瞒，我对唐总也是如此。既然如此，何不见一面呢？”

一番话，将进退之路都堵死，霍总监是有备而来。

破天荒地，唐涉深没有拒绝，说了个“好”字。

他元气大伤，拿不出正常状态。被对手将了军，他也认了。做君子，不悔棋。

他推了今晚所有的公事，傍晚七点准时下楼。SEC总部大楼前，一辆轿车早已等候在路边。霍与驰坐在驾驶座上，降下车窗跟他打招呼：“唐总，恭候多时，坐我的车吧。”

车子平稳地驶出去。

再回神时，已是在C城外环的一处夜市。大大小小的露天摊贩，叫卖声、招呼声混成一团，打出一片属于老百姓自力更生的天长地久。

刘嫂的夜市摊上，两个男人围着一张圆形塑料桌，各自要了一瓶啤酒，倒了两杯。霍与驰叫了几碟下酒的小菜，花生米、酒糟毛豆、卤味、炸海鲜，都是市井热卖的招牌小吃。他显然是这里的常客，刘嫂利落地上菜，熟稔地招呼他，叫他“霍总监”。唐涉深看他一眼，开了个无关痛痒的小差。这霍总监真是有意思，同情敌谈话还不忘照顾熟人的生意，一举两得。他当新闻制作人真是可惜了，进商场做生意，会更有发挥的余地。

霍与驰将小菜一碟碟地放在桌上。

他动作熟练，放下的菜都离对方的手边不远，方便对桌小酌吃饭。唐涉深看了一会儿，就明白这不是他的刻意讨好，这是霍与驰的习惯。这个男人天生就习惯照顾人。

霍与驰指了指刘嫂，微微一笑：“之前做新闻，找过她当线人，给了她一笔不菲的新闻线索费，现在可以说是半个自己人了。唐总，带你来这种地方吃饭，还希望你吃得惯才好。”

唐涉深淡淡地回应：“你客气了。”

说完，他抬手拿起塑料杯，喝了一口啤酒。

唐涉深发现，其实他并不恨霍与驰，甚至连讨厌都谈不上。同他面对面地吃饭、喝酒，都好似两个男人之间的正常交往，丝毫引不起他的负面情绪。他这才明白，他介意的从来都不是霍与驰，只有程倚庭。

放下酒杯，他开口："你有什么话就说吧。我们之间说什么都可以，无妨。"

霍与驰也没有模棱两可。

他敬了唐涉深一杯酒，开门见山："我一直很抱歉，因为我的关系，给你和程倚庭带来了很多麻烦。"

"霍总监。"

唐涉深截住他的话。

无论如何，他和程倚庭之间的事，是对是错，他都不想被第三个人揽去责任。

"跟你没有关系。如果一定要说责任，责任在我。我一直没有办法好好地去体谅程倚庭，说到底，还是我们夫妻之间的问题。"

霍与驰看了他一眼。

好厉害的男人。旁人只懂兵来将挡，水来土掩，累坏了自己。可眼前这个男人却不。

婚姻问题，他连责任都不要旁人来担，一个人揽了去，让旁人想下手也无从下手。这种招式有一个很老的说法，叫老鼠拉龟，是老派作风的人很喜欢的一种战略。他这么年轻，竟也用得这样好。

霍与驰点点头，表示尊重。

在唐涉深面前，除了诚恳，别无选择。

他将往事一一告知："我和关雅正自小就认识，两家也交好。关雅正当年发生了那样的悲剧，关家父母跪求我的父母，求我救她一条命。我……我是软弱的，在那时已有程倚庭的情况下，也见不得这样的央求。据说，有一种男人喜欢做上帝，在拥有爱人和救人之间，会选择后者，因为良心上会比较好过。我……就做了这样的人。对程倚庭，我很残忍。我为了自己良心上的好过，彻底牺牲了她。”

唐涉深静静地听着。

换了从前，他最见不得这类人了。优柔寡断，愧对情人，却还占据道德制高点，好处都占尽。然而生活又是如此复杂，没有这样的一个霍与驰，哪来后面还能遇见程倚庭的唐涉深？他该谢他，还是该讨伐他？

人生，就是一本无头账。他已有足够的阅历，懂得不为难自己，也不为难别人。

所以他只听，不评价。

“你跟我说这些是为了什么？”

“为了程倚庭。”

霍与驰的声音温柔：“诚然我没有资格再对她好，但我永远希望能看见她好。”

唐涉深脸色一变。

“霍与驰，你的确没有资格再对她好。”

“呵。”

霍总监笑了。

这么紧张，直呼其名，连男人间的客气都不顾了，可见是动了真心。一点风吹草动，在唐涉深心里都好似投敌。

“唐总，希望你对她的好，配得上你说的这些话。”

唐涉深心里不痛快：“什么意思？”

霍与驰从口袋里缓缓拿出一个信封，放在塑料桌上，移至他面前，接着开口：“今天一早，公司收到了程倚庭的辞职信。事发突然，公司这边完全联系不上她。她在辞职信里将一切辞职手续都签好了，按规矩，她不用亲自回来走辞职流程都可以。她的辞职理由也让公司方面挑不出错，她说身体不适，需要一段时间静养。我想，这件事无论如何都应该知会一下唐总。唐总若是真如方才所说会对她很好，那么她怎么会身体不适到需要辞职静养的地步？”

唐涉深脸色泛白：“她身体不适，还辞职了？”

霍与驰抬头看他：“怎么，你不知道？”

唐涉深驾车回家，风驰电掣，差点把庭院外的栅栏撞飞。

管家听见刺耳的刹车声，急匆匆地跑出来，就见到从车上下来的先生。管家许久未见他，准确地说，快有两个月了。这会儿见了，感觉陌生得很。

焦虑、怒意、惶恐、后知后觉，一个十分陌生的唐涉深。

他开门见山：“太太人呢？”

管家对答如流：“一周前，太太回来收拾了行李，说是要出差。所以，她一周没有回来过了。”

唐涉深大怒：“出差？为什么不打电话告诉我？”

无端端被训斥了一通，比起委屈，年过五十的管家更多的是嗅到了一丝情况严重的意味。

他照实说：“先生，您不知道吗？太太告诉我，不必打电话打扰您，她已经跟您说过了。太太已经这么讲了，我当然是照做的。毕竟，太太对我们从不撒谎。”

唐涉深的动作很僵硬。

她骗了他。

不仅骗了他，她还骗了所有人。

她连忠诚的管家都不惜骗一次，将她所有的信用一次性耗尽。这意味着什么？意味着，她不打算回头了。

唐涉深快步上楼。他要看看，她所谓的“收拾”，都收拾了些什么。

来到卧室门口，他一把推开门，却在推门的一瞬间没来由地软弱起来，门推到一半硬生生地停下了。他像是预感到了什么，既发狠般地想证实，又害怕真的被证实。这停顿的一分钟就是他惶恐的一分钟，唐涉深的人生中从来没有过这样的一分钟。

他深吸一口气，用力推开了门。

眼前的景象尽收眼底，他愣住，向后倒退一步。

干净、整洁、井井有条，仿佛没有人来过，也不会再有人来。

这是程倚庭的漫长告别。

唐涉深缓缓走进屋子。衣橱里，每一件衣服、每一条领带，都叠得整整齐齐，棱角分明。她做事一如为人，求的是一个端正。床头柜上，两个人的合照还放在那里，还是原来的位置，还是原来的相框。她没有带走这个相框，连照片中一半的她自己都没有带走，留在了时光里。

他打开抽屉，分门别类的物品一样不少。信用卡、备用现金、首饰，都在里面，甚至比之前都要多。之前她常年将他给她的几张酒店VIP餐饮卡放在包里随身带，因为爱极了那几家酒店的大厨手艺，这是她为数不多接受的好意，时常会拿着他的餐饮卡去光顾。而现在，连这几张餐饮卡也一并被她留在了这里。抽屉一关，四方小格无比黑暗，她就将他的心意全部留在了黑暗里。

“程倚庭……”

程倚庭当真就是程倚庭。

尝过被人抛弃的滋味，天不怜见，要她再来一次。痛是痛了些，但她受得住。或者，她受不住也要让自己受得住。

唐涉深靠在桌旁，垂手用力砸了一记桌面。

有没有试过这一种感觉？从来都是两个人，忽然就只有他一个人了，并且从此以后都只有他一个人了。

“我不喜欢和人吵。我……我不会这个。”

她曾经无数次跟他这样讲，他听过，也只是听听而已。那时他对婚姻的态度笃定得很，就像笃定所有的交易那样，都不会在他的掌握下失控。她会不会吵又有什么关系？不会吵更好，吵起来无辜又单纯，有种别样的风情。

他没有想到的是，她说的从来都是真的。

她的“不会”里，有她全部的自尊、自信、自傲、自爱，他将她的这些都揉碎了，在她最后对他抱有希望的时候和她大吵了一架。她不仅不会吵，更在被揉碎之后没有力气再捡起它们。她没有勇气面对这样的婚姻，也没有勇气面对这样的自己。心灰意冷，足以让一个女人从婚姻中出走。

唐涉深缓缓坐下，坐在床沿。

他强迫自己冷静。

不要紧，才一周时间而已，他可以查。出入境、机场、车站，只要他想查，就没有他查不到的事。这个时候，唐涉深尽量不让自己去想常识方面的事。比如全国一年有多少失踪人口，动用了多少警力和群众力量，能找回的也不过只是少数。他想他不会的，他一定会找到程倚庭。

他不认错，现实立刻给了他更大的教训。

管家上楼，小心翼翼地递来电话：“先生，一家医院打来的，说是找太太。”

医院?

男人皱眉，他不喜欢程倚庭和这个地方有任何关系。他没有办法去想，除了她不见了这件事，还有她病了这个事实。

唐涉深接起电话：“程倚庭暂时不在，有事找我就可以，我是她的先生。”

“好的，程小姐的先生是吧？那就再好不过了。”电话那头是一个礼貌的年轻女声，三甲医院的标配护士音，“先生，今天是您陪程小姐来做孕检吗？根据她上次的孕检情况，医生给她排了今日上午的时间做第二次孕检，但程小姐没有来。我们有义务提醒您和程小姐，本院妇产科病人较多，如果三次以上缺席预约的话，本院将取消您的预约资格。另外，本院也根据程小姐第一次的孕检情况，有责任再次提醒程小姐，她的第一次孕检情况不太好，黄体酮过低，也许需要保胎。所以，还请程小姐务必准时来本院……”

她后面再说了些什么，唐涉深一概都听不见了。

他的所有意识都定格在了那两个字上：孕检。

她怀孕了。

程倚庭怀孕了！

电话那头的护士叫了他好几次，半晌不见反应。护士的责任尽到，挂断了电话。他拿着电话，就这样对着一阵忙音听了好久，一个动作也无。手中的电话掉落在地，和地板撞击发出沉闷的声音，将他惊醒。

“怀孕……”

他重复了一遍，然后是很多遍。

这是他全然陌生的一个领域，他毫无反击之力就被击溃了。他不敢去想，那么柔弱的一个程倚庭，是怎样从怀孕这个事实中做出离开的决定的。她和他一样，对这个领域全然是陌生的，她也一定是害怕的、慌张的、惶恐的、动摇的。想到这些，他只觉天塌地陷，这才知一手好牌在手，被他彻底打坏了是什么感觉。

他伸手，陡然抓住桌上的玫瑰花束。

新鲜的玫瑰枝条，骨刺未除。他一用力，尖锐的刺一根根扎进他的手掌中。下一秒，血流如注。

他需要一点痛感来让自己清醒。

管家半晌没听见动静，推开门去拿电话，不料见到眼前的一幕：“先生！”

他的左手血淋淋的，却全无痛感。

他连痛感都失去了，可怎么得了。

唐涉深咬紧牙关。

她的留言，他听见了——

眷恋岁月眷恋你又如何？你若无心我不留。

来时不曾轰轰烈烈，去时也无须热热闹闹。

世间沉浮起落太多，她只是其中一个，受得了，不碍事。人间多变，人从不胜天，她也不想胜了，铁骨铮铮地认输，未尝不是一种保全。总比同他吵闹哭恨，丑态毕露，要好得多。

管家慌慌张张道：“先生，您别动，我马上去拿医药箱来。”

他却毫无痛感。

一抽手，连血带刺，一并拔了。

想走？休想。

他发誓：“程倚庭，你走不了。我，唐涉深，绝对不会，放你走。”

——正文完——

番外 ▶ 找到你

深夜两点，唐信被一通电话吵醒。

手机持续振动，扰人清梦。他本想置之不理，无奈对方比他更有耐心。打完一通，再打一通。

唐信屈服了，长手一捞，接起电话：“哪位？”

电话那头，付骏尽责地报告：“供应商出了问题，连夜来了总部闹事，需要您过来一趟。”

唐信握着电话，心情复杂。

五分钟后，男人不情不愿地从温暖的被窝里起来，穿衣洗漱，在冷飕飕的半夜驱车去SEC总部。

开着车，他反复想，怎么就会让自己陷入现在这个苦楚的境地呢？

罪魁祸首除了唐涉深，别无他人。

这件事还得从六个月前说起。

六个月前，程倚庭失踪了。没有人知道唐涉深经历了何种心理斗争，人们见到的，是在两日后现身的SEC董事长。他吩咐付骏发布公告：即日起，唐涉深先生从SEC董事长之位暂退，任命唐信先生为代理董事长。

唐信的手机在那一天被打爆了。有SEC管理层的、媒体的、关联方的、分析师的，无一不想在第一时间求证这件事的真假。如果真，原因是什么；如果假，真相又是什么。

事实上，唐信也是一脸蒙。他比谁都想知道唐涉深的脑子是怎么抽了，一声不吭地就做了这么个推他入火坑的决定。

但唐涉深的电话已经打不通，他关机了。

唐信是在两日后，从管家那里套出了唐涉深的下落。他去了程家，显然无功而返。唐信在程家门口见到了他，憔悴的、焦虑的、后悔的、心痛的。那一瞬间，唐信原本想问的话一句都问不出来了。

唐涉深已经做过了心理斗争，一切就这样有了定夺。旁人问不问，都一样。

六个月后。

唐信处理完供应商的突发事件，从SEC总部离开，已是早晨七点。

睡眠严重不足，他走去公司对面的咖啡馆，叫了一杯浓缩咖啡、一份水果和一份三明治，简单地吃了顿早餐。喝完咖啡，他想了想，驱车去找唐涉深。

唐信原本的目的是将昨晚的供应商突发情况跟唐涉深讲一遍。坐着代理人的位子，唐信没有飘，他深知这个位子只是“代理”。SEC不是他的，那是唐涉深用十几年的时间坐稳的，上下早已都是他的人。他这个代理人坐在上面，要比谁都知分寸才好。

然而当他见到唐涉深，问题频出的公事却一句都说不出来了。

他不太好。

唐涉深睡在沙发上，手里握着手机，似乎下一秒就是希望，但又永远等不到下一秒。沙发前的大理石茶几上放着几瓶药，瓶盖开着，旁边还有未吃完的几颗。唐信俯下身，拿起药瓶，扫了一眼，脸色微变。

唐涉深从噩梦中惊醒。

他缓了缓，见到眼前有人。两个人对视一眼，皆沉默了。

还是唐信先开了口：“这种药，你不该吃这么多。安眠药解决不了任何问题，反而会害了你。”

唐涉深手扶着额头。

近来，他头疼的症状日渐严重，连敷衍的力气都没有：“我睡不着。没有它，我根本没办法睡。”

事实上，有了它，他也不见得能睡多久。一个人内里的崩坏，就是从失去睡眠开始的。

唐信拿着药瓶，这么轻却似千斤重，他心里生出一些对眼前人的怜悯。

手机响了起来，唐涉深迅速接起：“查到了？”

电话那头说了几句。

他沉默许久，道：“没有下落的话，就继续查吧。”

电话挂断。

唐信放下药瓶，一句安慰的话都开不了口。

他原本有妻有子，如今却一无所有。一个男人惨烈至此，根本让人无从安慰。

倒是唐涉深打破了沉默：“你对我有一点失望吧？”

“不会。”

唐信看着他，面色平静：“去追求自己喜欢的女子，和她约会，与身先士卒攻入敌人的城池没有差别，两厢都是勇士。”

唐涉深勾了勾嘴角，那是笑的意思。但他现在连笑都很难看：“你不像是会说这种话的人。”

“嗯。”唐信没有瞒他，“听人讲的。”

“呵。”

唐信坐下来，静静地陪他一会儿。

“程倚庭……日子不短了吧？”

唐涉深听得懂他省略的未说的部分：“嗯，算算时间，有六个月了。”

唐信点点头：“六个月，已经很显怀了。小孩性格好动的话，胎动也很剧烈了。六个月，也是渐渐进入孕晚期，妈妈开始感到不容易的阶段。睡眠质量会变差，连平时走路都需要处处小心。”

说完，唐信把最难听的那一部分忠告告诉他：“你还是要尽快找到她比较好。否则，在她生命中最困难的一段时间里你缺失了，即便最后找到她，你也弥补不了了。而她，也会终生伤心。”

唐涉深的表情痛苦。

这些道理他何尝不清楚。然而清楚是一回事，做得到又是另一回事。在此之前，他从未对自身能力有过怀疑。但现在，他即便说服自己不能怀疑，这种说服本身的行为其实就是他的动摇了。

唐信沉默许久。

有些话，他不得不说。

他幽幽地开口：“十个月不回家看望父母，必定会让父母担心。程倚庭不是一个舍得让父母担心的人，一定会告知父母自己的下落。这么长时间了，难道你就没有想过从程家父母那里下手吗？”

“爸爸不肯说，也许，是程倚庭特别交代过的。”唐涉深心里有愧，拿捏迟疑，“我不忍心让爸爸左右为难。”

唐信简直无语了。

这位兄弟什么时候这么善良过了？可见感情不仅会毁坏一个人的身体，还会烧坏一个人的脑子。

“我说，这种时候了你还感情用事，你有没有问题？”唐信微微朝他倾身，对他直言，“程家不肯说，你就顺着他们。那你还想不想要和程倚庭的这一场婚姻了？如果有一天，她生好孩子，恢复了力气，回来和你谈离婚，到了那个时候你也顺着她？”

唐涉深倏然皱紧眉头。

唐信起身，点了他一句：“你要相信，只要你想做的事，就没有做不到的；只要你想查的人，就没有查不到的。能影响你的不是程倚庭，而是你的方寸大乱。唐涉深，做回你原本该有的样子，然后，找到她。”

距离C城四小时高速，有一个小镇，隶属D城，名字很古旧，叫千茶。

千茶镇以“茶”字为名，却不是茶乡，而是以古镇风光闻名全国。千茶镇是千年古镇，当地十分注重传统文化的传承和保存。在工业化、城镇化的进程里，千茶镇就像一个安稳的老人，迎来送往，在两千五百多年的历史中，我自岿然不动。

这一天，程倚庭是在千茶镇的第一缕阳光中洗漱完毕的。

她近来睡眠越来越少，六个多月的孕期负荷开始逐渐加重。她本就是一个睡眠浅的人，晚上起来去一趟卫生间，要再入睡就很困难。从前一周开始，她每晚会醒来去卫生间两三趟，睡眠被彻底断成一截一截的，整夜的睡眠对她而言已是奢侈品。

洗漱完毕才六点，她做了简单的早餐。一碗白粥、一杯豆浆、一个水煮蛋，外加一碟小菜。小菜是千茶镇的特产，拯救了她的孕期反应。在孕中期，她吐了整整四个月，体重直线下降。幸好，她遇见了贵人。

房东太太张婶是个热心肠，土生土长的千茶镇本地人，家里有两套房，一套自住一套出租。两套房距离很近，隔条街就是。张婶第一次见到她吐得不像话的样子，是在第一次来收房租的时候。张婶几乎被她这折磨得只剩一把骨头的样子震惊了。

张婶生了两个孩子，别的经验没有，生孩子的经验足得很，当即对她道："这样不行，你这样下去能不能保住孩子都是个问题。"很快，张婶就给她带来了一些东西，都是千茶镇当地出产的小菜。张婶对她说，吃这个，下饭，能缓解孕期不适，当地人都知道。外地人不懂小菜的好，还常常看不起这便宜货。

程倚庭试着吃了一点，症状果然缓解了很多。她很高兴，张婶比她更高兴，连说老祖宗的东西哪有不好的，这小菜也是有两千五百年的历史的。她言语间都是身为古镇人的骄傲。

程倚庭喜欢这种骄傲，一种和过去的都市人生活划清界限的骄傲。

过去那么多年，在C城，她太累了，太不开心了。无止境的工作，无止境的婚姻，处处是死结，处处要她解。她能力有限，却还不愿承认，搭上了性命去解一个又一个死结。最后，死结越来越多，她差一点把自身两条命都搭进去了。

肚子里的小朋友踢了她一下。

程倚庭收回思绪，连忙摸了摸腹部，对他安抚："怎么啦？忽然踢妈妈踢得这么重，是不喜欢妈妈想过去的那些事吗？好啦，妈妈不想了，和你在一起妈妈很快乐啊。"

安抚了一会儿，小朋友安静下来。程倚庭做着早餐，收到邮件提醒。

发件人是一家出版社的编辑，人称毛总。毛总是编辑行业里的另类，约稿、催稿都带着高度热情。程倚庭和她的邮件来往中，最常出现的字是"哈哈哈哈"。程倚庭是个保守派，有时对着邮件会抓不住毛总的点，不知道她在"哈"什么。但久而久之，程倚庭不仅习惯，更是喜欢上了这种风格。在孤独奋战的孕期里，有一个人同她定时地"哈哈"一下，令她觉得开心又感恩。这世间还有人惦记她，多好的安慰。

毛总的确惦记她。

不仅惦记她的人，还惦记她的稿子。

就在程倚庭辞职后不久，来到千茶镇租房安定下来后，她就收到了毛总的约稿邮件。两个人简单地沟通过后，程倚庭接下了这部商业约稿。一来，她需要新的收入来维持生活；二来，孕期中能做的工作不多，毛总给她的机会绝无仅有。毛总总是夸张地对她说"谢谢谢谢！解了我约不到稿的燃眉之急"，事实上程倚庭真正该感谢的是毛总。她解的只是毛总的燃眉之急，毛总解的却是她人生中最寂寞痛苦的一段旅程。

毛总一大早发邮件给她，是表达对她昨晚邮件的震惊："程倚庭，你凌晨三点还给我发邮件讨论写作过程中出现的问题，你不要身体啦？你不要睡，宝宝也不要睡啦？"

程倚庭笑笑，简单地回复了邮件："稿子已过半，其余请放心。"

毛总回邮件的速度是秒回。这一次，程倚庭没有再去看。毛总的习惯她了解，废话太多，一个字也能发个邮件过来。有时为了着重表达她的震惊，一个感叹号也要发一封邮件过来，严重占用程倚庭的邮箱内存。

程倚庭做完早餐，却没有吃，拿了一个文件夹，带上手提包，出了门。

今天是定期产检的日子，要抽血，不能吃早餐。她提前做好简单的小餐，做完产检全身无力，回来后可以马上吃。一个女孩，独自生活有身孕，万事都要提前做，提前想周全。

千茶镇人少，医院也不多，小镇上只有一个医院。六个月前，程倚庭刚来时，张婶看出她是从一线城市来的，对她道："你不放心的话，还是去D城的三甲医院产科为好，我们这小镇上的医院，各方面设施都落后，可能你会不习惯。"程倚庭谢过张婶的好意，说没关系，张婶在这里的医院平安无事地生了两个孩子，就是这家医院值得信任的最好证据。张婶听了，一边被她一口一个"您"字称呼得晕晕乎乎，一边不知怎么的就是觉得她这话听得人特别舒服。

医院里永远人满为患，千茶镇的医院也不例外。

小镇是一个讲究"人情"和"关系"的地方，产检也不例外，分"特需号"和"普通号"。其中，特需号限量发放。本镇有关系的，能约到特需号，产检就不需要排队，两个小时左右就能结束。拿普通号的人非常多，产检就好似一场战斗，从白天到晚上，不花上整整一天的时间，根本轮不上。

程倚庭不爱"走关系"那条路，自然只拿得到普通号，但她觉得无妨。这十个月的孕期，本就是她瞒了所有人，自己对自己的一场放逐。若遇上点事就到处找人，她这场放逐也就没有意义了。放逐有放逐的好，她什么都缺，最不缺的就是时间。在每次产检等待的时间里，她能做很多事。比如和小朋友讲话，再比如想一些未来的规划。

她唯一不想的，就是过去。

她的过去一败涂地，没有可以怀念的理由。

今日产检需要抽血。排队两个小时，终于听到护士叫她的名字。程倚庭"哎"了一声，走进了抽血大厅。抽血席位上只留一个小玻璃窗口，她把右手伸进去。五分钟后，她收回右手，上面多了两个针孔。她静脉细，镇上医院护士的业务水平不比三甲医院，扎不准是常有的事。她能忍，不怪护士，反过来安慰脸红的护士说"不要紧"。

抽完血，她站起来，放在腿上的包掉在地上。程倚庭右手按着左手针孔处的酒精棉花，弯下腰，发现也无力可捡。一个人做产检就是这样，总是不方便的时候多于方便的时候。看看四周，丈夫陪着妻子，男人陪着女人，只有这个时候，她才会有一点点难过。别人都有，她没有了，像小孩子失去了最重要的一部分，与这个世界格格不入。

一个身影来到她眼前，停住了。

身影很高大，罩下来，投下一片暗影。这个身影蹲下来，伸出好看的左手，将她面前的包捡了起来。

程倚庭抬头去看，就看见了曾令她痛彻心扉的唐涉深。

她瘦了。

抽血的左臂衬衫袖管尚未拉下，唐涉深看见她的手臂，那么细，比以前更细，仿佛他用两根手指就能轻松圈住这一条细细的手臂。这怎么能是一个怀孕女子该有的模样呢？即便没有怀孕，她也太瘦了。这就是他照顾她的下场，将好好的一个程倚庭照顾成了如今这副千疮百孔的模样。

程倚庭却全然没有唐涉深久别重逢的心情。

她几乎是痛苦地立刻倒退了一步。

男人眼明手快，将她一把扶住。

她努力控制情绪：“你可以装没有见过我吗？可以转身就走吗？”

“不可以。”

他紧紧搂住她的肩，势必要逆她的意：“以前不可以，现在不可以，将来也不可以。”

程倚庭狠狠地推开他。

她用的是左手，刚抽完血，又用了大力道，尚未凝固的鲜血再次涌出来。护士见状，立刻递来医用棉花。护士见多了生活怪状，教育起人来也不留余地：“哎哎，你们怎么回事啊？在抽血大厅吵。这位是先生吧？你不知道今天你太太做糖筛要抽三次血吗？这才抽了一次就这样了，剩下的两次血还怎么抽？还有，你作为先生不知道她抽完血要马上喝糖水吗？还在这里和她吵？”

唐涉深一边紧紧抱住程倚庭，用棉花按住她的手臂，不让她乱动，一边向护士点头：“是，我知道了，谢谢你的提醒。”

他难得被训，还是被一个小护士。但小护士说得对。他有错，她也是，无论如何也不能将两个人之间的恩怨放到这里。这里是什么地方？是保护宝宝的地方，是宝宝的第一道屏障。她什么都没有，只有肚子里的这个孩子。任何人都不值得她拿孩子来冒险，唐涉深也不值得。

程倚庭向护士道了歉，说了声“不好意思”，没有再当众给他难堪，被他扶着去了休息区。

糖筛，在产检中心被称为“令孕妇闻风丧胆的第一道关口”，尤其是程倚庭这样的天生体弱者。唐涉深曾听医生讲过她的体质问题，痛感要比普通人强烈得多。唐涉深扶着她坐下，她第一针就已经被扎了两次，剩下的两针要怎么办？他都觉得疼。

“你坐在这里不要乱跑，我去倒糖水。”

他像哄小女孩一样哄她，大概是被她离开了一次弄得心有余悸，他走了两步又折返回来，重复了一遍：“不要走，就在这里等我。”

程倚庭头疼，推开他：“五分钟内要喝下糖水，现在跟你吵了三分钟，还有两分钟。”

唐涉深不再多言，起身去茶水间配葡萄糖水。

他端着糖水过来，程倚庭仰头便喝。

高浓度的葡萄糖水，有一种折磨人的齁，甜腻的味道卡在喉咙里，几乎让人窒息。喝了一半，程倚庭忍不住干呕。唐涉深将她整个人扶住，一遍遍地哄：“倚庭。”

程倚庭没有推开他，被他扶着靠在他的胸膛喘气。她不是不想推开，是没有力气再推开他了。

休息片刻，她仰头，将剩余的葡萄糖水一饮而尽。

唐涉深看着她的样子就明白，她坚强的那一面始终没有变。岂止没有变，是更坚强，也更倔强了。人们常说，女人是刚柔相济的。唐涉深明白，是他罪孽深重。他将程倚庭的“柔”毁掉了，只剩下了坚强的一面，将她包裹起来，负重前行。

休息了半小时，程倚庭缓过来了，在等待下一次抽血验血糖的时间里，她开口：“怎么找到这里的？”

很明显，他不想说，因为答案一定是让她不乐意的那种。

程倚庭笑了，带着些惨淡的味道：“千方百计找到我，却连第一步的坦诚都不愿意做。你就算找到了我又能如何呢？”

唐涉深听不得她否决与他的过去和未来，伸手捂住她的嘴，告诉她：“三天前，你打给爸爸一个电话。”

程倚庭蒙了一会儿，当反应过来时，整个人“唰”的一下站了起来。

“你监听我爸爸的电话？”

她的动作太大，声音也太大，吓到了过往的行人。人群的目光一下聚集过来，程倚庭却连这个也顾不上了。她胸膛起伏，震惊又愤怒，眼里都是对这个男人的强烈控诉。

“不是监听，我只要找到你。”

意外地，他没有否认。他承认得十分爽快，态度也十分强硬：“只要可以找到你，我不惜一切手段。你，或者爸爸，恨我都可以。看着你对我愤怒，对我生气，好过杳无音信千百倍。”

她不会知道，在失去她下落的日子里，他是如何过来的。

失眠、焦虑、抑郁，却还要说服自己坚持下去。人们常常用“行尸走肉”来形容他这样的状态，他却明白，行尸走肉算什么，他是悔恨难当。做错事，得不到赎罪，一生内疚。明媒正娶、生儿育女的妻子，应该备受保护，极尽宠爱。

程倚庭血色全无，正欲辩解什么，就听见护士台喊号：“2408号程倚庭，糖筛第二次抽血，请至抽血中心。”

弥漫在两个人之间的战争暂时休兵，他扶住她，在她耳边嘱咐“走路小心”，她也顾不得与他争下去。

现在最要紧的不是他，也不是她，而是孩子。无论如何她都不会拿宝宝的安危去同任何人犯险，包括唐涉深在内。

漫长的产检，做完已是下午三点。

第三次抽血，程倚庭已有些吃痛。她今日扎足五针，身心疲累。抽血时唐涉深站在一旁，捂住她的双眼，将她按到胸口。抽血的护士见了，也不禁笑了。抽完最后一管血，拔出针头，按住棉花止血后，护士忍不住笑道：“见到太太这样受苦，心疼了吧？女人不易做，先生一定要对太太好一点，知道吗？”

唐涉深向她颔首道谢：“是。”

程倚庭却没有感动。

止住血后，又有了力气，她挣开他的手，自己走。

三年婚姻，她元气大伤。

再来一次，背水一战？她已经没有这个勇气了。

房东太太张婶热情地给程倚庭送来自家做的酱菜，开门的却不是程倚庭，而是一个陌生男人。张婶愣了一下，不愧是见惯人情世故的，立刻捂住嘴笑了：“哎哟，这位就是先生吧？您终于出差回来啦，倚庭在这儿都住了六个多月啦。”

唐涉深打开门，迎房东太太进来：“出差？”

“是呀，当初倚庭一个人怀着孕来租我这房子，我这心里哟，可是忐忑过一阵子的。她一个孕妇，万一出了什么事，连个帮手都没有。最后还是倚庭说服了我，说是先生出差了，她会好好照顾自己的。”

唐涉深心里一暖。

纵然明白这并非程倚庭给他留的后路，他也很高兴，至少她没有一气之下对旁人说“先生去世了”之类的胡话……

张婶送来酱菜，望了望卧室，知道程倚庭正在午睡，就不打扰了。离开前，张婶对唐涉深道：“虽说你们小夫妻日子艰难，手头紧，没有房子，又有了孩子，你身为男人，有养家糊口的重担……”

唐涉深：她这是在说啥呢？

张婶继续絮絮叨叨：“但你也不能为了挣钱，就把倚庭一个人扔在出租屋里呀。前四个月，那是多么痛苦的四个月啊，倚庭吐到胃都空了，为了孩子还强逼自己吃饭，吃完又吐，四个月瘦了整整十斤，我看了都不忍心。好不容易熬到六个多月，肚子大起来了，行动又不方便了。她不喜欢麻烦旁人，每天都自己上街去买菜。有一次我看见她，走着走着就扶着墙坐了下去，我赶紧过去扶住她，这才知道她患了妊娠期贫血症，人多的地方呼吸跟不上，就会眼前发黑晕过去。你看看，这多危险……”

末了，张婶还悄悄告诉他一件事：“两个多月的时候，我还见她哭了一次。哭得真伤心啊，我不放心，陪了她一晚，才知道那天她去做产检，医生告诉她黄体酮低，HCG也没有翻倍，可能有保不住的风险。那是我第一次看见倚庭哭，声音都没有，就是止不住眼泪，肝肠寸断，我一个老太婆见了都难受。我赶紧安慰她，说这事说不准，要相信孩子是有生命力的，他也会和妈妈一起努力，作为妈妈，不能在孩子尚在努力的时候先投降了。她这才不哭了，跟我说她一定会努力保住这个孩子。你看看，那么难的六个月，都是她自己一个人熬过来的，你怎么忍心……”

前尘往事，大错已铸，只盼望余生能弥补。弥补一分是一分，两分是两分，要等伤口全然愈合，也许耗尽一生都是奢望。

唐涉深郑重地道谢：“谢谢您告诉我这些。”

张婶说“不用”，摆摆手就离开了。

华灯初上，他在厨房忙碌。

糖醋鱼、太湖银鱼羹、玉米炒松仁、清炒时蔬，蒸锅里还有一碗粗粮南瓜。以前她就不爱吃肉，怀孕后更是闻不得肉味。他读书时练就的厨房手艺，正派上大用处。

银鱼羹需要烧一会儿，他得了空，斜靠着墙壁，陷入沉思。

这样的平静许久未曾有，他像世间千千万万个丈夫那样，有妻可守，有子可盼。此刻他做着饭，方知这滋味竟是这般好。上亿的合同、跨国的交易，在它面前都一文不值。

家，就是此处心安。他为什么不早一些懂这个道理呢？

程倚庭从卧室睡醒出来，见到的就是这个画面。

厨房里，唐涉深忙忙碌碌。糖醋鱼的香味飘出来，令人垂涎三尺。他有好手艺，中西餐都精通，家常菜更是难不倒他。这样的男人，有做好男人的天分。然而有了天分，还是没有好下场，到底是他的问题，还是她的问题？抑或是，都没有问题，只是两个人不合适。

程倚庭黯然。

性格不合，多常见的说辞，放到自己身上，才知有多痛。仿佛一场大失败，败尽了她的自信与自尊。

她收拾心情，冷淡视之："你不打算走了？"

唐涉深转身，没被她的冷淡打败。他孤注一掷而来，早已刀枪不入。

"你在这里，你告诉我，我能去哪里？"

程倚庭一笑，很落寞："为了孩子？"

"别说气话。"他低声哄她，"我在意的是你。"

"在意我？"

她笑了。

心结仍在，加了一味时间剂量，更是溃烂得不成形。

"是你说的，我们之间唯一庆幸的，只有没有孩子这件事……"

话未说完，她已被他捂住了嘴。

他一向清高的眉眼此刻无力地耷拉着，仿佛一个败将，向人投降了。无奈对方不愿，连投降都拒绝。

"倚庭，不要用'分手'折磨我。"

一贯高高在上的男人，生平第一次求人，还是在感情上。这姿态，她不熟，没来由地呼吸一窒。他求人原谅，是生手；她硬要接着这原谅，也是生手。没有人问过她，愿意吗？可以吗？一如多年前她被人抛弃，也一样。原谅和抛弃，都只要她接着就好。她累了，能不能说一声"不好"。

她低下头，很孤独："唐涉深，我很怕。"

她声音沙哑："我很怕，我们再一次重蹈覆辙；我很怕，你对我的迁就是心血来潮；我很怕，有了孩子之后，和你之间的关系会更复杂。这六个多月，偶尔我会想，我们两个人真的合适吗？你对我不信任，而我总是激怒你。有时是无意的，有时是故意的。我知道从被霍与驰抛弃开始，我就落下了病，一种名为自卑的疑心病。我不想再被人抛弃了，所以我常常会想，不要也罢，我不要你，就不会被抛弃……”

话未说完，一双有力的手已将她搂了过去。

她被人按到胸膛上，耳边听到的，是他沉稳有力的心跳声。

“是我不对，我没有给足你……应有的安全感。”

他很后悔，但求来得及：“苏言的事是我任性了。明明可以解释，偏偏不愿意对你多说半个字。我是有私心的，因为嫉妒你对霍与驰和关雅正的偏心，所以也想让你尝尝痛苦的滋味。你走后我没有一天不在反省，人在冲动之下为什么会理智全无，做出那样幼稚又愚蠢的举动。”

程倚庭挣扎，不愿又被他无端端哄了去：“好好说话，放开我。”

谁知他竟大言不惭：“你有想我的，是不是？”

“呵，你继续这么认为吧，如果这能让你高兴的话。”

“不想我，为什么会带走你送给我的那件居家服？”

她再次愣住。

万万没想到，他情伤未愈，观察力却从未丧失，竟注意到了这个。

程倚庭咬牙：“本就是我买的，不想留给你。”

“是吗？”

他抚摸着她的长发，感受到她在颤抖。

这是她紧张的表现，他了解她。

“那件衣服，我穿的次数最多，时间也最长，早已经旧了。你带走它是为了留住什么？怀念什么？”

像是被戳中了痛处，程倚庭剧烈挣扎起来。他不肯放开，将她搂在怀里，加了力道，承受她的痛苦。她像是不甘心，最后咬了他，他的右手臂上留下一个牙印。他也任她去，将她抱得更紧。她感觉输了，眼泪忽然就下来了。

“程倚庭，我对你，万分抱歉。”

他没有拭去她的眼泪，任她在怀中肆意流泪。

他感受得到她的委屈有多重。常听老人讲，妻子委屈了，一定是丈夫的不是，即便这委屈不是丈夫给的，化解不了她的委屈，那就是丈夫的失职。他曾经对自己太自信，放不下自尊。对妻子，哄一次当新鲜，哄两次当兴趣，哄得多了，也就烦了，全然不知“责任”二字，正是从这烦中才生得出的。有的人烦了，不愿做了；有的人烦了，仍是扛起了责任，将烦恼也变成了欢喜。他是前者，失职得很彻底。

程倚庭闭上眼：“四个月开始，宝宝就有胎动了。六个多月，胎动越来越强烈。有时候我一整晚都没法睡，被他踢得疼。那时候，我会有一点难过，旁人都有孩子的爸爸一起陪一起安慰，可是我没有了。后来，我更担心宝宝，他越来越有力，却从来没有听过爸爸的声音，我很为他感到难过。带走那件衣服，是出自本能，没有多想什么。但后来我才发现，是早就有的感觉吧。难过的时候，怕宝宝期待爸爸的时候，我就会抱着那件衣服，就当是……有你在陪他，也陪我。”

坚强久了，软弱一次，她觉得值。

六个多月的委屈，由眼里流出，流淌在他身上，浸湿了他的衬衫。这委屈被他看见了，她也就不委屈了。

你看，程倚庭多好哄，痛过、绝望过、生不如死过，让他见一见委屈，她就能一笔勾销了。就像古典演义小说中最寻常的那一类女子，偶尔憧憬的，不过是一个人疼、一个人懂，仅此而已。

这样的程倚庭，你为何不懂珍惜?

唐涉深抱紧妻子，再一次许下诺言：“程倚庭，你在哪里，我就在哪里。这一生，我非你不可。”

终爱小剧场

目 *CONTENTS* 录

LAST

LOVER

桃乐丝

四岁的桃乐丝和印度小伙伴说了“bye”，从海滩边撒丫子回到海岸上时，本就小麦色的皮肤更增加了一层古铜色。

海岸边散布着各类餐厅，桃乐丝径直走向一家休闲西餐厅的露天餐位，在一对男女身边一屁股坐下来。被打扰的男女神色各异，男人喝了一口香槟，明显有被打扰的不悦。女人一脸温柔，伸手拂去桃乐丝脸上沾上的沙粒，又叫侍者给她端来一份波士顿龙虾意面。桃乐丝在海边玩了一个傍晚，早已饿坏，拿起叉子“呼噜呼噜”吃了起来，还不忘转头对身边人笑：“妈妈，这个面好好吃呦！”

程倚庭拿着纸巾，擦去女儿脸上、手上吃得到处都是的番茄酱，温言软语：“慢慢吃，不着急。”说着，她又递过去一杯橙汁。小孩吃得毫无斯文样，仰头的工夫，半杯橙汁就下了肚。

去年过年，程倚庭带桃乐丝回老家。外公见到桃乐丝吃饭喝水、与人交往不拘小节，有些担忧，私下问程倚庭怎么把小姑娘养得这么野，看看镇上的小姑娘，一个比一个像公主。

程倚庭笑笑，没反驳，只说桃乐丝现在

这样挺好的。

程父看了她一眼，听得出她的言下之意：现在的桃乐丝，正是程倚庭理想中的模样。她不会让女儿改，更不会让旁人干涉。

桃乐丝在出生三个月后就随同父母一起去了新加坡。

程倚庭当年执意留在千茶镇生下孩子，唐涉深曾想立刻带她回C城。C城是SEC的总部所在地，医疗发达，唐涉深在C城的关系网也非比寻常，然而程倚庭却决然不肯。她只淡淡地对他讲了一句话：“我不想回到被其他女人睡过的，本该属于我的地方。”一句话就堵死了唐涉深。他若再解释一句，她立刻有泪。妻子的眼泪是唐涉深的致命伤，仿佛她的不被理解和被伤害都在这眼泪里了。这眼泪是控诉，更是不肯妥协。产科医生对他讲，不要忽视心理疾病对产妇的伤害，看起来程倚庭已有严重的后遗症，若不重视，听任发展，将来很可能就是抑郁症。唐涉深当即决定带她离开这里，去新加坡，重新开始。

新加坡号称儿童的乐园，是一座对儿童成长、教育非常友好的城市。他们住在唐涉深位于新加坡的一栋高层公寓里，桃乐丝成了程倚庭生活的重心。

说是重心，事实上，从桃乐丝会走路、说话开始，程倚庭就放开了手，不怎么管她了。桃乐丝的交际能力一流，最好的小伙伴是在学校认识的一位印度小伙伴。两个小朋友互相影响，桃乐丝的英文口音深受其害，渐渐就被印度小伙伴带偏了，一张嘴就是一股浓浓的南亚印度口音。久而久之，她的中文口音也深受影响，过年回老家和外公对话，总会惹来老人家摇头。

“妈妈，我说话不好听吗？”

桃乐丝曾这样问程倚庭。

“不会啊。”程倚庭告诉她，“语言没有好坏之分，所有的语言都是文化的一种。何况一个人的语言能力随着年龄、见识也会不断地变化，人只有一生的时间，每一个阶段都是最好的。”

桃乐丝似懂非懂。

这就是她的优点，不懂的时候绝不点头，这是一个尚未学会在心里装事的小女孩。

这会儿，桃乐丝被妈妈照顾得很开心，胃口大开，一盆龙虾意面下肚，感觉还没有饱。她捏捏小肚子，大眼睛在桌上扫了一圈，仰头对妈妈道：“妈妈，我还想吃！”

程倚庭尚未答应，唐涉深放下酒杯对她道：“不可以，你今天吃得够多了。”

桃乐丝望着爸爸，眨巴了一下眼睛。

当爸爸放下酒杯，她听见高脚杯轻轻碰到餐盘的声音时，就知道她会迎来爸爸的不同意。爸爸只有在不同意、生气的时候，才会稍稍忘记优雅。在桃乐丝的认知里，爸爸是一个将优雅当习惯的人，仿佛他自小就是这样长大的。以前桃乐丝不懂，只无端端十分喜欢看爸爸吃饭、做事，甚至是走路。后来，当她上了幼儿园，看见了其他小朋友的爸爸，才明白，她喜欢看爸爸的样子，是因为爸爸的一切行为都要比大部分人好看和优雅。

桃乐丝摸了摸头。

聪明如她，当然不会跟爸爸去硬碰硬。她转向妈妈，开始了人生中第一次的见风使舵："妈妈，我还没吃饱，我还能吃呢。"

唐涉深不紧不慢地扫过来一眼："唐炜彤。"

"哦。"

桃乐丝立刻将小脑袋缩了回去。

每当爸爸指名道姓叫她中文名的时候，她就知道，爸爸是认真的了，她再不乖乖的，就要倒霉了。

程倚庭摸了摸她的小脑袋瓜。

她叫来侍者：“麻烦你，再来一份甜品，就要‘新加坡花园’好了，谢谢。”

桃乐丝抬头，眼睛发光，那是人类幼崽对食物的本能憧憬。

唐涉深有些无奈：“你太惯着她了。她今天中午已经吃了一整块儿童牛排加一份土豆泥，下午又吃了一个三明治、一个牛肉汉堡，摄取的能量早就超标了。”

“小孩子能吃是好事。”程倚庭笑笑，

不以为意，“她每天活动量那么大，不碍事。你看看她的小胳膊小腿，都是结实的，没有肉嘟嘟。”

唐涉深看了一眼桌上，程倚庭面前的牛排才吃了一半，被桃乐丝打断。她照顾女儿吃晚餐，剩下的牛排早就凉了。他对女儿发出警告：“唐炜彤，吃东西的时候不可以再让妈妈照顾，知道吗？妈妈还没有吃完晚餐。”

桃乐丝这才注意到，妈妈面前的牛排早已冷透，不适合吃了。

她点点头，力道重得快把头点到桌上去：“嗯呢！”

唐涉深指了指身边的座位：“过来，坐

在这里吃。”他深知程倚庭的习性，只要桃乐丝在身边，她是绝对不可能将注意力从女儿身上收回的。

桃乐丝飞奔去爸爸身边。

她那双大眼睛立刻就被唐涉深面前的牛排吸引了。好香的牛排啊，七分熟，酱汁浓郁，看起来就好好吃……

身为人类幼崽，桃乐丝对食物毫无抵抗力。再加上爸爸和妈妈不同，妈妈平时对她的原则是“开心就好”，爸爸则对她管教甚严，连吃饭也遵循控制卡路里的原则，只给她以健康、绿色为主的餐饮，搞得桃乐丝常年对“垃圾食品”抱有本能的憧憬。

“爸爸。”小女孩的大眼睛里闪着所有

人抗拒不了的童真，此刻正直勾勾地望着爸爸，“我想吃一口你的牛排。”

程倚庭当即不忍心了。

家里又不是穷得吃不起肉，这可怜的娃……

她刚想开口，叫桃乐丝来妈妈这儿吃，却听见唐涉深的声音已经响起：“可以。但是你要自己吃，尤其不能吵妈妈，知道吗？”

“OK！”

父女俩协商吃块肉都拿出了谈生意的架势，约定成功后，唐涉深就将眼前这个小肉球抱了起来。桃乐丝还不够高，力气也不够大，成人刀叉过重，桃乐丝坐着吃牛排够不着。唐涉深将她抱在自己的腿上，先握着她的手，再握住刀叉，陪她吃。

难得享受爸爸给的如此尊贵的待遇，桃乐丝热情高涨，本着马屁精的精神，献上一顿奉承：“爸爸，以前你是不是很受欢迎？是不是有一位苏教授好喜欢你？”

“……”

什么叫平地一声雷！

唐涉深动作一顿，当即有把身上这只狗崽子扔到海里的冲动。她这是拍马屁吗？她这简直就是在害他，还嫌当年他被这些鸟事害得不够惨吗？

他立刻抬头去看程倚庭，就怕又触到她的雷区，闹掉他半条命。程倚庭却神色如常，这会儿正接过侍者端来的一杯水，微笑着说“谢谢”，仿佛全然没有听见桃乐丝方才的话。她放下水杯，对着眼前的两个人说“我去一趟卫生间”，起身暂时离了席。

唐涉深等程倚庭走远了，才头疼地问女儿：“刚才的事你是从哪儿听来的？”

“我猜的，从妈妈的表情里猜的。”桃乐丝大口吃肉，告诉他的消息一个比一个劲爆，“上周，学校有两天心理学讲座，来给我们开讲座的就是苏言教授。放学后妈妈来接我，才发现和苏教授认识。我和戴安娜在幼儿园玩了一会儿，妈妈和苏教授还一起喝了一杯咖啡。我问妈妈她是谁，妈妈说她是爸爸的朋友。不过我发现，妈妈似乎不愿意多谈。第二天，苏教授讲完讲座后，还特地找我聊天，问了我很多关于爸爸的事情。尤其她还问我，爸爸有没有提起过她的名字。放学后妈妈来接我，告诉我不必在意这个。我当然不在意啦，我又不认识苏教授。不过我看得出来，妈妈很在意。”

说完，这个小狗仔还不死心地追问了一句：“爸爸，我猜得对不对啊？”

唐涉深将一块牛排喂给她，堵住她的嘴：“你是要吃牛排，还是要继续谈？继续谈的话，牛排就没有了；现在停止的话，爸爸还可以请你吃一份冰激凌。”

“……”

用冰激凌贿赂她？

行呀！

桃乐丝笑眯眯地道：“OK！我不说啦，爸爸，我要草莓味的冰激凌！”

体力再好，也是小孩。在海滩边疯玩了一天，回到家时，桃乐丝早已呼呼大睡。唐涉深将女儿抱回房间，程倚庭给她盖好被子，摸了摸她的小脸蛋。她走出房间，冷不防被人拦腰抱起。

她的第一反应就是抗拒：“干什么？”

男人将她抱得更紧：“你不乖。”

程倚庭推他：“不要用对付女儿的语气对付我。”

他笑：“女儿好对付，程小姐可是不好

对付得很。”

他将她抱进浴室，方才程倚庭已经放好了洗澡水，陪了一天孩子她也累得很，睡前泡个温水澡是她的习惯。谁知这一晚，却有人捣乱。

他放开她，却没放开她的腰，手臂松松垮垮地围着，声音里有明显讨好的甜腻：“你都气了四年了，还没气够啊。”

程倚庭愣了一会儿，方才明白他在说什么。

“桃乐丝告诉你的？”

“那小胖妞，懂个鬼，叽叽喳喳乱说话，搞不好让你更生气。”唐涉深在她耳边低语，“你不喜欢见到苏言，我也不喜欢。

有机会我会让唐信转告她，不准再借着机会出现在你面前。尤其是借着接近桃乐丝的机会，接近我们的生活。”

对苏言，唐涉深不可谓不狠。

苏言的父亲虽已过世，但在SEC的影响仍在，苏言手里也有SEC的股份。她并不在意这个，但她牢牢握着它，并非为了钱，而是为了唐涉深。有了SEC股份上的牵扯，唐涉深就不可能对她视而不见。退一步讲，即便他想视而不见，每年的股东大会上，他也不得不面对她。但苏言万万没想到的是，唐涉深找到程倚庭后，复工的第一件事，就是联合股东将她手里的股份回购了，从此将苏言这个名字从股东名册上彻底删除。

那一天，苏言哭了。

不是为了钱，而是哭自己一片真心终究没有好下场。

唐涉深明明白白地告诉她："你打我的主意，我可以忍。但你去打程倚庭的主意，我忍不了。这次是警告，下次再有，你试试看。"

程倚庭重伤未愈的程度有多严重，他比谁都明白。一个霍与驰、一个关雅正、一个苏言，令程倚庭从此对整座C城都恐惧了起来。C城是她的家乡，而她从此有家不敢回。

他低头亲吻她的脸颊，诱她说出真心话："真的还生气呢？"

"没有。"她微微侧头，躲开他的亲

吻，“就像桃乐丝说的，爸爸那么帅，有人喜欢也很正常啊。”

唐涉深：“……”

这坑爹的小胖妞！看他明天怎么收拾她！

男人的眼神一变：“这小家伙是越来越皮了。”

程倚庭立刻瞪他：“不准你欺负女儿。”

两个人互相瞪了一会儿，程倚庭转移了视线。唐涉深拽住她的手不让她走，将她拉回怀抱。

她脸上有怅然，很淡，甚至算不得“悲”。那是一种求而不得，换条路走的心情。

她忽然开口："桃乐丝……她身上……有我对未来的所有憧憬。"

唐涉深静静地听着："嗯。"

"小时候，我也喜欢做公主。那时候看童话书，最喜欢一位叫桃乐丝的公主，善良、天真、讨人喜欢。我一直努力想成为她的样子，偶尔会做梦，是不是成了这个样子就能做一回公主。但后来我明白了，人世间是不一样的，善良、天真、讨人喜欢的女孩，被抛弃、承受痛苦的概率不比别人少，甚至会更多。这个世间的公主可以善良，可以天真，可以讨人喜欢，但最重要的是她知道自己要什么、怎么要，能温柔如水，也能性烈如火。所以，我从不用世俗的礼教去束缚桃乐丝。我希望她不要成为我的样子，为他人着想太多，为自己着想太少；我希望她能成为真正的公主，在成为自己期待的模样和世人期待的模样之间，她能够选择前者。”

一席话清淡如水，却是一个女人走过三分之一的人生，拥有的全部领悟。

唐涉深搂她入怀，动作轻柔，呵护备至。

程倚庭的憧憬，就是他需要给出的未来。

他向她承诺：“桃乐丝有你守着，而你，永远有我守着。”

LAST

LOVER

桃乐丝
和
新手爸妈二三事

▷1

我要抱抱

从程倚庭第一次见到医生抱来的桃乐丝时，她就知道，从此以后自己有了这个世上最爱的人。

桃乐丝刚出生一个月，经常大哭不止。程倚庭一抱她，她闻到妈妈的味道，立刻就不哭了。程倚庭对桃乐丝的偏爱有目共睹，从不假手他人照顾桃乐丝。每当桃乐丝大哭时，她都会亲自抱她，有时一抱就是一小时，甚至更久。

产科医生终于郑重地向她提出告诫：如

果还想恢复身体，不落下生育后遗症的话，从今天起就不能长时间地抱宝宝，因为抱宝宝也属于一种负重。

程倚庭不答应。

唐涉深及时出面，以自我担保来解决问题：“我来抱，你放心，不会把桃乐丝交给育婴师抱。”

桃乐丝换了人抱，哭得更凶了。

她尚未建立“爸爸”的观念，胆子大得很，在唐涉深怀里左右蠕动，就差滚来滚去，不停挥动的小肉手和小肉腿都在表达“我不要你抱我”的意思。

程倚庭听不得女儿哭，急了，作势就要抱过去。

唐涉深急中生智，背对着她说“你去休息，我有办法”。不一会儿之后，桃乐丝果然不哭了，又过了一会儿，她竟“咯咯”地笑起来。

程倚庭十分好奇：“你做了什么？”

唐涉深不想回答她。

程倚庭急了：“不许你对她做奇怪的事。”

唐涉深老实回答：“给她做鬼脸，小孩子都喜欢这个。”

“……”

程倚庭无语了一会儿，然后她拿起手机，对准他。

唐涉深：“你干什么？”

程倚庭："你再做一个鬼脸吧，我拍点照，以后拿去卖给唐信，他一定愿意高价收购你不为人知的一面。"

唐涉深："不了吧……"

桃乐丝睡觉不好是个大问题。

医生告诫他们俩，六个月内，宝宝的啼哭都是需求性啼哭，需要立刻回应。而六个月后，需求性啼哭还是主要的，但同时也会出现为引起大人注意，或者达到自己目的的非需求性啼哭，这时就需要正确引导了。

唐涉深觉得这话听不听都一样，无论是六个月内，还是六个月后，桃乐丝都是一样的“睡渣”，程倚庭都是一样地抱。

后来，唐涉深为了让程倚庭好好休息，

每晚都独自负责桃乐丝晚上啼哭后的抱睡作业。久而久之，一大一小竟也产生了点“革命感情”的味道。

但唐涉深还是低估了这个小肉球造作的底线。

她是没底线的。

最造作的时候，桃乐丝一连七天每晚醒来大哭五次需要爸爸抱着睡。一周后，工作日，唐涉深罕见地旷工了，理由是：请病假。

严重缺乏睡眠、精神不振，还有，他的腰也不太行了。

又一晚睡觉前，唐涉深抱着桃乐丝，一遍又一遍地哄她：“小乖乖，今天乖乖睡觉怎么样？”

程倚庭泼他冷水：“我觉得她不会听你的。”

唐涉深“啧”了一声：“唐炜彤，你怎么就不好好睡觉呢？”

程倚庭对这件事倒挺想得通，客观地评价：“你睡觉也‘渣’啊，桃乐丝就是遗传的你。”

唐涉深无语了一会儿。作为一个资深“睡渣”，他还真没理由反驳。

▷3 我要吃肉肉

桃乐丝从出生起就一直由程倚庭带，她根本不让任何人照顾女儿，有时连唐涉深也被她赶去一旁。唐涉深劝不动，无奈至极。高价请来的育婴师成了个摆设，只在程倚庭有事抽不开身时偶尔照顾一下桃乐丝。

八个月后，桃乐丝迎来了人生中的一件大事：辅食中可以尝试加肉了。

程倚庭一如既往亲自把关。

厨房里，程倚庭动嘴指挥，唐涉深动手做事，高度配合。他现在有种“沉浸在不停劳动中的快乐”，就像一只勤劳的小蜜蜂，只要程倚庭有要求，他必定有求必应。唐信评价这是程倚庭的“离婚威胁”带给他的后遗症。

这会儿，程倚庭正抱臂思索：“桃乐丝第一次辅食加肉，不要猪肉，难消化，牛肉也要再等等，加鸡肉好了。”

唐涉深：“好的。”

他一早就备下了新鲜宰杀的老母鸡，此时切了一块鸡胸肉。程倚庭继续思索：“不能加盐，也不能加糖，更不能加味精，葱、姜、蒜都不能加，你想想办法把它处理得没那么腥。”

唐涉深：“OK。”

程倚庭又思考："单吃鸡肉不行，要荤素搭配，配一点蔬菜，最好本身能自带调味功能的，这样辅食整体的口感会比较好。"

唐涉深点头："我想想，再加一点蔬菜。"

两个人一顿操作，忙活了一上午，又切又蒸又搅拌，最后将成品放在碗里。

程倚庭闻了一下味道："我怎么觉得好像不是很好吃的样子？"

唐涉深很有信心："小孩子懂什么好吃难吃，只要有营养就行了。"

程倚庭点点头："好吧，说到营养，我们这个是纯天然的，一定没问题。"连鸡都是唐涉深亲自在院子里养的。

结果那天桃乐丝吃辅食，一口下去直接被难吃哭了。两个大人手忙脚乱了一天白忙了，虽然小肉球哇哇大哭其实也挺可爱。

当晚，程倚庭总结经验：“理论不能脱离实际，要掌握个体差异。是我太心急了，在育儿道路上还有很多东西要学。”

唐涉深高度概括：“你不可能有问题，是这小孩品位不行。”

▷4 我要睡大床

桃乐丝一岁的时候，迎来了人生中最重要的一次儿保检查。

程倚庭提前预约好了时间，唐涉深推了当天所有的公事，爸爸妈妈亲自带桃乐丝一起去儿童医院做检查。

打疫苗、抽血、量身高、测体重，桃乐丝都是满分通过，连打针抽血都不带怕的。别的小朋友看见针筒已经哇哇大哭，桃乐丝瞪大眼睛看着针戳进自己的肉里，发出惊奇的声音："哎嘿。"

连医生都笑了："这孩子养得真好，看这小肉肉，肥嘟嘟的。"

爸爸妈妈抱着桃乐丝离开儿童医院时，桃乐丝小朋友收获了一众人的称赞：勇敢、坚强，可可爱爱。

程倚庭亲了亲她的小肉脸："宝宝真棒。"

深知女儿劣根性的唐涉深却不这么想。

近一年时间，唐涉深拿捏这小肉球拿捏得很准：这小肉球向来是在外乖巧，在家造作。

果然，当天晚上到了睡觉时间，小肉球在大床上滚来滚去，坚决不肯去睡小床。唐涉深对她讲不行、不可以，她就哭。桃乐丝哭起来是真情实感，鼻涕眼泪一大把，还抱着自己肉肉的胳膊说痛。她白天挨了一针，晚上一个劲地要发泄、造作，以补偿回来。

程倚庭立刻倒戈：“不睡小床就不睡吧。”

唐涉深有种不好的预感：“那她睡哪儿？”

“她还能睡哪儿？”程倚庭护短，“当然是跟我睡在这里啊。”

唐涉深脑子里“嗡”的一声，头很晕。

从那天起，这小肉球就像一个钉子户，从此就在他和程倚庭的这张大床上扎根住下了。

唐涉深心想这可不行，日子还长着呢，

她这钉子户万一钉上了，那一钉就是好几年的事。他立刻行动，把桃乐丝的小床弄得无比舒服，买回各种玩具放在床上。谁知小肉球精得很，根本不吃他这一套。每天晚上一到睡觉的点，她就两腿一伸，四仰八叉地往大床上一躺，幸福又满足。哪个当妈的拒绝得了这样的满足感？程倚庭完全拒绝不了。

唐涉深不死心，还想挣扎，说三个人睡太挤了。程倚庭从善如流地说正好让他去客卧睡，别挤着桃乐丝了。唐涉深立刻闭了嘴。

凭良心讲，唐涉深也没说错。他这张床虽然大，但三个人睡确实挤，尤其桃乐丝睡相奇差无比，放下去时是竖着的，十分钟后就完全是横躺了。她一个人每晚霸占三分之二张床，两个大人只睡三分之一。

某晚，程倚庭哄睡完桃乐丝，掀了被子睡下去时推了推唐涉深：“你再过去一点。”

唐涉深拒绝：“不能过去了。”

程倚庭：“给桃乐丝多一点地方，小孩子睡觉灵活，不要挤着她，会难受的。你解决一下问题。”

唐涉深：“解决不了了，把她踢出去吧。隔壁房间大得很，让她自己一个人睡觉去。”

程倚庭：“你敢？”

从那晚起，唐涉深同学就被剥夺了睡主

卧大床的资格，被程倚庭赶去了客卧。程倚庭态度坚决，一点回旋余地都没有。

唐信知道这事后，好奇地试探：“她嫌你占地方？”

“不是。”唐涉深头疼，“她嫌我说错话，育儿态度不端正。”

桃乐丝四岁时，程倚庭和唐涉深首次在教育问题上产生分歧。

一个宽松，一个严格，都很坚持。

最后败下阵的那个，自然是程倚庭。唐涉深的说服能力出自商业实战，他只拿出了三分实力，程倚庭就远不是他的对手。

程倚庭生了三天气。

确切地说，她不是生气，而是气馁。

她怎么就说不过他呢？心里真堵得慌。

周四，程倚庭接桃乐丝从幼儿园放学，

顺便在附近的一家西餐厅吃晚餐。桃乐丝大口吃着海鲜焗饭，沾了一嘴的奶油。程倚庭拿纸巾给她擦干净嘴角，又给她喝橙汁，叮嘱她慢慢吃。

母女俩正愉快地进餐，一个身影行至桌边：“程倚庭？”

程倚庭循声望去。

竟是霍与驰。

异地相遇，这就叫巧。

霍与驰坐下，与她们一同进餐。谈话中，程倚庭了解到，霍与驰此次来新加坡是参加一个媒体峰会。他又升职了，平步青云，“合伙人”的位子指日可待。工作谈完，两人又聊了些别的。为人父母，最关心的莫过于孩子，教育又是重中之重，话题自然延伸到了小孩的教育问题上。

时过境迁，程倚庭早已淡忘往事，只当他是一位过来人：“你在教育Stella的问题上有何经验？欢迎分享。”

霍与驰倒也坦诚：“成功的经验很少，失败的倒有些。想对她宽松教育，总是松过了头；想对她严格教育，又怕人误会非我亲生，不够疼爱。结果一路走来松松紧紧，Stella没有被教好，心性有些野。如今，我也在努力探索一条合适的路。”

为孩子，家家都有一本烂账。

他笑道：“我反而羡慕你。对女儿，唐总也能严格要求，不容易。如今教育界流行

‘女儿放养’的说法，要反其道而行，需要些勇气。唐总是真正从精英教育里出来的人，深谙精英教育的本质，适度严格，从一而终，苦在前，松在后。”

一席话，有几分道理。

程倚庭微微笑了笑，心结暂松。

桃乐丝早早吃完焗饭，在两个大人谈话的时候她已经扭着胖胖的小屁股跑去了餐厅的室内儿童乐园玩。她在海洋球里徜徉了一会儿，趴在栏杆旁盯了一会儿两个大人，然后悄悄问一旁的服务员借了一部手机。

她熟练地拨下一串数字：“爸爸！”

电话那头的唐涉深正在开会，听见这个熟悉的糯米团子声，立刻中断会议走了出去。唐涉深不愧是跳过次要问题抓主要矛盾的人，在电话里一一问桃乐丝，现在在哪里，是否和妈妈在一起，怎么会用陌生的号码给他打电话。

桃乐丝一一答了，在回答最后一个问题时学着大人的样，压低了声音，用叛徒告密的语气说道："爸爸，不好啦！妈妈在和霍叔叔吃饭，他们聊得可开心啦！"

唐涉深："……"

晴天霹雳，十万火急。

十五分钟后，程倚庭和霍与驰还未吃完饭，就见到了推门而来的唐涉深。

程倚庭还单方面和他在冷战，拿不出一个热情的态度对他："你怎么来了？"

唐涉深脸上挂不住。

谁料一个小肉球飞奔而来，及时救场：“爸爸！爸爸！我可太想你啦！”

桃乐丝跑得很努力，全身的小肉肉都一颤一颤的。她展开两条小肥胳膊，唐涉深顺势弯下腰抱起她。她又亲热地搂住他的脖颈，转头就对程倚庭道：“我要和爸爸妈妈一起吃饭，爸爸妈妈都好几天没陪我一起吃饭了。”她撇了撇小嘴，委委屈屈的。

“……”

霍与驰就算再蠢，也知道她这是在赶人了。

一时间他也有点惊讶：自己竟然被一个四岁小孩赶人了？

三个大人寒暄了几句，霍与驰起身告辞。

桃乐丝趴在爸爸背上，对着霍与驰做了个鬼脸。

当晚，程倚庭将唐涉深堵在卧室的墙角，“刑讯逼供”：“你对桃乐丝做了什么？”

始作俑者很无辜：“我听不懂你在说什么。”

程倚庭上前一步，压住他：“你说谎，你这个无耻之徒。”

一句话正中下怀。

某人趁人不备，伸手突袭，拦腰将她抱起，倒向大床，一双手不安分：“嗯，我怎么无耻了？是这样？还是怎样？你评价评价吧。”

软床下陷，承受重量。

卧室里的事，程倚庭从来不敌他。多少小情绪，都在他的软硬兼施和呵护备至里化为一汪春水。

隔日，唐涉深推了晚上全部的公事，特地去幼儿园接桃乐丝放学，顺便带桃乐丝吃晚餐。他去的是一家会所，隶属某全球酒店，VIP会员制，他就是其中一位。

点完餐，过了一会儿，一份顶级牛排就放在了桃乐丝面前。

桃乐丝两眼放光：“哇。”

这个孩子对“吃”很有研究，在这方

面，谁也别想糊弄她。

她听见父亲大人向她威严地承诺：“昨天的事你做得很好，今后一年内的牛排，爸爸包了。”

桃乐丝扭扭小屁股，就差没向爸爸摇尾巴：“爸爸，我挺你！”